너무
　한낮의
　연애

김금희

소설

너무
한낮의
연애

문학동네

차 례

너무
한낮의
연애

1

인사이동을 통보받았을 때 필용이 가장 먼저 떠올린 건 십육 년 전 종로의 맥도날드였다. 미국 유학을 준비한다며 어학원에 다니던 시절이었다. 필용은 언제부터 맥도날드에 가지 않았더라, 하는 생각에 맥락 없이 빠져들어갔다. 문책을 받아 영업팀장에서 시설관리팀 직원으로 밀려나는 순간에 왜 맥도날드 생각이 났는가. 그 공장제 프랜차이즈 정크푸드가.

필용은 사무실을 나와 주차장에 쪼그려앉아 담배를 피웠다. 한 삼 년 조용히 지내다보면 어떻게 되겠지. 하지만 그렇게 생각하려 해도 마음은 진정되지 않았다. 명함! 그래, 명함 생각부터 났다. 새 학기가 되면 아들 학교의 학부모회에 가서 명함을 돌리며 알은척도 좀 하고 아들 기도 살려주는 게 필용의 연례행사였는데 아무리 대기업이라도 시설관리 담당이라는 애매한 표현의 명함을 돌릴 수는 없었다. 우선 여분의 명함부터 찍어놓아야 할까. 하지만 인사이동이 다 알려진 판국에 갑자기 회사에 명함을 찍어달라고 하면 문제가 될 텐데, 명함집에 갖다주면 똑같이 만들어주려나? 그런데 그렇게 하면 문서위조 아닌가. 가짜 명함 아닌가. 가짜는 뭐가 가짜야. 필용은 세 개비째 담배를 피워 물었다. 점심시간이 되었는데 아무하고도 먹고 싶지 않았다. 그렇다고 회사 근처에서 혼자 먹거나 굶는 모습은 보여주고 싶지 않았다. 여기 근무하는 직원들은 무려 오백팔십칠 명이니까 그런 모습을 보여주지 않으려면 이동해야 했다. 가야 했다, 어디론가.

그래서 필용은 종로로 나갔다. 종로에 나가려고 나간 것이 아니라 걷다보니 종로까지 간 것이었다. 필용은 걸으며 울었다. 퀸의 노래를 들으며 울었다. 〈내 평생의 사랑〉을 들으며 울었고 〈보헤미안 랩소디〉를 들으며 울었고 〈구해줘〉를 들으면서는 따라 부르다 사레가 들려 크허헉거릴 정도로 울었다. 세이브, 세이브, 세이브 미, 구해줘, 구해줘, 필용은 지나가는 누구라도 붙들며 하소연하고 싶을 만큼 간절해졌다. 노래를 들으며 걷다보니 어느덧 종로였고 맥도날드였다. 필용은 들어가지 않고 건물을 한 바퀴 돌았다. 맥도날드는 변한 것이 없었다. 벌써 십육 년인데 어떻게 그럴 수 있는지 모르겠지만 의자와 테이블마저 똑같았다. 필용은 매장으로 들어가 피시버거를 주문했다.

"피시버거는 없는데요."

"없어요?"

"메뉴에 없습니다."

"아니, 왜 없는데?"

"네?"

아르바이트생은 이 사람 장난하나 하는 떨떠름한 얼굴로 되물었다.

"대표 메뉴였는데 왜 없냐고?"

"몰라요. 전 들은 적도 없는데."

"아예 없어졌어?"

"없어요. 그런 메뉴는 없다니까요."

"뭐 다른 걸로 바뀐 게 아니라 없어? 아주?"

돌아가는 길에 필용은 맥도날드에 더이상 피시버거가 없다는 사실에 대해 생각했다. 다른 것으로 대체되지 않고 아예 사라져버린 그 메뉴란 것에 대해. 만약 피시버거가 사라지지 않고 뭔가 비슷한 것으로 바뀌었다면 불쾌했을 것 같았다. 그런데 아주 결연하게 사라졌단 말이지. 이제 맛볼 수조차 없게 아주 그냥 끝. 다신 맛 못 봐, 끝, 끝이야, 아주 없어. 이렇게. A가 유사한 A′나 B가 된 것이 아니라 A가 A인 채로 사라져버렸다는 건 햄버거 같은 정크푸드의 역사에서도 아주 비장한 신이었다. 그리고 그런 비장한 신은 이상한 카타르시스를 불러일으켰다. 여전히 필용은 퀸의 〈구해줘〉를 불렀지만 울지는 않았다. 직장에 남으리라 생각했다. 어떤 시련을 이겨내고서라도 여기 있으리라. 풍파가 지나가기를 기다리리라. 좌천은 사실상 권고사직이었지만 필용은 버티기로 했다. 못 나간다. 필용은 다짐했다. 하지만 어쩐지 마음이 춥고 쓰린 건 어쩔 수 없었다. 필용도 사람이니까.

그날부터 필용은 맥도날드에서 종종 점심을 먹었다. 사무실에서 한 이십 분은 가야 하는 거리니까 가깝지 않은데도 그래야 할 일들이 생겼다. 가슴을 부여잡고 퀸의 노래를 들으면서 시내로 걸어나가야 할 사건들이 일어났다. 필용이 영업팀장으로 있을 때 어쩔 수 없이 발휘해야 했던 융통성들—주로 돈과 관련한 것—이 징계 사유로 적혀 감봉 처분과 함께 통보된 것, 시설관리팀 직원으로 정말 발령이 난 것, 거기에는 슬프게도 해가 들지 않는 것.

관리동이 있는 지하로 책상을 옮긴 날에도 필용은 맥도날드에서 점심을 먹었다. 이사를 하느라 엉망이 된 손을 닦고 옷매무새를 가다듬느라 평소보다 시간이 더 지나 있었으므로 햄버거를 먹을 시간은 단 십 분밖에 없었다. 팀장 시절에는 언제 점심을 먹고 언제 들어가든 별 상관이 없었지만 지금은 달랐다. 물론 아직까지 직원들은 팀장님, 팀장님, 하고 부르기도 했지만 그래도 그에게 맡겨진 일들은 엘리베이터 점검 날짜를 확인하고 용역회사에 전화를 걸어 무단결근한 경비원의 계약을 해지하고 회사 건물에 있는 백칠십팔 개의 수도관과 사천 개의 전기회로의 안녕을 챙기는 것이었다. 이제 그런 일들을 하며 근무시간을 보내야 하는 필용의 얼굴은 해쓱했다. 살이 내려 얼굴에 깊숙한 골이 파였고 면도를 안 한 탓에 병약하고 음울한 기운까지 깃들어 있었다. 핍박받는 사람의 얼굴이었고 정말 누군가 구해줄 사람이 필요한 얼굴이었다.

맥도날드에서는 신제품을 내놓고 대대적으로 광고하고 있었다. 1955버거였다. 1955년은 필용의 어머니가 태어난 해였다. 그 1950년 대는 엘비스 프레슬리와 메릴린 먼로와 청바지의 시대였다. 스푸트니크 1호와 반핵과 누벨바그의 시대였다. 그런데 필용의 어머니는 그 시대를 장티푸스의 시절로 기억했다. 시골에서 성장한 어머니는 제대로 된 치료를 받지 못해 머리카락이 다 빠지고 얼굴이 노랗게 된 채로 일 년을 문밖에 나가지 못했다고 했다. 기운 없이 헤실헤실 죽어가는 필용의 어머니를 보다 못한 외조모와 외조부가 둘러업곤 십 리는 걸어가야 있는 나병환자촌을 찾아가 도움을 청했다. 나병환자촌에는 외국에서 온 수녀들이 환자를 돌보고 있었는데 거기서 얻은 약들, 별다른 것도 아니고 아마 페니실린에 불과했을 그 알약들이 다 죽어가던 필용의 어머니를 살렸다. 파란 눈의 천사, 백의의 천사들이 깡마르고 머리카락 한 올 없이, 마른 고목처럼 죽어가고 있는 어린 어머니에게 백색의 알약들을 내려주는 장면은 필용에게 어떤 부끄러움을 주곤 했다. 그 부끄러움은 필용을 아주 작게 만들곤 했고 그렇게 작아지는 상황은 마음을 불편하게 했다. 필용이 겪지 않은, 필용이 태어나기도 전의 일들이지만 그 이야기는 실제이고 사실이므로 다른 어떤 것, 엘비스 프레슬리의 나팔바지나 메릴린 먼로의 금발 같은 것으로 대체되지가 않았다.

필용은 창가 자리에 앉아, 회사와 떨어져 혼자 종로에 앉아 있는 시간에 대해 생각했다. 이미 넘겨버린 점심시간에 대해. 십 년 넘게 늘 회사에 있었던 평일 한시 이십오분에 대해. 이 나이대 남자가 한낮에 여기 와 있다는 건 뭔가 비정상이라는 얘기였다. 백수이거나 명예퇴직자이거나 취업 준비생이거나 하는, 무슨 말을 붙여도 비극적인 뉘앙스가 사라지지 않는 상황이라는 얘기였다. 물론 필용은 백수도 명퇴자도 취준생도 아니었다. 시설관리팀 직원일 뿐이었다. 일주일 전에는 아니었는데 지금은 그렇다는 것뿐이었다.

그때 필용은 맞은편 건물에 걸린 현수막을 보게 되었다. 세로로 쓴 글씨로 "나무는 'ㅋㅋㅋ' 하고 웃지 않는다"라고 적혀 있었다. 관객 참여형의 부조리 연극, 상트페테르부르크 유스 시어터 페스티벌 참여작. 필용은 놀랐다. 얼마나 놀랐냐면 입안으로 집어넣은 감자튀김들을 씹지도 않고 삼켜버릴 정도였다. 그렇게 삼킨 감자들을 더 깊숙이 밀어넣기 위해 콜라를 마시려다가 그걸 또 까먹고 바보처럼 입을 벌리고 있을 정도였다. 필용은 자기가 인생 최대의 위기를 맞았을 때 왜 종로의 맥도날드가 떠올랐는지 깨달았다. 자신이 뭣 때문에 여기 와서 점심을 먹고 있는지 완전히 이해했다. 너무 완전해서 마치 하나의 구球 같은 이해였다. 요리조리 뜯어봐봤자 절대 다른 모양이 되지 않는, 너무 완전해서 그걸 몰랐던 좀 전이 먼 과거처럼 아득하게 느껴지는 이해였다. 필용이 하필이면 지금 이 시간에 여기 있는 것은 바로 양희와 재회하기 위해서였다.

2

양희라고 부르면 어디에선가 풀냄새가, 아주 늦은 밤에 자유로를 달려서 도착했던 문산의 어느 리里가, 여름이 끝나가면서 유순해진 밤의 공기가, 어두워서 보이지 않지만 밭에서 무언가가 무성하게 자라고 있었던 것이, 자라는데 그 자라 있는 것이 어떤 무게감으로 느껴지던 것이 떠올랐다. 눈에는 보이지 않지만 분명 거기에 있는 무성한 호박이며 오이며 상추며 깻잎 같은 푸성귀들이 활동하는 물체의 운동감으로 다가온 것이. 그런 야외의 분위기는 그날 밤 필용을 환희로 들뜨게 만들었다. 연락도 하지 않고 양희를 찾아간 길이었다. 농가도 몇 없는 어두운 논두렁에서 미끄러지면서도 필용은 급하고 급하게 양희의 집을 찾아가고 있었다. 어둠의 저편에서 느껴지는 무언가의 생장이 일면 외설스럽기도 하다고 느끼면서.

양희는 필용의 과 후배였다. 이름과 얼굴만 겨우 알던 사이인데 종로의 어학원에서 같은 강의를 듣게 되었다. 양희를 만나기 전 필용의 일상은 단조로웠다. 구립도서관에서 공부를 하다가 어학원 강의를 들었고 맥도날드에서 점심을 먹었다. 그리고 다시 도서관에 갔다가 연신내의 집으로 돌아갔다. 양희를 만나고 나서는 강의를 듣고 맥도날드에서 점심을 먹은 다음, 그곳에서 두세 시간쯤 양희와 대화했다. 대화하지 않는 날에는 목적 없이 함께 몇 시간씩 걷기도 했다. 밤늦게까지 함께 있는 날은 없었다. 그런 일과들은 늦어도 대여섯시에 끝났고 그쯤 되면 지루하고 시들해졌다. 그러면 둘은 인사도 제대로 하지 않고 각자 집으로 돌아가곤 했다.

필용과 양희는 성격이 전혀 달랐다. 필용이 앞으로 펼쳐질 인생, 그 과정에서 반드시 이겨내야 할 어려움, 그리고 그것을 극복하고 나서야 얻게 될 성취와 인정에 대해 상상하며 지냈다면 양희에게는 그런 것이 없었다. 양희에게는 현재라는 것만 있었다. 하지만 그 현재는 지금 생생하게, 운동감 있게 펼쳐지는 상태가 아니라 안개처럼 부옇게, 분명 있지만 확실하지는 않게 풀풀 흩어지는 것에 가까웠다. 뭔가 생활 자체가 그랬다.

강의가 끝나고 맥도날드로 와서 필용이 오늘은 어떤 걸로 먹을까 물으면 양희는 그날그날 주머니에 있는 돈을 필용 손에 쥐여주면서 가능한 걸로요, 하고는 이층으로 사라졌다. 양희의 목소리는 허스키한 저음이라서 하는 말마다 공허가 은은히 떠 있는 느낌을 주었다. 프랜차이즈 햄버거 가게에서는 아주 듣기 힘든 것이었다. 필용은 처음 그렇게 자기 손에 쥐어진 천원, 이천원을 생경하게, 알 수 없는 감정의 흔들림까지 느끼며 바라보곤 했다. 그때까지 필용이 만났던 여자애들 중 그렇게 부끄러워하지도 뭔가를 숨기려 들지도 않는 사람은 없었다. 양희는 어느 모로 보나 필용의 이상형과 거리가 멀었지만 양희의 손이 주머니에서 구깃구깃한 지폐를 꺼내 필용의 손으로 옮겨오던 그 순간이 필용에게 의미심장했던 것은 분명했다. 웬만해선 남에게 자판기 커피도 사주지 않는 필용이 자기 돈을 보태 세트 메뉴 두 개를 가져가곤 했으니까. 그런다고 양희가 딱히 고마워하지도 않았으니 참으로 대가 없는 선의였다.

양희와의 대화는 즐거웠다. 왜 즐겁냐면 양희는 필용의 수다를 모두 감당해주었기 때문이었다. 필용은 평소에도 자기 자신에 대해 좀 허황된 거짓말을 하는 편이었고 그때는 젊었을 때라 더했는데 들킬까 안 들킬까 걱정할 필요도 없이 마음껏 자기 얘기를 할 수 있었다. 양희에게서는 질문이 없었기 때문이었다. 양희는 필용의 말을 잔잔한 호수처럼 가만히 듣고 있었고 시선도 늘 부담스럽지 않게 필용을 비껴 있었다.

"나무는 '크크크' 하고 웃지 않는다"는 바로 그런 양희가 쓰고 있던 대본의 제목이었다. 세월이 흐르면서 '_'가 탈락되어버렸지만 현수막의 그 문장은 십육 년 전의 것과 완전히 같았다. 양희는 연극반이었고 대학노트 세 권을 철해서 가지고 다니며 대본을 썼다. 자기는 배우가 될 수 있는 사람은 아니고 배우들의 몸을 움직이는 글을 쓰려 한다고 했다. 쓰는 행위는 필용과 양희가 만났던 구 개월 동안 꾸준히, 양희치고는 아주 열의 있게 지속됐다. 필용이 보여달라고 하면 아무 말 없이 노트를 건넸는데, 거기에는 꼭 양희처럼 희미하고 몽롱한 인물들이 나와서 대화를 주고받았다. 남녀 두 명만 나오는데도 주인공들은 왜인지 남자1과 여자1로 불렸다. 한 사람이 사건이라고 할 만한 어떤 일들, 섬으로 휴가를 간다든가, 개를 잃어버린다든가, 술을 마신다든가 하는 일들에 대해 말하면 한 사람은 그냥 응응, 아니 아니, 그럼 그럼 같은 반응만 했다. 정말 더럽게도 재미없는 대본이었다.

소극장에서 양희가 썼을 것이 분명한 연극을 발견하고 필용은 더더욱 자주 종로로 나갔다. 음악은 듣지 않았다. 음악을 듣지 않아도 마음의 열도는 유지됐고 그것이 신명을 불렀다. 시설관리팀의 유일한 본사 직원인 김주임이 저녁 회식은 못하더라도 점심이라도 함께 먹자고 했지만 필용은 거절했다. 영업팀에 있을 때는 하루가 멀다 하고 회식과 숱한 만남들을 계획하던 필용이었지만 이제 그러지 않았다. 필용은 자연스럽지 않은가 생각했다. 이제 필용이 상대해야 할 것들은 시설이 아닌가? 시설들에게는 말이 없고 시설들에게는 응시가 없다. 시설들에게는 관계가 없고 시설들에게는 터치가 없다. 필용의 얼굴에서는 서서히 무언가가 지워지기 시작했다. 무엇보다 양 입가를 팽팽하게 견인하고 있던 긴장이 사라졌다. 그 긴장은 언제라도 무슨 존칭, 무슨 웃음, 무슨 헛기침, 무슨 지시, 무슨 권유, 무슨 답변 등을 하기 위한 것이었는데 당분간은 필요 없었다. 십 년 넘게 얼굴을 차지하고 있던 긴장이 사라지자 필용의 얼굴은 말개지는 게 어딘가 젊어진 듯한 인상을 주었다.

양희의 연극은 직장인들의 문화생활을 위해 열두시 십분부터 열두시 오십분까지 사십 분 동안 진행되는 미니극이었다. 칠천원짜리 표를 사면 샌드위치와 생수를 제공한다고 했다. 며칠 동안 필용은 되도록 빨리 걸어 종로까지 갔지만 아무리 서둘러도 시간은 열두시 십분을 넘어 있었다. 나흘째 허탕 치던 날, 필용은 시간이 넘었지만 입장할 수 없겠느냐고 매표소 아가씨에게 부탁했다. 그다지 남을 친절하게 대하는 일에는 관심이 없어 보이는 아가씨였는데 역시 단칼에 안 된다고 했다.

"괜찮아요. 좀 못 봐도 괜찮은데."

"흐름이 끊어져서 안 돼요."

"괜찮거든, 중간 좀 못 봐도 나는 괜찮아."

"아니, 안 돼요. 아저씨가 문제가 아니라 관객 흐름이 끊겨요. 관객 참여형 연극, 에? 문 열어서 빛 들어가면 홀딱 깨면서 아주 꽝, 그냥 망하는 거라고요."

그렇게 거절당한 필용은 마침내 어느 목요일, 열한시 오십육분쯤 회사에서 나와 택시를 타고 종로로 나갔다. 열두시 이분쯤 극장에 도착해 표를 샀다. 제시간에 왔다는 데 들뜬 필용이 오늘은 안 늦었죠? 괜찮죠? 하고 말을 붙였는데 아가씨는 C열입니다, 하고 무뚝뚝하게 대답하고는 샌드위치와 생수를 내밀었다.

극장 안으로 들어가니 필용을 빼고는 겨우 세 명의 관객이 앉아 있었다. 시간이 되자 무대에 핀 조명이 들어오고 스크린에는 회색 톤의 배경이 깔렸다. 그리고 전신 타이츠를 입은 배우가 들어왔다. 눈만 빼고는 모두 검은 쫄쫄이복에 가려져 있었다. 연극은 뭐 어떤 것이든 상관없었다. 필용은 커튼콜을 기다리고 있었으니까. 그때는 작가와 배우, 스태프들이 다 나와 인사를 하니까 양희의 얼굴을 볼 수 있었다. 배우는 핀 조명을 받으며 서 있다가 갑자기 무대에서 내려왔다. 그리고 샌드위치를 먹고 있던 은행원 복장의 여자 관객을 무대 위로 올렸다. 관객은 당황해서 어떡해, 어떡해, 하면서도 끌려올라갔다. 같이 왔던 친구가 아, 대박, 하면서 키키키키 웃었다. 배우는 조심스럽달까, 정중하달까, 다정하달까, 아무튼 몸이 어떻게 그렇게 나긋나긋할 수 있을까 싶게, 모시는 동작을 하며 관객을 안내했다. 의자 두 개가 놓이고 배우는 여자를 앉혔다. 자기는 맞은편에 앉았다.

"저, 저, 어떻게 하면 돼요?"

관객이 어리둥절해하며 계속 웃었다. 어떻게 하면 되는가. 필용이 하고픈 말이었다. 어색해서 온몸이 오그라들 것 같았다. 배우는 관객을 바라보고 있을 뿐 아무 말도 하지 않았다. 시간이 흐르자 관객도 웃음을 그치고 배우와 눈을 마주치기 시작했다. 극장 안에서는 아무 소리도 들리지 않았다. 설마 연극이 여기서 끝은 아니겠지, 필용은 인내심을 가지고 지켜보았다. 무려 대학노트 세 권 분량의 대사가 있었는데 여기서 끝일 리가 없지, 속사포처럼 쏘아붙여도 사십 분 동안 쉼없이 몰아칠 양인데. 그런데 가만있자…… 연극이 양희가 쓴 게 맞을까. 필용은 처음으로 그런 의구심이 들었다. 포스터에 쓰여 있는 '수변'이라는 닉네임이 양희 것이 아닐 수도 있다는 생각이 들었다. 그러면 "나무는 'ㅋㅋㅋ' 하고 웃지 않는다"라는 연극 제목은 어떻게 된 것일까. 이 문장을 알고 있는 다른 사람이 대본을 썼을까? 아니면 연극하는 사람이라면 누구나 알 만한 유명 작가의 문장이었을 수도 있다. 그래, 그 생각을 왜 못했을까.

연극은 그것이 끝이었다. 마주보다가 불이 켜졌고 구석에 앉아 있던 남자 관객 하나가 일어나 짤깍짤깍짤깍 박수를 쳤다. 필용은 긴장한 채로 커튼콜을 기다렸다. 이윽고 불이 꺼졌다 다시 켜지며 배우와 매표소 아가씨, 이렇게 달랑 둘이서 무대 인사를 했다. 별로 한 것도 없는 것 같은데 땀을 닦으며 타이츠의 머리 부분을 벗고 있는 배우는 분명 양희였다.

3

양희와 필용의 허무하고 특별할 것 없던 관계가 다른 색채를 띠게 된 건 양희의 느닷없는 사랑 고백 때문이었다. 그날도 필용이 자기 이야기에 도취해 한창 떠들어대고 있었는데 조용히 듣고 있던 양희가 선배, 나 선배 사랑하는데, 했다. 양희는 그 말을 감정의 고저 없이, 천원, 이천원을 쥐여주며 햄버거 주문을 부탁하던 톤으로 했다. 필용은 당황해서 어, 하고는 웃어버렸다.

"사랑하면 어떻게 되는 건데?"

"어떻게요?"

양희가 뭐 그런 걸 묻느냐는 듯이 되물었다.

"그러니까 앞으로 우리가 어떻게 해야 하느냐는 거지."

"그런 걸 뭣하러 생각해요."

양희는 방금 자기가 얼마나 중요한 말을 했는지 모르는 사람처럼 나른해하더니 노트를 펼쳐서 뭔가를 적었다. 필용은 바보가 된 기분이었다. 고백한 사람은 양희인데 그 몇 분 사이에 그 사랑에 목매는 사람은 자기가 된 것 같았다. 나는 아닌데, 필용은 생각했다. 비록 백수 비슷한 유학 준비생 처지이지만 양희와의 연애가 그렇게 간절하지는 않았다. 양희는 언제나 펑퍼짐한 건빵바지 차림이었고 남자들도 잘 입지 않을 것 같은 국방색 야상을 걸치고 다녔다. 신발도 언제나 운동화, 가끔만 갈색 로퍼로 바꿔 신었다. 머리는 언제나 숏커트였고 화장도 거의 하지 않은 맨얼굴이었다. 필용도 건장한 이십대이니까 언제나 여자에 대해 생각했고 여자가 중요했지만 그래도 양희는 아니었다. 여자친구라고 생각하면 결격사유가 많았다. 평소에 장점이라고 생각한 양희의 위대한 듣기 능력, 필용으로 하여금 없는 얘기도 떠들게 만드는 훌륭한 청자로서의 자세도 문제였다. 필용이 알기로 모든 관계는 받아치는 맛이 있어야 하고 그것이 관계의 활력을 만들어낸다. 저렇게 말없이, 모든 것에 초연한 채 수용만 하는 여자친구는 구체관절인형과 뭐가 다른가. 필용은 그 짧은 순간에 양희와 하게 될지도 모를 섹스에 대해서까지 상상하다가 고개를 흔들었다. 온몸이 축축 처지는 기분이었다. 그래도 이상하게 웃음은 났다.

"아니…… 네가 날 사랑한댔잖아. 킬킬킬킬…… 그 고백을 들은 거잖아, 지금. 그러면 이제 어떻게 하면 좋으냐고. 앞으로 우리 어떻게 되는 거냐고."

"모르죠, 그건. 알 수도 없고. 알 필요도 없고."

"알 필요가 없다고?"

"지금 사랑하는 것 같아서 그렇게 말했는데, 내일은 또 어떨지 모르니까요."

필용은 황당했다. 얘가 지금 누굴 놀리나 하는 생각이 들었다.

"사랑한다며?"

"네, 사랑하죠."

"그런데 내일은 어떨지 몰라?"

"네."

"사랑하는 건 맞잖아. 그렇잖아."

"네, 그래요."

"내일은?"

"모르겠어요."

필용은 가방을 챙겨 자리에서 일어났다. 화가 났다. 모욕당한 기분이었다. 떠드는 걸 다 받아주는 것 같더니만 사실은 우습게 본 모양이라는 생각이 들었다. 그런 건 아예 면전에서 왜 이렇게 '구라'가 심하냐고 따지고 망신 주는 경우보다 더 나빴다. 필용도 알았다. 영어 점수가 안 나와 미국의 대학에는 원서도 써보지 못했다는 걸. 자기 일이니까, 자기가 뭐 정신 나간 사람도 아니니까 누구보다 잘 알았다. 그래도 과 후배에게 체면이란 게 있으니까 좀 덧붙여서 얘기했을 뿐인데 그게 이렇게 희롱당할 만큼 나쁜 짓이었나? 그것도 모르고 피 같은 돈, 어머니가 한강변 노점에서 만두와 국수를 팔아 쥐여준 용돈을 보태 점심까지 사먹였다니. 필용은 울화가 치밀었다. 꼬챙이처럼 마른 저 몸속에는 그동안 필용이 먹인 탄수화물과 트랜스지방과 미미한 철분이 혈관을 타고 돌고 있을 텐데. 머리카락과 반쯤 감긴 눈과 꺼칠한 피부와 부러질 듯한 손목과 있는 듯 없는 듯 판판한 가슴 곳곳에 필용이 몇 달간 보인 선의가 속속들이 들어차 있을 텐데.

필용이 맥도날드를 나가는데도 양희는 잡지 않았다. 집에 가느냐고 묻지도 않았다. 어쩌면 물었는데 필용이 듣지 못한 것일 수도 있었다. 필용은 〈나는 당신을 사랑하기 위해서 태어났어요〉 〈내 평생의 사랑〉 〈사랑할 누군가〉 같은 노래들을 MP3 플레이어로 들었다. 퀸의 사랑 노래들이 1999년의 종로 거리에 울려퍼졌다. 웬 단체가 IMF 환란 극복을 위한 모금을 하고 있었다. 탑골공원에서는 노인들이 지루하게 낮을 견뎠다. 노래와 풍경 사이의 간극은 멀었고 그렇게 멀고멀어지면서 필용은 슬퍼졌다. 사랑한다면서 내일은 모르겠다니, 무언가가 필용의 따귀를 갈기고 지나간 것 같았다. 그것이 양희인 건 분명했고 그러니까 깊이 생각할 필요가 없었지만 마음은 다잡아지지 않았다.

다음날 양희는 아무 내색 없이 어학원에 나왔다. 강의가 끝나고는 맥도날드까지 따라와 평소처럼 이천원쯤을 꺼내 선배 가능한 걸로요, 하면서 이층으로 올라갔다. 앞줄에 있던 사람들이 주문을 마치는 동안 필용은 입안이 바싹바싹 마르도록 고민했다. 어떻게 해야 하나, 이대로 돈을 가지고 나가버릴까. 아주 골탕을 먹여버려? 여섯 살이나 위인 성인 남자를 놀리면 어떻게 되는지 똑똑히 가르쳐줘? 하지만 그건 정말 좀팽이 같은 짓이라서 할 수 없었다. 그리고 그렇게 필용이 나가면 양희는 굶을 것이다. 아무 일 없다는 듯이 굶을 것이다. 귀찮게 혀를 안 움직여도 되고 안 썹어도 되니 옳다구나 하고 여기 앉아 그 지루해서 누구라도 좀 읽으면 혼절하고 말 대본이나 쓰면서 낮시간을 보낼 것이다. 어제보다 더 마르고 쇠약해지는 줄은 모르고 그냥 무기력하게, 배는 고프고 창자는 쓰리구나 하면서 있을 것이다. 그래서 필용은 용서했다. 자기 안에 소용돌이치는 원망과 분노, 모욕감 같은 것을 이겨내고 선의를 베풀어 평소처럼 버거 세트를 주문했다.

둘 사이에는 전날보다 더 대화가 없었다. 필용이 말을 아꼈기 때문이었다. 그전까지는 양희를 제외한 모든 세상이 흥밋거리이고 이야깃거리였는데 오늘 이렇게 되니 모든 세상에서 오직 양희만이 관심사가 되었다. 양희는 어제 자기가 무슨 말을 했는지 모른다는 얼굴로 포장지를 접어내리면서 햄버거를 먹고 있었다. 비가 오네요, 하면서. 오늘 필용은 평소의 십분의 일도 이야기하지 않고 있는데 그런 변화에 대해서는 느끼지 못한 채 날씨 타령이라니.

"오늘은 어때?"

필용은 한 시간쯤 지나 그렇게 묻고 말았다. 묻지 말아야 한다고 생각했지만 이미 그렇게 말하고 있었다.

"오늘은 아는 선배가 극을 올려요."

"아니, 그것 말고."

"별일 없는데."

"아니, 그러니까 네가 어제 말한 그것 말이야. 오늘도 지속되고 있느냐고?"

그렇게 말하고 나서 필용은 자신이 긴장하는 걸 느꼈다. 왜 긴장하나? 필용은 그런 자신이 어처구니없었다.

"그렇죠, 오늘도."

양희는 어제처럼 무심하게 대답했는데 그 말을 듣자 필용은 실제로 탁자가 흔들릴 만큼 몸을 떨었다.

"오늘도 어떻다고?"

"사랑하죠, 오늘도."

필용은 태연을 연기하면서도 어떤 기쁨, 대체 어디서 오는지 알 수 없는 기쁨을 느꼈다. 불가해한 기쁨이었다.

4

필용은 한동안 종로에 가지 않으려 노력했다. 언제까지 사무실 사람들과 안 섞이며 지낼 수는 없으니까 정상적인 샐러리맨들처럼 동료들과 점심을 먹었다. 순두부찌개를 먹었다. 비빔밥을, 내장탕과 다슬기해장국을, 비냉과 물냉 반반을. 업무에도 익숙해졌다. 체념과 어떤 자조가 들어 있기는 했지만 일을 대하는 필용의 태도는 자연스러워졌다. 이 빌딩 몇 층의 배전반이 말썽인지도 알았고 생각보다 엘리베이터가 빈번하게 고장난다는 것도 알았다. 엘리베이터마다 고유한 번호가 있고 그 번호는 마치 사람의 주민등록번호처럼 중앙의 센터에서 관리된다는 것도 알았다. 시설은 여전히 시설이고 좌천은 어떻든 좌천이었지만 시간은 또 시간이라서 필용은 적응했다. 야근이랄 게 없으니까 저녁시간에 회계학원에 등록해볼까, 하는 생각을 했다. 비록 지하에 내려와 있지만 지상으로의 복귀를 위해 재충전의 시간을 보내고 싶었다.

하지만, 하지만, 그렇다가도 속이 뒤집어지는 순간이 있었다. 영업팀장 하면서 만났던 거래처 사람들이 그럴 필요가 없는데도, 내켜하지 않는데도 기어코 지하로 내려와서 필용을 보고 가는 것, 자신의 까마득한 후배였던 직원이 영업팀장으로 발령난 것, 모두 제자리에 있고 필용만 빠져나와 있는 그 사무실에 조명 시설 따위를 손보기 위해 올라가야 하는 것. 거기서 누군가가 경쾌하고 상큼하게 티슈 한 장이라도 톡 뽑게 되면 필용은 무너졌다. 어쩔 수 없이 종로로 나가야 했다. 열한시 오십육분에 회사 출입문을 나가서 택시를 잡아타게 됐다. 택시! 택시! 마치 자정을 앞둔 신데렐라처럼 필용은 허겁지겁 택시에 올라 양희에게로 갔다.

매표소 아가씨는 이제 필용이 샌드위치 따위엔 입도 대지 않는다는 것을 알아서 생수 한 병만 내밀었다. 필용은 어둠 속에 앉아서 어디서 재미를 느껴야 할지 도무지 알 수 없는 이상야릇한 연극을 지켜봤다. 배가 고프면 생수를 들이켰다. 속이 쓰리거나 신물이 나는 고통마저 환희 속에서 받아들였다. 양희는 무대에서 한마디도 하지 않았지만 필용의 귀에는 들리는 것 같았다. 사랑하죠, 그 공기중에 은은히 흩어지던 허스키한 목소리…… 양희가 사랑하죠, 하고 말하면 별안간 맥도날드의 공기가 전혀 다른 온도를 띠면서 필용을 얼렸다, 달궜다, 얼렸다, 하곤 했다. 오직 눈만 내놓고 다른 신체 부위는 없는 것처럼, 무대의 희미한 불빛과 한몸인 것처럼, 의자인 것처럼, 바닥인 것처럼 있는 저 여자가 날 사랑했던 여자야! 객석에는 기껏해야 서너 명밖에 없는데도 필용은 벌떡 일어나 그렇게 외치고 싶은 충동을 느꼈다.

연극을 열댓 번 보고 나서야 필용은 이 극이 아주 쓰레기는 아닌 것 같다고 생각하기 시작했다. 웬 남자 관객이 무대에 올라가서 흐느끼는 장면을 보고 그랬다. 그 남자 관객은 양복 차림에 서류가방을 들었는데 체격이 씨름선수만했다. 의자가 작아서 엉덩이를 의자 끝에 살짝 걸쳐서 앉아야 할 정도였다. 남자 관객은 맞은편의 양희와 마주보고 있다가 입술을 꽉 깨물더니 울음을 터뜨렸다. 얼굴이 시뻘겋게 달아올라서는 고개를 숙이고 하지 말라는 듯 한 손을 앞으로 내민 채 다른 손으로 눈물을 훔쳤다. 단추가 터질 듯이 부푼 배가 같이 흐느꼈다. 그것은 정말 배가 울고 있는 것이었다. 속에서 무언가가 동하면서 격렬하게 슬픈 것이었다. 보고 있자니 필용의 입가도 비쭉거리기 시작했다. 무슨 이유에선가 매일 같은 자리에 앉아 박수를 치는 또다른 남자 관객이 박수를 쳤다. 브라보! 하면서 휘파람을 불었다.

불이 켜지고 소극장 계단을 올라 지상으로 나왔을 때 필용은 아까 울었던 남자 관객이 누구와 통화하는 것을 보았다. 남자는 아직 어떤 감흥에 휩싸여 있는 목소리로 무대 위에서의 경험을 전하다가 웃긴, 누가 웃어, 하고 화를 냈다.

"아무도 안 웃었어, 너나 웃지 누가 웃어?"

힐링이 콘셉트라고 필용은 이해했다. 교회당에서 목사님 설교를 듣거나 불당에서 백팔배 하는 것이나 마찬가지구나. 하지만 설교나 백팔배는 무언가를, 뭔가 행위를 해야 얻을 수 있는 위안이고 힐링인데 어떻게 저 무대에서는 아무것도 없이 그런 게 되나. 늘 우는 사람이 있는 것은 아니었지만 부끄러워하거나 황당해하던 사람들도 시간이 흐르면 양희와 눈을 맞췄다. 그리고 정도의 차이는 있지만 어떤 벽

차오름을 느끼며 무대에서 내려왔다. 필용은 양희의 얼굴을 훔쳐보는 것도 훔쳐보는 것이지만 무대에 서서 한번 그 감정을 느껴보고도 싶었다. 하지만 그렇게 되면 어떻게 되는 건가. 십육 년 전, 연애는 아니더라도 연애 비슷한 무언가가 있었던 사람과 재회해서 서로가 서로를 인식하게 되면 어떻게 되는 건가. 앞으로 어쩌냐는 말이지, 아내에게는 큰 불만이 없는데 아들은 소중한데. 그러니까 안 되었다. 필용이 양희를 볼 수는 있어도 양희가 필용을 봐서는 안 되었다. 시선은 일방이어야 하지 교환되면 안 되었다. 교환되면 무언가가 남으니까 남은 자리에는 뭔가가 생기니까, 자라니까, 있는 것은 있는 것대로 무게감을 지니고 실제가 되니까.

하지만,

시간이 흐를수록 필용은 양희와 마주하고 싶다는 욕망을 이겨내기 힘들었다. 이것이 사랑인지 그리움인지 어떤 괴팍함인지 알 수 없지만 그 욕망에 투항해 점점 무대 가까이에 앉기 시작했다. 양희의 시선을 끌 수 있을 만큼 충분하게 생수병을 부스럭거리거나 으헤헉, 히잉, 하는 헛기침 소리를 내기도 했다. 휴대전화를 끄지 않아서 벨이 울린 적도 있었는데 늘 박수를 치는 남자 관객이 힐난하듯 한소리 했기 때문에 그 방법은 이어가지 못했다. 그러면서도 필용은 자신이 그러고 있다는 생각은 안 했다. 생수는 싸구려라 페트병이 종잇장처럼 얇아서 그런 것이고, 헛기침은 이 지하의 소극장이 건조하고 먼지가 많아서 그런 것이다. 휴대전화는 어쩌다 우연히 진동으로 해놓지 않아 그런 것인데, 전화가 올 줄은 몰랐다. 물론 그 광고 전화는 매일 같은 시각에 걸려오기는 하지만. 그런 것, 뭔가 양희의 관심을 절실히 원하지만 책임지고 싶지는 않은 것, 그러면서도 끊임없이 확인하고 때론 표현하고 싶은 것, 양희와의 관계에서 우위에 서고 싶은 건 십육 년 전이나 지금이나 다르지 않았다. 문제는 그런 자기 발에 자기가 걸려 늘 예상과는 다른 결과가 펼쳐진다는 점이었다.

5

양희가 사랑 고백을 하고 나서 필용의 생활은 엉망이 되었다. 필용은 유학이고 토플이고 뭐고 오직 양희의 사랑을 확인하기 위해 종로에 나오는 사람처럼 맥도날드에서의 만남에 집중했다. 정작 양희는 그렇게 말하고 나서 특별히 태도가 달라지지 않았다. 여전히 대본을 썼고 옷차림이나 머리 모양도 그대로였고 흩어지는 공허를 통해 아우라를 유지하는 것도 마찬가지였다. 변수라면 그날그날 점심에 먹는 메뉴 정도였다. 그건 필용이 정했으니까. 필용은 거의 매일, 자신을 사랑하느냐고 양희에게 물었다. 물론 그 말만 하지는 않고 여전히 자기 자랑과 불황의 시대에 대한 진단과 처방을 늘어놓았지만 전처럼 그런 이야기가 목적은 아니었다. 하지만 그런 낮의 시간을 지나면, 맥도날드에서 나오면, 양희와 헤어지면, 양희의 외모나 한심스러움, 생기 없음, 무기력함, 가난에 대한 은근한 경멸이 껌의 뒷맛처럼 느껴지곤 했다. 그런데도 다음날 정오가 되면 사랑에 대해 묻지 않을 수 없었다.

장마가 시작되었을 무렵 이런 괴상한 애정 전선에도 문제가 생기기 시작했다. 다른 날과 다름없이 햄버거를 먹으며 앉아 있는데 양희가 깜박 잊을 뻔했다는 투로, 아, 선배 나 안 해요, 사랑, 한 것이었다.

"안 해?"

"네."

"왜?"

"없어졌어요."

필용은 믿을 수 없었다. 바로 어제만 해도 사랑하느냐고 물으면 표정 없는 얼굴이기는 했지만 고개를 끄덕였는데 말이 되는가?

"없어? 아예?"

"없어요."

"없는 게 아니라 전만큼은 아니게 시들한 거지. 야, 그게 어떻게 그렇게 단박에 사라지냐?"

필용은 무심하게 냅킨을 쥐었지만 손은 약하게 떨고 있었다. 마음 한편에 불길함이 일고 있었다. 무언가가 오고 있었다. 그래, 쓰나미, 쓰나미, 실연의 쓰나미!

"아닌데, 없는데."

"바보야, 네가 없다고 착각하는 거지. 그런 감정은 원래 불이 탁 꺼지듯, 불이 탁 켜지듯 그렇게 일순간에 없음이 되지가 않아. 오죽하면 사랑을 쓰려거든 연필로 쓰라는 유행가가 다 있겠냐. 지우기가 그렇게 어렵다잖냐. 없어지는 게 아니고 그런 건 그렇게 되는 게 아니고 찌개가 끓다가 끓다가 나중에는 다 졸아서 아예 냄비 바닥을 시커멓게 태우는 양상이 될 때까지 계속되는 거야."

양희가 동의하지 않아서 필용은 긴장했다. 얘가 어려서 뭘 모르네,

누구를 좋아하는 마음이 어디 그렇게 돼? 하룻밤에? 천하의 카사노바도 그렇지는 않겠다. 걔들도 한 두어 번은 더 할 거야, 하고 싶을 거야. 그런데 우리는 한 달 넘게 아니, 한 달이 뭐야, 어학원에서 처음 만났던 때까지 셈하면 거의 구 개월을 야, 구 개월이면 뱃속의 점만하던 세포가 갓난애가 되어 세상에 나올 시간이야. 그렇게 오랫동안 나를 사랑했으면서 어느 날 갑자기 없다니? 혹시 자기 사랑을 받아주지 않아서 화가 난 걸까, 필용은 생각했다. 자존심이 상했을 수도 있어. 그렇게 하루에 한 번씩 사랑한다고 말했는데 내가 겨우 한 것은 햄버거나 사주면서 떠보듯 사랑하니, 안 하니, 물어본 것밖에 없으니.

"야, 너 은근 매력 있어."

필용이 인심 쓰듯, 달래듯 양희에게 말을 붙였다.

"난 너처럼 꾸밈없고 소박한 애가 괜찮더라고."

양희에게서는 반응이 없었다. 양희가 아무 말이 없자 필용의 상찬이 도를 넘어가기 시작했다. 그때까지 필용이 은근히 경멸해왔던 양희의 거의 모든 점들이 유니크한 것, 매력적인 것, 평가받을 만한 것으로 거론되었다. 양희의 재미없는 대본마저도. 하지만 양희의 없음은 달라지지 않았고 필용은 그 없음에 목매달린 개처럼 헐떡거리면서 양희의 머리부터 발끝까지의 모든 것들에 사탕발림을 하다가 돌변해 물어뜯기 시작했다.

"야 너, 최소한이라도 꾸미고 다녀. 널 위해 하는 얘기야. 아이고, 같이 다니면 내 얼굴이 화끈거려서. 젊은 시절 다시 안 와. 좀 있으면 값 떨어져. 그리고 연극도 좋고 가당찮은 대본도 좋은데 밥벌이는 하고 살아. 애가 어떻게 된 게 이천원으로 하루를 삐대? 야! 나도 어려워! 나도 힘들어! 야이 씨, 너 그동안 나한테 받아먹은 거 다 내놔. 일괄 계산하라고 이 계집애야."

양희의 얼굴이 새하얗게 질려가면 질려갈수록 필용의 말의 수위는 점점 더 높아졌다. 어떤 한계까지 올라 찰랑찰랑거리면서 파탄의 전조를 만들어내는데도 계속됐다. 필용은 퍼부어댔다. 아주 세상이 끝난 것처럼 퍼부어댔다. 양희가 맥도날드에서 나간 뒤로도 필용은 자기 말에 취해 마구 떠들다가 무슨 짓을 저질렀는지 뒤늦게 깨닫고는 양희를 붙들기 위해 거리로 뛰쳐나갔다. 하지만 양희는 보이지 않았다.

양희는 어학원에 안 나왔다. 하루이틀은 몸이 안 좋은가 바쁜가 했다가 필용은 창백해졌다. 떠난 것이다. 사라진 것이다. 필용은 시름시름 앓았다. 개도 안 걸린다는 여름감기에 걸려서 집밖으로 나가지 못하고 퀸의 〈너무 큰 사랑은 널 죽일지 몰라〉 같은 노래를 들으며 고열에 시달렸다. 어머니는 장사를 나가다 말고 돌아와 약이라도 타다 주랴? 했다. 필용은 됐다고 했다. 안 먹겠다고 했다. 그날 밤 열이 삼십팔 도 넘게 치솟았다. 필용은 오한에 오들오들 떨면서도 병원은 안 가리라 생각했다. 어머니가 장사에서 돌아와, 아직도 시큼한 단무지 냄새와 밀가루 냄새가 빠지지 않은 손으로 필용의 이마를 짚으며 어쩌냐, 병원 안 가냐, 하고 안타까워했다.

"어머니."

필용은 누가 풀무질을 하듯 정신이 들었다 나갔다 하는 것을 느끼며 간신히 물었다.

"그래, 아가, 그래, 왜?"

"어머니는 어떻게 나았어요? 이렇게 아프다가 어떻게 구원이 됐어요?"

"나 말이냐?"

어머니는 필용의 베개를 돋워주며 자부심 있는 목소리로 하느님이 구하셨지, 했다. 그러니까 너처럼 잘난 아들을 안 낳았냐.

며칠 뒤 열이 내리자 필용은 친구에게 차를 빌렸다. 곧 오겠다던 친구는 약속시간이 훨씬 지난 밤 아홉시가 되어서야 오래된 르망을 끌고 나타났다. 낮부터 내린 비는 다행히 그쳤지만 도시 전체가 축축하게 젖어 있었다. 그 젖은 도시의 모습이 필용의 마음과 닮아 있었다.

갈까 말까 필용은 한번 더 진중하게 생각했다. 과 후배에게 들은 바로는 양희는 문산의 본가로 갔다고 했다. 거기서 양희네 가족이 오리인가 거위 농장을 하는데 장마로 피해를 봐서 내려갔다는 것이다. 어쨌거나 필용은 가금류에 밀린 셈이었다. 그래도 가야 했다. 안 갈 수는 없었다. 그렇다면 문산까지 가서 양희를 만난다는 것은 무얼 의미하는가. 그건 시작을 의미하는 것이었다. 연애와 사랑, 연민, 속박, 약속, 의무, 섹스의 시작이었다. 있던 게 없어지는 게 아니라 없던 게 생겨나는 것이었다. 필용은 난생처음 무모함에 대해서 생각했고 이윽고 시동을 걸었다. 가는 동안은 당연히 퀸이었다. 내 평생의 사랑, 당신은 나에게 상처를 주었지, 당신은 내 마음을 산산이 부수고 떠났지, 하는 가사에 귀기울이며 가속페달을 밟았다. 내 사랑을 되돌려줘, 나에게서 빼앗아가지 말아주오. 노래를 따라 부르며 필용은 생각했다. 해보겠다고 생각했다. 문산에 가서 말하겠다. 양희야, 너의 허스키를 사랑해, 너의 스키니한 몸을 사랑해, 너의 가벼운 주머니와 식욕 없음을 사랑해, 너의 무기력을 사랑해, 너의 허무를 사랑해, 너의 내일 없음을 사랑해.

문산 쪽도 비는 그쳐 있었다. 개구리들이 왈왈 시끄럽게 울고 풀 냄새, 물냄새, 진창 냄새가 뒤엉켜 뭔가 원시적인 느낌을 주었다. 필용은 문산의 모든 것이 양희와 닮아 있다고 생각했다. 양희의 야상에서 나던 냄새는 어쩌면 지하 자취방이나 극장의 퀴퀴한 냄새가 아니라 문산에서 묻어온 양희의 고유한 체취는 아니었을까. 그러자 양희의 무기력하고 소극적인 태도도 어쩌면 잘못 독해되어왔던 건 아닐까하는 생각이 들었다. 이런 곳에서, 이렇게 모든 것들이 득의만만하게 생장하고 있는 곳에서 그런 허무가 왔다니, 무기력이 왔다니, 믿을 수 없을 것 같았다.

좀 헤매다가 동네 사람의 안내로 양희의 집을 찾았을 때 필용은 무언가에 얻어맞은 것처럼 어안이 벙벙했다. 양희의 집은—그런 걸 집이라고 할 수 있다면—집이라기보다는 굴에 가까웠다. 합판으로 지어놓았는데 부엌과 방의 경계가 벽돌 네 장 높이로 올린 구들이 다였다. 그나마 부엌은 타일 한 장 없이 흙투성이였다. 하수구가 제대로나 있지 않은지 밥풀이며 통통 불은 라면 가닥이며 하는 것이 수챗구멍에서 비탈을 따라 개울로 흘러들었다. 오리는 있었다. 농장이 아니라 개울 한쪽에 철조망을 치고 오리 몇 마리를 가둬 기르고 있었다. 오리가 꽥꽥 울었다. 죄 새끼들만 있는지 소리가 작고 힘없었다.

양희는 가족들과 텔레비전을 보고 있다가 필용을 맞았다. 방안에는 양희의 부모가 다 있었는데, 아버지는 키가 꽤 컸지만 병약해 보였고 겉모습만 봐서는 일흔은 되어 보였다. 어머니는 땅딸한 몸에 둥글둥글한 얼굴이었다. 검은 머리를 올려 쪽을 찌고 있었다. 필용을 데려다준 동네 사람은 가지 않고 이웃집 처자를 찾아 늦은 밤 나타난 청년을 구경하며 칭찬을 늘어놓았다.

"양희가 공부도 잘했지, 도에서 장학금이 내려올 정도로 잘했지. 양희 부친께서는 비록 이렇게 사시지마는 아주 선비셔. 청빈하셔. 돈이 생기면 죄 불우이웃돕기 성금으로 내고 수재의연금으로 내고 하셔. 양희 장학금도 더 어려운 사람들을 돕는 데 쾌척하시고 아주 그냥 선비셔. 비록 몸은 이러셔도 소싯적부터 애국지사셔."

과연 벽에는 상찬이 적힌 울긋불긋한 감사패들이 걸려 있었다. 하지만 양희보다 더 어려운 사람이라니, 이 동네에서도 가장 누추하고 낡은, 집 같지도 않은 집에 살고 있는 것 같은데. 복숭아 통조림에 얼음이 띄워져 들어왔다. 양희의 부모는 필용에게 왜 왔냐, 어디서 왔냐, 누구냐, 어떤 사이냐, 묻지 않았다. 정작 찾아온 건 자기이면서 필용도 아무 말 하지 않았다. 그들은 그렇게 텔레비전의 개그 프로그램을 함께 보았다. 필용과 있을 때는 단 한 번을 웃지 않더니 양희는 잘 웃었다. 트레이닝복을 입고 나와 서로의 이마를 때려대는 개그맨들이 뭐가 웃긴지 웃었다.

"양희야, 양희야, 니 통장에 얼마나 있나?"

양희의 아버지가 돌아앉으며 물었다.

"삼십팔만원쯤 있어요."

양희가 텔레비전에서 시선을 떼지 않은 채 대답했다.

"돈이 어떻게 그렇게 많냐?"

"그냥 어떻게 있어요."

"오리 그물 고치려면 얼마나 들까?"

"십만원은 안 들겠어요?"

양희의 어머니가 대답했다.

"그러면 양희야, 남은 걸로 쓸데가 생겼다."

"네네, 그래요, 아버지."

"그걸 다 찾아다……"

"네네, 아버지 뜻대로 하세요."

양희는 아버지가 말할 때마다 고개를 끄덕여가며 동의했다. 아무런 감정 없이 평온한 얼굴이었다. 삼십팔만원! 삼십팔만원이면 얼마나 큰 돈인가? 필용은 얼굴을 찌푸렸다. 아니, 어떻게 그걸 다 달라고 할 수 있는가. 당신 딸이 어떻게 사는지도 모르면서, 저 나이에, 이제 스물한 살의 나이에 추레하고 낡은 옷만 입으면서 서울을, 종로를, 그 꽃처럼 화려한 거리를 얼마나 힘없이 걷고 있는지 모르면서. 무언가를 축적할 시간 없이 자꾸만 무언가를 앗아가는, 그렇게 반복된 불행에 익숙해진 사람의 무기력하고 열없는, 견디는, 얼굴을 하고 있는지 모르면서, 삼십팔만원이라니! 필용은 소리치고 싶었지만 실제로 그렇게 하지는 못했다. 필용은 그저 시선을 비꼈다.

돌아갈 때는 양희가 동네 어귀까지 데려다주었다. 이렇게 단둘이 있기 위해 문산까지 왔지만 필용은 할말이 없었다. 양희가 문득 생각난 듯이 그런데 선배는 왜 왔지? 했는데도 그냥 근처를 지나다가, 하면서 얼버무렸다.

"부끄러워서?"

양희가 필용에게 물었다. 여태껏 한 적 없는 질문이라는 것이 여기 있었다. 필용과 양희는 마주보았다. 밤이라 얼굴은 거의 지워졌어도 거기에는 양희의 눈이 있었다.

"미안하다. 심한 말 해서."

필용이 사과했다.

"선배, 사과 같은 거 하지 말고 그냥 이런 나무 같은 거나 봐요."

양희가 돌아서서 동네 어귀의 나무를 가리켰다. 거대한 느티나무였다. 수피가 벗겨지고 벗겨져 저렇게 한없이 벗겨져도 더 벗겨질 수피가 있다는 게 새삼스러운 느티나무였다.

"언제 봐도 나무 앞에서는 부끄럽질 않으니까, 비웃질 않으니까 나무나 보라고요."

필용은 양희 뒤에 서서 양희에게로 손을 뻗어보았다. 닿지는 않았다. 앞으로 한 걸음만 더 옮기면 손이 닿을 수도 있었지만 필용은 그러지 않았다. 자신의 얼굴이 간절함으로, 연민과 구애의 감정이 뒤엉킨 고통으로 일그러져 있다는 걸, 자기 자신만은 볼 수 없었기 때문이었다. 이윽고 필용은 말없이 르망에 올라탔다. 문산까지 오는 동안 필용이 전율했던 사랑은 사라지고 없었다. 아주 뻥 뚫린 것처럼 없어지고 말았다. 필용은 울었다. 울면서 무엇으로 대체되지도 좀 다르게 변형되지도 않고 무언가가 아주 사라져버릴 수 있음을 완전히 이해했다. 적어도 그 순간에는 그렇다고 생각했다.

6

인사팀장에게 불려간 필용은 자신의 회사 출입기록이 적힌 서류를 받아들었다. 열두시와 한시를 기준으로 몇 분 이르고 몇 분 늦게 출입 시간이 기록되어 있었다. 모두 필용이 양희에게 달려갔던 시간들이었다. 열두시에서 사 분 모자란 열한시 오십육분, 한시에서 몇 분이 더 지나 있는 한시 사분과 오분. 필용은 그 시간들을 모두 암산으로 더해보았다. 아무리 해도 하루 동안의 시간도 안 될 것 같았다. 기껏해야 반나절? 하지만 무거웠다. 인사팀장이 언급하는 그 시간의 무게는 너무 무거워서 필용의 머리를 조아리게 했다. 근태 불량은 인사평가의 핵심 항목이어서 필용은 최하점을 받았다.

"조심해요, 조심해. 가랑비에도 안 젖게 조심하라고요. 깃털 하나도 어깨에 떨어지지 않게 조심하라고요. 맘 못 잡는 그 맘도 이해하고 여기서 버티겠다는 그 맘도 이해하지만 어떻든 회사에서 요주의하고 있다는 걸 명심하라고요."

필용은 퍼뜩 정신을 차렸다. 그래, 누구를 탓하겠는가. 감상에 빠져 시간을 보낸 건 바로 자신이었다. 이제는 팔다 팔다 팔 게 없으니까 추억까지 팔아서 어쩌려고. 부끄러웠다. 올라가야 하지 않는가, 원래의 자리로. 그러자면 어둑한 소극장, 의자와 회사원들, 마주친 얼굴과 그 지루한 시간, 짤깍짤깍짤깍 하는 박수 소리, 그리고 양희를 잊어야 한다.

필용은 자신을 달가워하지는 않지만 그래도 아예 내치지는 않는 회사의 안녕을 위해 열심히 일했다. 그렇게 여름과 가을을 보내는 동안 필용의 몸에서는 종로로 달려가던 시절의 돌출적 에너지와 저항의 충동이 다 빠져나갔다. 긴장은 이제 몸 전체에서 사라져 필용은 말랑말랑해졌다, 치즈처럼. 가볍게, 있는 듯 없는 듯 하게, 어떻게 보면 나사가 빠진 듯하지만 안정적으로 회사를 다녔다.

그러다 겨울로 접어들 무렵 필용은 감기에 걸렸다. 출근해서 버텨보던 필용은 이제 약을 쓰지 않고는 감기가 낫지 않는 나이임을 실감하며 병원에 가기로 했다. 한시까지 돌아올 생각으로, 이번에는 당연히 전자결재로 행적을 밝히고 점심시간보다 이르게 회사를 나섰다. 볕은 따뜻하게 내리쬐고 있었지만 추웠다, 추운 날씨였다. 필용은 열이 있다고 생각하면서 걸었고 어머니 생각을 하며 걸었다. 그러자 어깨가 시려왔다. 소면을 삶다가 문득 어머니가 손목을 잡으며 시리구나, 에구 시려, 했던 게 생각나면서 더 더 시려왔다. 그런 어머니는 필용이 마흔이 되기 전에 세상을 떠났다. 어쩌면 이미 그때부터 누구에게도 구원에 대해 물을 수가 없게 되었는지도 몰랐다. 어느덧 필용은 병원이 아니라 종로를 향해 걷기 시작했다.

필용은 이렇게 걷고 있는 건 자기 의지가 아니라고 생각했다. 가고 싶어서 가는 것이 아니라 그냥 어쩌다보니 가게 된 것이다. 두 발이 원을 그리면서 서울을 돌다 돌다 세 계절이 지난 뒤에 다시 여기로 되돌아오게 된 것이다. 이윽고 필용은 극장 앞에 섰다. 열두시가 한참 넘어 표를 살 수도 없는 시간이었다. 하지만 그래서 더 괜찮지 않을까. 극장 문을 한번 열어봐도 되지 않을까. 필용은 아무런 기대도 희망도 없이 다만 어떤 거절, 밀쳐짐이 필요한 사람처럼 힘없이 극장 문을 열었다. 매표소 아가씨는 파란 목도리를 하고 포스터들을 말며 서 있었다. 필용은 닫혀 있는 공연장 문을 보며 오늘은 누가 무대에 올라가 그 시간을 견디고 있을까 생각했다. 처음에는 견디다가 나중에는 받아들이다가 응시하게 되는 그 시간을. 돌아서 나가려는데 아가씨가 들어가요, 했다.

"열두시 반이 넘었는데."

"관객이 하나도 없으니까 들어가요. 공연도 연말까지밖에 안 해요. 이제 보지도 못해요."

필용은 고민했다. 관객이 한 명도 없다면 그 자리에는 필용이 서야 할 것이었다. 필용은 이마의 식은땀을 닦았다. 이대로 나가버리면 무대 위 의자에 앉지 않아도 되지만 그렇게 거기에 앉지 않으면 또 어떻게 되는 것일까.

매표소 아가씨의 말과는 달리 객석에는 늘 박수를 치던 남자 관객이 앉아 있었다. 남자는 관객이 아닌? 생각하며 필용은 머플러로 얼굴을 감쌌다. 시작을 알리는 차임벨이 울리고 양희가, 이렇게 추운데도 여전히 전신 타이즈만 입은 양희가 등장했다. 보고 있는 필용이 더 추웠다. 양희가 객석으로 내려와 손을 내밀었고 필용은 그 손을 내려다보았다. 선배 가능한 걸로요, 하면서 주머니에서 허공을 거쳐 자신에게로 옮겨오던 그 손을. 필용은 머플러를 풀어서 얼굴을 보여주고 싶은 충동을 느꼈지만 용기가 나지 않았다.

양희는 다른 사람에게 하듯 필용을 의자에 앉혔다. 그러고는 마주 보는 시간이었다. 오래전 맥도날드에서 양희는 언제나 시선을 비스듬히 비껴서 필용과 함께 있는 시간을 견뎠지만 이제는 말이 없으니까, 둘 사이에 아무 상관이 없으니까 서로를 견딜 필요도 없을 것이었다. 견뎠다니, 필용은 그 사실이 슬프고 부끄러워서 얼마간 눈을 맞추다가 이내 고개를 떨구고 말았다. 잠시 후 남자 관객이 일어나 텅텅텅하고 박수를 쳤다. 자리로 돌아와 필용은 가방을 챙겼고 양희와 매표소 아가씨가 무대 인사를 했다. 그리고 끝이었다. 필용은 쓸쓸했지만 요즈음 거의 모든 일에 그러하듯 체념하고 받아들였다. 당연하다고 생각했다. 자신도 점심시간을 이용해 극장에 앉아 샌드위치를 씹으며 위안과 힐링을 바라는 직장인들과 다를 게 없는 것이다. 양희가 다르지 않게 대했고 다르지 않은 사람이 되었다.

짐을 챙겨서 나가려는데 무대 인사를 끝낸 양희가 들어가지 않고 서 있는 것이 보였다. 필용이 의아해하며 걸음을 멈췄다. 양희는 그냥 서 있었다, 무대 위에서 필용을 내려다보며. 남자 관객이 또다시 자리에서 일어나 브라보, 하고 휘파람을 불었는데도 양희는 대기실로 돌아가지 않았다. 그러다 두 팔을 들어 어깨너비가 넘게 벌렸다. 그 어느 밤의 느티나무처럼. 그리고 바람을 타듯 팔을 조금씩 조금씩 흔들었다.

회사로 걸어가면서 필용은 울었다. MP3 플레이어도 퀸도 없는 종로 거리에서 필용은 이제 모든 것이 끝이라고 생각했다. 어떻게 해서든, 뭐 달리 어떻게 해볼 것 없이, 더이상 어디에서도 양희를 볼 수 없을 것이다. 하지만 내일은 어떨지 몰라도 지금은, 오늘은, 그것이 참을 수 없는 고통이라서 필용은 뒤돌아 극장 쪽으로 뛰어갔다. 우당탕하고 계단을 내려가니 매표소 아가씨가 비질을 하다가 뭐 놓고 갔어요, 하고 물었다. 필용이 말을 못하고 있는데, 박수를 치던 남자 관객이 양동이를 들고 화장실에서 나오는 것이 보였다. 남자는 필용과 눈이 마주치자 씨익 웃었다. 조연출, 그거 여기로, 하고 아가씨가 대걸레 쪽을 가리켰다.

"자, 갑니다, 시작해요."

남자가 대걸레에 물을 착착 적셨고 필용은 눈물범벅이 된 얼굴을 손수건으로 닦았다. 필용은 다시 거리로 나왔다. 얼마쯤 걷다가 또 극장 쪽으로 향했지만 다시 몸을 돌려 종로에서 멀어졌다. 돌아가고 싶은 마음을 간신히 누르며 계속 멀어졌다. 양희야, 양희야, 이제 피시버거는 안 판단다. 양희야, 양희야, 너 되게 멋있어졌다. 양희야, 양희야, 너, 꿈을 이뤘구나, 하는 말들을 떠올리다가 지웠다. 안녕이라는 말도 사랑했니 하는 말도, 구해줘라는 말도 지웠다. 그리고 그렇게 지우고 나니 양희의 대본처럼 아무것도 남지 않게 되었다. 하지만 아주 없는 것은 아니었다. 시간이 지나도 어떤 것은 아주 없음이 되는 게 아니라 있지 않음의 상태로 잠겨 있을 뿐이라는 생각이 남았다. 하지만 그건 실제일까. 필용은 가로수 밑에 서서 코를 팽 하고 풀었다. 다른 선택을 했다면 뭔가가 바뀌었을까. 바뀌면 얼마나 바뀔 수 있었을까. 가로수는 잎을 다 떨구고 서서 겨울을 견디고 있었다. 필용은 오래 울고 난 사람의 아득한 얼굴로 주위를 둘러보았다. 그런 질문들을 하기에 여기는 너무 한낮이 아닌가, 생각하면서. 정오가 넘은 지금은 환하고 환해서 감당할 수조차 없이 환한 한낮이었다.

* 작중 연극의 제목은 양경언(@redsea32)의 인스타그램에서 얻은 것이다.
* 연극의 형식은 2010년 뉴욕 현대미술관에서 열린 마리나 아브라모비치의 퍼포먼스 〈예술가가 여기 있다The Artist Is Present〉에서 착안했다.

조중균의
세계

1

조중균_{趙衆均}씨가 점심을 먹지 않는다는 사실을, 나는 한 달이나 지나서 알았다. 내가 무딘 탓도 있겠지만 구내식당 테이블이 육 인용이기 때문이기도 했다. 어차피 다 못 앉으니까 여기 없으면 다른 자리에 있겠지 생각했던 것이다. 해란씨는 조중균씨가 오늘만 점심을 안 먹은 것도 아니고 그것만 이상한 것도 아니라고 했다.

"언니, 모르시겠어요?"

얘는 말할 게 있으면 핵심만 전달하지 뭘 이렇게 떠보듯이 물어? 한 달 전 신입으로 함께 입사한 해란씨는 그 나이치고는 신중하고 성실했지만 살가운 동생 느낌은 확실히 없었다. 하기는 안 그래도 해란씨와 난 가까이하기에 좀 뭣한 관계였다. 석연찮은 경쟁을 벌여야 하는 사이였으니까. 입사해서 파악해보니 회사에서는 일단 수습을 거친 다음 해란씨와 나 중에서 선택할 생각인 것 같았다. 구인 광고란의 ○명은 최소수인 한 명이었던 것이다. 대학원도 다녔고 성인 단행본은 아니지만 아동서 편집을 맡은 적이 있으니까 일단은 내가 유리했다. 하지만 해란씨도 만만치는 않았다. 뭐랄까, 반짝반짝했다. 며칠 전 퇴근길에서 부장은 해란씨 아르바이트 경력이 장난이 아니라고 말했다.

"나도 학교 다니면서 별일 다 했지만 해란씨는 정말 고난의 행군이더라고. 요즘 애들 하듯이 어디 인턴, 어디 인턴, 공모전 이런 식으로 채운 것도 아니야. 노동, 말 그대로 노동 현장에서 뛰었다 이 말이야. 그러니까 우리 영주씨는 말 그대로 버젓한 경력, 응? 정식 회사에서 일한 경력으로 이 자리에 왔고 말하자면 팩에 든 고기지. 원래 생산할 때부터 정식 팩에 든 고기. 해란씨는 주먹고기 같은 거라고 할 수 있어. 목살 근처 아무 살이나 주먹구구식으로다가 막 썰다보니까 어, 제법 이게 어엿한 상품이 돼 있는 거 말이야. 주먹고기, 내가 비유가 이렇게 좋아. 주먹고기 좋아하나?"

고기에 비유되는 걸 좋아할 사람은 없지만 주먹고기는 좋아한다고 대답했다.

"신촌 기찻길에 주먹고기 잘하는 데 있으니까 기다리라고. 언제 회식을 하긴 할 거야. 수습 끝나면 본부장이 한번 살 거야."

"네…… 해란씨 성실한 게 알바 많이 해서 그렇군요. 그 나이답지 않게 속깊고 눈치도 빠르고."

내가 말하자 부장은 그게 다 고생해서 그렇지, 했다.

"고생한 사람은 그렇게 딱 티가 나. 근데 재발라도 고생해서 재바른 건 매력 없어. 사람을 불편하게 하거든."

해란씨는 조중균씨 이야기가 나오자 쉴 틈 없이 말을 쏟아냈다. 요약하자면 회사에선 왜 '그분'을 없는 사람 취급하느냐는 것이었다. 특히 조중균씨 나이가 마흔이 훌쩍 넘는데 직원들이 '조중균씨'라고 부르는 게 정말 이상하다고 했다. 조중균씨 나이가 그렇게 많았나. 삼십대 중반쯤 됐을까 생각했는데 의외였다.

"아무래도 직급이 없어서 그렇겠지."

"직급 없으면 자기보다 스무 살이나 많은 사람을 그렇게 불러도 되는 건가요? 선배라고 해도 되고 선생도 있잖아요."

"선생은 아니지. 선배도 애매하다. 나이 따라 선후배 정하면 김대리, 서대리도 조중균씨한테 선배라고 해야 해. 그런데 직급상 상사 아냐? 해란씨가 조직을 몰라서 그래. 그렇게 하면 안 돼. 회사는 그런 거야."

해란씨는 뭐라고 더 말하려다 삼키고 "언니, 그분은 사무실에서 마치 유령, 유령처럼 보여요"라고만 덧붙였다. 조중균씨는 교정 교열만 담당하는 직원이었다. 단행본팀이지만 상황에 따라 잡지나 교과서팀 업무도 맡았고 웹상에 올라가는 광고 문안이나 자료들의 감수도 맡았다. 그래도 그렇게 나이가 많은데 갓 스무 살 된 디자이너들까지 조중균씨, 조중균씨, 하는 건 해란씨 말처럼 좀 어색했다. 하다못해 주유소를 가도 선생님, 사장님, 하는 판국에 그렇게 호칭에 인색해서야. 이런 경우는 대부분 윗사람들이 중재를 안 한 경우였다. 일단 정해지면 다들 지킨다. 왜냐면 그렇게 부르고 싶지 않은 이유를 설명하는 게 더 귀찮은 일이니까.

해란씨 말을 들어서인지 그날부터 회사 풍경은 조중균씨를 중심으로 흘러갔다. 일단 조중균씨는 들릴락 말락 한 목소리로 인사하며 사무실 문을 열었다. 인사는 우리를 향했지만 너무 작은 소리라서 누가 슬리퍼 신은 발이라도 움직이면 묻혀버렸다. 머리를 숙이기는 했지만 누구를 향하는지 각도가 항상 애매했다. 인사를 할 줄 모르는군, 나는 생각했다. 인사한 효과가 있으려면 이름을 딱 붙여야 한다. 나? 그래, 너, 바로 너한테 나, 인사했어, 분명히 했다. 잊지 마, 확인하는 것이다. 직장에서는 사소한 인사도 병기이고 기술인데 저 나이 되도록 사회생활 헛했군, 헛했어. 비록 수습사원이지만 그런 조중균씨를 보니 어깨가 펴지며 어딘가 자신감이 붙었다.

조중균씨 자리에는 거의 컴퓨터 크기에 버금가는 국어사전이 있었고 그 사전의 한 대목을 펼쳐 읽는 것으로 업무를 시작했다. 원고가 앞에 없어도 그러는 걸 보면 그냥 펼쳐서 읽는 것이었다. 듣기로는 아주 오랫동안 사전 만드는 회사에서 일한 걸로 아는데 사전을 또 읽다니, 기괴한 취미였다.

조중균씨는 소리에 민감했다. 헛기침을 하는 버릇이 있는 부장이 헤어억, 하고 가래를 돋울 때마다 조중균씨는 파티션 뒤에서 소스라치게 놀랐다. 서대리의 뜬금없는 웃음이나 노래, 시 낭송 등도 그를 놀라게 하는 소리였다. 특히 서대리가 자기 전공을 십분 살려 프랑스 시나 샹송을 혼잣말 아닌 혼잣말로 읊을 때면 거의 공포에 휩싸인 얼굴로 그 시간이 빨리 지나가기를 기다리곤 했다. 그래서 조중균씨는 원고를 볼 때마다 귀마개를 사용했다. 모두 의무처럼 웃어주어야 하는 부장의 농담도, "커피 한잔 드릴까요?" 하는 디자이너의 친절도, "식사들 합시다" 하는 과장의 제안도 모두 조중균씨에게 해당하지 않는 건 단순히 귀마개 때문일지도 몰랐다.

조중균씨가 회사 사람들 사이에서 외톨이인 것은 사실이었지만 모든 인간관계가 다 그런 것 같지는 않았다. 업무시간에도 휴대전화 벨은 자주 울렸고 그러면 조중균씨는 복도 계단에 서서 소곤소곤 다정하게 통화하곤 했다. 달래는 것 같기도, 위로하는 것 같기도, 무언가를 약속하는 것 같기도 한 목소리였다. 애인인가 했는데 언젠가 전화를 끊으며 "형수, 오늘은 술 그만 먹고" 해서 애인은 아니구나 싶었다. 가족 중에 알코올에 의존하는 형수님이 있는지, 친구 이름인지는 모르겠지만 그런 당부의 말조차도 아주 다정했다. 통화를 마치고 나면 조중균씨는 담배를―금연 빌딩이니까 불은 붙이지 않고―떨어뜨릴 듯 말 듯, 떨어뜨릴 듯 말 듯 물고 생각에 잠기다가 자리로 돌아오곤 했다. 그리고 바로 그 순간, 생각에서 책상으로 옮겨오는 그 잠깐이 조중균씨가 가장 생기 있어 보이는 때였다.

"언니, 그분 시를 써요."

며칠 뒤 점심 산책을 하는데 해란씨가 다시 말했다. 시를 쓴다고? 그런 걸 어떻게 알지?

"아, 해란씨 그분이랑 친해졌구나."

"아니요, 언니, 아침에 가끔 사무실 청소를 하는데요. 종이들이 있더라고요. 시가 쓰여 있고요."

아침에 늘 일찍 오더니 청소도 하는구나. 그런 거 소용없는데. 그런 성실성을 높이 사주던 낭만적인 상사들은 이미 나이를 먹어 은퇴하고 요즘 상사들은 그런 것, 바지런한 청소 아줌마를 고용함으로써 해결할 수 있는 그런 영역 말고 자신에게 절실하게 필요한 부분을 시원하게 긁어줄 수 있는 직원들을 원한다. 대개는 외국어. 나는 괜히 일찍 나와서 그러지 말고 외국어 강의나 들으라고 하려다가 말았다.

해란씨에 따르면 조중균씨는 매일 똑같은 시를 쓴다고 했다. '지나간 세계'라는 제목이었고 "어머니, 깃대를 들고 거리를 걷는다"로 시작해 "우리가 버린 꽃은 말이 없네"로 끝난다는 것이었다. 밑줄을 쳐가며 퇴고도 하는데 언제나 쓴 사람 이름만 고쳐져 있다고도 했다. 어제 쓴 시를 오늘 읽고 쓴 사람 이름만 바꾸어놓는다? "그럼 그 시가 자기가 지은 시가 아니네." "아니에요, 언니. 며칠 전 물었더니 내가 쓰기는 했지만 내 시는 아닙니다, 하던걸요?" 자기가 쓴 시이면서 자기 시는 아니라니. 내가 낳기는 했지만 내 딸이 아니라든가, 물건은 훔쳤지만 도둑질은 아니라든가, 하는 식이었다.

2

오 주쯤 지나자 해란씨와 나에게도 업무가 떨어졌다. 개정판 작업이었다. 어느 노교수의 오래된 저작이었는데 교재로 쓰겠다고 오백 부만 작업하는 것이었다. 부장은 조중균씨를 잘 달래서 저자 뜻대로 개강 일자에 맞춰 책을 내라고 말했다.

"그 친구 원래는 편집자로 채용됐는데, 난 처음부터 반대했다고.

경력이 이쯤인데 이 정도면 값싸다고 회사에서 들였지. 아무리 그래도 그렇게 나이 많은 사람을 왜 뽑아, 닭으로 치면 다 죽게 생긴 노계 같은 사람을. 싸고 좋은 게 어디 있나? 노계가 질기긴 또 얼마나 질긴가? 고집이 세서 커뮤니케이션이 안 돼. 아차 싶어 자르자니 좀 있으면 쉰 되는 사람을 어디로 내쳐? 내가 교정직으로 옮기자 했지. 그거 하나는 기가 막히게 잘하니까. 옛다, 너 처박혀서 그거나 해라, 했더니 좋아해. 자기는 그게 편하다고 해. 삼 년을 있어도 조중균씨는 융화가 안 돼. 문제가 많거든, 자기 세계가 너무 강하거든."

그렇게 해서 셋의 작업이 시작되었다. 간단한 일이었지만 해란씨와 나에게는 아주 중요했다. 첫 실무였고 아마 이 작업으로 우리는 평가받게 될 테니까. 부장은 해란씨가 첫 교정지를 보고, 조중균씨가 그다음 교정지를, 나는 최종 확인만 하라고 지시했다. 해란씨가 교정보는 데까지는 별다른 문제가 없었다. 조중균씨에게 교정지가 넘어가던 날, 드디어 조중균씨와 대면했다. 왠지 긴장됐다. 조중균씨에 대해서 아주 잘 안다고 생각했는데 왜 떨리나. 하긴 아예 모르는 사람과 가는 것보다 좀 아는 사람과 동행하는 것이 더 어색하고 긴장되니까. 작업 방향을 설명하다보니 점심시간이 되었다. 점심 먹으면서 마저 이야기하자고 하자 조중균씨가 안 된다고 했다.

"왜요? 점심 원래 안 드세요?"

"네."

아, 그렇구나, 자발적으로 점심을 안 먹는 거였구나. 사람들이 따돌려서 그런 게 아니라. 그럼 그렇지, 아무리 세상이 각박해져도 예의상 지켜지는 룰이 있는데. 사람 밥도 못 먹게 은근히 따돌리는 것, 그렇게 코드와 선택을 드러내는 것이 더 피곤한 일 아닌가.

"점심 안 먹는 게 몸 가볍긴 해요. 건강 챙기시는구나."

"아닙니다. 먹고 싶은데 참습니다."

그때 거울이 있다면 내 표정이 어떤지 확인하고 싶었다.

"왜요? 왜 먹고 싶은데 참아요?"

"식대, 아끼려고 그럽니다."

"무슨 식대를 아껴요? 회사에서 운영하는 식당이고 무료잖아요."

"무료 아닙니다. 안 먹는다고 하면 돌려줍니다. 구만, 육천원."

조중균씨는 말 중간에 쉼표를 넣어 이상하게 끄는 버릇이 있었다. 그나저나 연봉에 포함된 식대를 무슨 수로 받아냈다는 말인가?

"구만육천원이면 크다."

옆에서 해란씨가 관심을 보였다. 조중균씨는 손수건으로 땀을 닦았다. 이마에서 구레나룻까지, 인중과 목까지 마치 거기에 그런 것들이 있는 걸 확인하듯. 그리고 당연한 수순처럼 휴대전화가 울렸고 조중균씨가 전화를 받아 "형수야, 잠깐만" 하고 끊었다. 야야, 나 배고프다, 하는 남자 목소리가 전화기 너머로 새어나왔다. 형수는 친구 이름이구나, 하기는 자기 형수님이랑 저렇게 자주 통화할 리는 없으니까. 그런데 정말 점심을 선택하지 않으면 식대를 돌려받을 수 있는 건가? 우리가 수습이라서 아무도 말해주지 않은 건가?

"네, 돌려받을 수 있습니다. 간단한 인증, 필요하지만요."

조중균씨는 점심을 먹지 않겠다고 한 사람은 자신이 처음이라 절차를 만들기까지 좀 혼란이 있기는 했다고 했다. 대리에게 말하자 과장에게로 올라갔고 부장에게로, 최종적으로는 본부장에게로 넘겨졌다고 했다. 그렇게 팔 개월 만에 조중균씨는 점심을 먹지 않을 권리와 식대를 돌려받을 권리를 의논하기 위해 본부장에게로 불려갔다. 본부장은 조중균씨의 말을 끝까지 듣고는 조중균씨의 뜻은 존중하지만 선례가 없고 절차가 없어서 말이야, 하고 타일렀다.

"자네가 식당에서 점심을 먹지 않는다는 것을 어떻게 증명할 수 있겠느냔 말이지. 우리 회사 직원은 인쇄소까지 삼백 명이 넘네. 자네를 모욕하려는 것은 아니지만 이런 문제로 회사에 분란 일으키고 회사 게시판에 글을 올리는 것 자체, 고작 점심값 가지고 시끄럽게 구는 사람이 우리 본부에 있다는 것 자체가 내 얼굴을 깎는 일이야. 그래도 나는 묻겠네. 점심을 먹지 않겠다고 하지만 자네가 정말 구내식당에서 밥 먹지 않는 걸 어떻게 증명하나? 배도 고프고 나가서 먹기도 귀찮을 때 생쥐처럼 몰래 들어와 한쪽 구석에서 점심을 해결하지 않는다고 말이야. 만약 삼백 명 넘는 사람들 사이에 숨어 부당한 이익을 취한다면 말이야."

본부장도 조중균씨 못지않게 괴팍한 성미인 모양이었다. 그런 걸 일일이 대응해주고 앉았다니. 하지만 해란씨는 "어머, 어떻게 그런 말을" 하면서 흥분했다. "그래서 어떻게 하셨어요?" 조중균씨는 본부장 말이 하나도 화가 나지 않았고, 정말 그렇기도 할 거라는 생각이 들었다.

"그래서 이걸 만들었지요."

조중균씨가 셔츠 앞주머니에서 수첩을 꺼냈다. 수첩에 껴 있던 만 원짜리 몇 장이 같이 떨어졌고 조중균씨는 지폐를 다시 접어 주머니에 넣었다. 수첩에는 파란 볼펜으로 가로 세 칸, 세로 세 칸이 그려져 있었다. 날짜가 있고 그 옆에는 "나는 밥을 먹지 않았습니다"라는 문장이 쓰여 있었다. 마지막 칸은 확인자가 서명하기 위한 공간이었다. 조중균씨는 점심시간에 식판 대신 그 수첩과 볼펜을 들고 정수기 옆에 서서, 본부장이 식사하러 내려오기를 기다렸다. 첫날에는 본부장이 오지 않아서 할 수 없이 조중균씨를 내내 지켜본 식당 아줌마에게 사인을 받았다. 2012년 11월의 첫 칸, "나는 밥을 먹지 않았습니다"라는 문장 옆에 최대한 성의 있게 쓴 "김애자"라는 사인이 보였다.

둘째 날에는 본부장이 식당으로 내려왔고 조중균씨가 다가가 수첩을 내밀었다. '김애자'라는 이름 밑에 휘갈겨 쓴 "姜"이라는 사인이 보였다. 조중균씨는 사인을 받은 뒤에도 올라가지 않고 식당 문을 닫을 때까지 선 채 자신이 정말 점심을 먹지 않았다는 사실을 증명했다. 본부장이 사인을 하면서 "사인하고 나 나가면 그때 밥 먹는 건 아니겠지?" 지적했기 때문이었다. 열두시 오십분이 되면 조중균씨의 것을 제외한 이백구십구 개가량의 식판과 오백구십팔 개가량의 젓가락들이 대형 세척기에서 돌아가고 식당 아줌마들이 청소를 시작했다. 아줌마들은 "배고플 텐데 누룽지 끓인 거라도 좀 줄까?" 매번 물었다. 물론 조중균씨는 사양했다.

"회사에서 제공하는 건 먹을 수, 없으니까요."

"그게 왜 회사에서 제공하는 거야? 우리가 먹으려고 끓이는 건데 우리가 주니까 우리 몫에서 주니까 우리 것이지."

해란씨가 훌쩍거리기 시작했다. 나는 조중균씨가 가엾다기보다는 이런 어처구니없는 사람과 무려 한 달간 씨름한 본부장에게 더 경악했다. 보아하니 교정직으로 밀려난 게 그때부터인 모양이었다. 본부장도 이런 직원과 마주하는 것이 부담스러웠는지 페이지를 넘길수록 '꽃'이라는 사인은 점점 줄어들었다. 그 대신 '김애자' '오은혜' '명숙희' 같은 이름들이 수첩을 채우더니 마침내 12월이 되자 크리스마스 선물처럼 수첩은 빈칸으로 남았다.

3

원래 사흘로 잡혀 있던 조중균씨의 작업 기간은 일주일로, 다시 열흘로 늘어났다. 스트레스로 얼굴 전체가 붓는 느낌이었다. 풍선이나 애드벌룬이 되어가는 것 같았다. 이러다 빵, 하고 터지면 어쩌나 초조했다. 노교수는 책이 제때 나올 수 있겠느냐고 하루가 멀다 하고 전화를 해왔다. 그런 불안은 시도 때도 없이 노교수의 일상을 뒤흔드는지 아침을 먹다가, 한의원에서 침을 맞다가, 취미인 국궁을 하러 갔다가, 심하게는 등산을 하러 갔다가도 전화를 걸어왔다. 안 그래도 귀가 어두워 통화가 어려웠는데 북한산 어딘가에서 거는 전화는 자꾸 끊겼다. 교정이 늦어져서요, 하면 교정볼 게 뭐가 있느냐, 니들이 한국사에 대해 뭘 아느냐, 건방 떨지 말고 인쇄기나 돌려라, 하는 불호령이 떨어졌다.

하지만 조중균씨는 말을 듣지 않았다. 책상 주변에는 어디선가 구해온 논문집들과 『역사용어사전』 『한국민속대사전』 『조선실록해제』 『일한사전』 들이 쌓여만 갔다. 조중균씨가 잡아낸 오류들을 보면 잡아내야 할 만하기도 했다. 그러니 일이 늦어진다고 마냥 화를 내기에도 애매했다. 조중균씨는 매일 야근했다. 하루에 겨우 예닐곱 장의 교정지가 넘어올 뿐이라서 정작 나는 정시에 퇴근했다. 내일 봐요, 하고 내가 사무실을 나가면 조중균씨는 일어나 자기 자리만 남기고 사무실 형광등을 모두 껐다. 그리고 그런 사무실의 어둠을 아주 따뜻한 담요처럼 덮고 원고의 세계로 빠져들어갔다.

4

해란씨는 그사이 다리를 다쳐 목발에 의지해야 하는 신세가 되었다. 집에서 반찬을 하다가 칼이 발등으로 떨어져내렸다고 했다. 회사는 오층 건물이었고 심지어 엘리베이터도 없었다. 해란씨는 땀을 뻘뻘 흘리며 하루 내려와 먹더니 그다음부터는 점심시간에 사무실을 지켰다. 이번 기회에 다이어트를 좀 하겠다고 했다. 점심을 먹고 돌아와 보면 해란씨와 조중균씨가 무언가 이야기를 나누고 있었다. 해란씨는 자기가 원고 교정을 제대로 보지 않아서 조중균씨 일이 늘었다고 미안해했다. 그래서 조중균씨가 교정을 보면 그 교정지를 다시 읽으면서 자기가 무얼 놓쳤나 확인하곤 했다. 조중균씨는 회사의 다른 사람들과는 거리가 분명했지만 해란씨에게는 그러지 않았다. 훌륭한 사수와 후임처럼, 선배와 후배처럼, 때로는 오누이처럼 점심시간을 보냈다.

해란씨는 아예 굶는 건 안 되겠는지 간식을 싸오기 시작했다. 오븐 없이 직접 구웠다는 빵이나 소시지, 과자 같은 것이었다. 그날은 어디서 났는지 떡을 싸왔고 사람들이 점심을 먹고 사무실로 돌아오자 하나씩 먹으라고 권했다. 부장까지 그러면 어디 한번 맛볼까, 하며 탁자로 모였다. 그리고 놀랍게도 파티션 뒤에서 조중균씨가 일어나 중앙의 탁자로 왔다.

"모싯잎떡 이거 비싸다고, 인절미랑은 다르다고. 우리 막내가 돈 썼구먼. 해란씨 다리는 어떤가. 칼날이 아니라 칼등이었으니 천만다행이지, 아니었으면 수습도 못 마쳤을 것 아니야. 다리 한쪽 못 쓰는 닭은 어떻게 되나? 치킨 런 할 수 있나? 바로 잡혀서 닭튀김이지. 회사원들은 아픈 것도 죄야. 조중균씨도 잘 먹으라고, 오탈자만 쪼지 말고 모이도 좀 쪼아먹어. 병든 닭은 어떻게 되나? 치킨 런 할 수 있나? 바로 잡혀서 닭튀김이지."

말끝에 떡을 입에 넣던 부장이 무언가 이상하다는 듯이 인상을 찌푸렸다. 해란씨가 잠깐 자리를 뜬 사이, 서대리가 먹지 마요, 상했어, 했다. 그러고 보니 다들 젓가락으로 들고만 있을 뿐 먹고 있는 사람은 조중균씨뿐이었다. 나는 탁자에서 좀 떨어져 있다가 떡을 베어물었다. 아주 상한 건 아니지만 떡에서는 쉰내 같은 것이 났다. "그냥 냉장고 냄새 아닌가?" "아니야, 쉬었어, 그냥 맛있다고 하고 알아서들 처리해요. 성의 있게 가져왔는데." 서대리가 말했다. 모두들 떡을 내려놓는데 조중균씨 혼자만 계속 먹고 있었다.

"조중균씨 먹지 마, 기초 체력 없는 사람이 갈락 말락 하는 음식 먹다가는 아주 골로 가네. 봐야 할 원고가 원투쓰리 기다리고 있는데 어쩌려고 그러나?"

"괜찮습니다. 아주 간 건 아니에요."

"아주 간 게 아니라니, 아주 갔어. 나이가 몇 개인데 그것도 구분 못해? 그리고 그 교수가 책 나오기를 아주 학수고대하네. 나이가 칠십이 다 됐는데 책 기다리다가 다 죽게 생겼어. 살살 보고 그냥 넘겨, 저자가 고칠 게 없다는데 뭐하느라 붙들고 있느냔 말이지. 어? 이 사람, 그만 먹어."

부장이 떡을 싼 비닐을 와락 잡았다.

"아주는 아닙니다. 괜찮습니다."

해란씨가 사무실로 돌아오자 직원들은 "해란씨 잘 먹었어" 하면서 젓가락을 놓고 사라졌다. 해란씨는, 비닐봉지를 움켜잡고 먹지 말라고 하는 부장과, 입을 오물거리면서도 여전히 떡을 내놓으라고 하는 조중균씨를 번갈아 바라보았다.

"원, 쉰 떡에 욕심은. 하여튼 원고 빨리 보게."

부장이 자리를 뜨고 조중균씨는 비닐봉지를 펼쳐서 남은 떡을 집었다. 그리고 마치 유령처럼 씹는 소리도 거의 내지 않고 천천히 먹었다. 점심시간이 끝날 때까지 조중균씨는 그렇게 조용히 먹고 고요히 포만감을 느꼈다.

5

화가 머리끝까지 난 노교수가 사무실을 찾아왔다. 회사 인터폰으로 여기 정문이네, 하고 연락하더니 그 많은 계단을 눈 깜짝할 사이에 올라와 들이닥쳤다. 이 주째 미뤄진 작업 때문에 내 정신은 이미 남동

풍을 타고 먼길을 떠난 뒤였다. 남동풍을 타면 북극해로 갈 수 있다고 들었다. 나는 그 북극의 난폭한 곰처럼 마구 발톱을 휘둘러 연어나 물개 따위를 잡아먹고 싶었다. 노교수가 돌아간 뒤 부장은 오늘부터 조중균씨 작업량을 시간대별로 확인하라고 했다. 그리고 나는 그 일을 다시 해란씨에게 맡겼다. 부장은 언젠가부터 지시 사항을 나만 불러 따로 이야기했고 지금 진행중인 책뿐 아니라 가을과 겨울의 작업들에 대해서도 의논했다. 그러니 자연스럽게 나는 해란씨의 경쟁자가 아닌 상사가 되어 있었다. 해란씨는 내가 말한 문서를 만들어 가져왔다. 날짜, 시간, 작업 내용, 확인, 이렇게 칸이 나뉘어 있었다. "좋아." 내가 오케이했는데도 해란씨는 무슨 말을 더 하려는지 머뭇거리다가 그냥 돌아섰다.

오후가 되자 조중균씨가 천천히 걸어 내 앞에 섰다. 배앓이를 한 탓인지, 야근 때문인지 조중균씨는 더 마르고 해쓱해 보였다. 허리를 구부정하게 숙이고 있어서 마치 거대한 물음표 같았다.

"다른 사람 말고 영주씨와 저 둘이서, 확인, 하지요."

목소리가 너무 작아서 나는 의자를 끌어다 좀더 가까이 갔다.

"뭐라고요?"

조중균씨는 물기가 다 빠져나가버린 푸석한 얼굴을 손으로 쓸었다. 그리고 셔츠 앞주머니에서 수첩을 꺼냈다. 거기 끼어 있던 만원짜리들이 나풀거리며 내 무릎 위로 떨어졌다. 이만원이었다. 조중균씨는 수첩을 손바닥 위에 올리고 뭔가를 적은 다음 내밀었다. 날짜 옆에 괄호로 "두시 이십분"이라고 적혀 있고 "나는 나태하지 않았습니다"라고 쓰여 있었다. 조중균씨가 사인하는 칸을 손가락으로 톡톡 건드렸다. 어떤 용도인지 알고 있지 않느냐는 듯이 설명은 없었다. 물론 거기에 뭐라고 써야 하는지 알고 있었다. 이름을 적으면 됐다. 하지만 적을 수 없었다, 적고 싶지 않았다.

"왜 적지 않습니까?"

조중균씨는 비난도 힐난의 기미도 없이 다만 아주 지친 듯이 물었다.

"싫어요."

"왜 적지 않습니까?"

나는 적고 싶지 않았다. 나는 굶은 사람을 정수기 옆에 한 시간 동안 세워놓은 본부장과는 분명 다른 사람이니까. 그런 일들과는 무관한 사람이니까. 내가 아무 대답도 하지 않자 조중균씨는 가만히 서서 신발 코만 내려다보다가 자기 자리로 돌아갔다. 안도감이 들었다. 그런데 한 시간 뒤 조중균씨는 다시 내 앞에 와서 수첩을 내밀었다. 차라리 화를 내지, 하는 생각이 들었다. 차라리 건방지다고, 너랑 나랑 나이 차가 얼마인지 아느냐고 욕을 하지. 이건 무슨 사람 피 말리는 짓인가. "나는 나태하지 않았습니다"라는 문장이 수첩의 두번째 칸에 쓰여 있었다.

"왜 이러세요? 저한테 항의하시는 거예요?"

"항의하는 것 아닙니다."

"그럼 뭐예요?"

"확인을 원하는 겁니다."

조중균씨는 물러서지 않고 볼펜을 내밀었다. 안 해요, 안 해, 손사래 치다 볼펜이 바닥으로 떨어졌다. 화가 나서인지 당황해서인지 얼굴이 달아올랐다. "뭐야, 저 팀, 살살 해." 서대리가 요령 있게 한마디 하면서 사무실의 긴장을 깼다. "또 수첩인가. 무슨 일이야? 이번에는 뭐가 문제야?" 부장이 본격적으로 한마디 하려는 듯 자리에서 일어섰다.

"제가 할게요. 제가 해도 되죠?"

해란씨가 볼펜을 집어서 절뚝거리며 내 자리로 왔다. 그리고 "나는 나태하지 않았습니다"라는 문장을 잠깐 읽고는 옆에다 강해란, 이라고 적었다.

6

그리고 그날 저녁 해란씨가 회식을 하자고 했다. 셋이서. 해란씨 친구가 한다는 카레집에서 카레를 먹고 어색하게 맥주를 마셨다. 조중균씨는 같은 테이블에 앉아 있어도 자연스럽게 자기 세계로 가버리는 사람이었다. 그나마 해란씨가 자꾸 말을 시켜서 그의 관심을 카레집 테이블로 돌아오게 했다. 해란씨는 조중균씨에게 이만원 이야기를 해달라고 했다. 이만원? 조중균씨가 머뭇거리자 해란씨는 "영주 언니는 모르잖아요" 하고 졸랐다. 조중균씨는 맥주를 한 병 더 주문하면서 셔츠 앞주머니에서 지폐를 꺼냈다. 아까 오후에도 긴장 속에서 확인했듯이 이만원이었다.

학생 때 조중균씨는 데모를 하다가 경찰서에 붙들려간 적이 있다고 했다. 그러다 며칠 만에 풀려났는데 형사가 목욕이나 하고 들어가라면서 오천원을 셔츠 주머니에 꽂아주었다는 것이다. 조중균씨는 그게 참을 수 없이 모욕적이었다고 말했다. 목욕하고 들어가란다고 모욕을 느끼다니. 아무튼 그뒤로 조중균씨는 셔츠 주머니에 늘 돈을 가지고 다녔다. 그때 그 형사와 마주치면 이자까지 해서 갚을 생각으로 말이다. 그러니까 이만원은 모욕을 되갚겠다는, 복수를 잊지 않겠다는 일종의 증표였다.

"형사 얼굴 기억해요?"

"기억합니다."

"거짓말 같은데."

"정말 기억합니다."

아무렴 그러시겠지. 해란씨는 "꼭 만나게 될 거예요, 정말이에요" 하며 용기를 주었지만 나는 그런 사소한 복수가 그리 대단해 보이지는 않았다. 그렇게 의무적으로 한 시간 동안 맥주를 마시고 나오는데 조중균씨가 한잔 더 하겠느냐고 물었다. 한잔 더, 라니? 조중균씨가 우리를 데리고 비보이 극장과 유명 연예인이 한다는 실내 포장마차와 라디오 방송국을 지났다. 오랜만에 이렇게 걸으니까 좋다고 해란씨가 목발을 짚으면서 말했다. 정말 회사원이 된 것 같아요, 회식을 다 하고.

조중균씨가 들어간 집은 철제로 된 미닫이문이 달려 있는, 술집인지 그냥 개인 공간인지 알 수 없는 곳이었다. 문에는 파란색 코팅지가 붙어 있고 직접 쓴 듯한 글씨로 지나간 세계, 라고 쓰여 있었다. 해란씨가 그 글자를 만지면서 "언니, 봐요" 했다. 조중균씨가 매일 적고 매일 퇴고한다던 시의 제목이었다. 가게에서는 파마머리 남자가 텔레비전을 보고 있다 우리를 맞았다. 테이블은 하나밖에 없었고 의자도 세 개뿐이었다. 어쩌면 우리가 딱 맞게 왔네요, 했더니 조중균씨는 당연하다는 듯이 세 명이 아니면 데려오지 않지요, 했다.

맥주를 마시는 동안에는 가게 주인이 주로 떠들었다. 주인은 자기를 형수씨라고 부르라고 했다. 아, 이 사람이 형수구나. 형수가 이름인가 했더니 한때 사형수였다고 했다. 농담인가 진짜인가 생각하는데 막상 자기는 그렇게 말하고 킬킬 웃었다.

대화의 주제는 주로 형수씨가 좋아하는 텔레비전 드라마 이야기였다. 아침 드라마에서 종편 드라마까지 형수씨가 챙겨 보는 드라마는 스물두 편이나 됐다. 형수씨는 드라마는 스물두 편인데 스토리는 다 거기서 거기라서 나중에는 형란이랑 바람피운 놈이 재수인지, 영수인지, 영옥이를 괴롭힌 사람이 어머니인지, 시아버지인지, 내연녀인지, 이복동생인지, 지금 쟤가 쟤 딸이 맞는지, 아니면 쟤가 쟤 딸이 아니라 사실은 쟤 딸이었는지 헷갈린다고 했다. 그래봤자 쟤가 쟤랑 합법적으로 자려고(결혼은 그런 거라고 했다) 쟤는 쟤 돈을 합법적으로 쓰려고(결혼은 또 그런 거라고 했다) 쟤는 쟤 돈을 쟤가 쓰는 게 싫으니까(사람 마음이란 게 다 그렇다고 했다) 쟤가 쟤를 시켜서 훼방을 놓는 거(사람 사는 게 다 그렇다고 했다)라고 했다.

자꾸 마셔서 그런지 나는 서서히 이 키치적인 술집에 적응해들어갔다. 테이블에 놓인 김치찌개처럼 자글자글 끓는 분노랄까, 히스테리랄까, 하는 것이 은근히 느껴졌다. "그렇게 냉소하면서 왜 봐요. 고상하게 예술영화나 볼 것이지." 내가 말하자 형수씨가 "그 재밌는 걸 왜 안 봐? 그래도 거기에는 드라마가 있잖아" 했다.

조중균씨는 우리를 왜 여기까지 데려왔는지 알 수 없을 정도로 말이 없었다. 낮에 있었던 일을 사과하거나 복기하거나 할 생각은 전혀 없는 것 같았다. 형수씨가 맥주를 꺼내오더니 조중균씨에게 돈을 달라고 조르기 시작했다. 조중균씨는 말없이 지갑을 꺼내서 팔만원쯤을 건네주었다. 화제는 각자의 이름 이야기로 넘어갔다. 해란씨 이름은 실향민인 할아버지가 해란강을 그리워하면서 지은 이름이라고 했다. 내 이름에는 특별한 사연이 없었고 조중균씨 사연은 형수씨가 알고 있는 것 같았다.

"얘가 이름 때문에 망하고 이름 때문에 산 애야. 그야말로 드라마가 있단 말이야."

저렇게 조용하고 고요한 사람에게 드라마가 있다니. 형수씨는 노가리를 구워서 올려놓더니 "내 한번 얘기해줘요?" 했다. 조중균씨 이야기인데도 정작 조중균씨는 말이 없고 형수씨만 무성영화의 변사처럼 신이 나 있었다.

형수씨와 조중균씨는 같은 대학에 다녔는데 그 당시 굉장히 인기 없는 역사 교수가 하나 있었다고 했다. 수업시간의 반 이상을 야당과 '데모대' 욕하는 데 쓰는, 청년들과는 도무지 '코드'가 안 맞는 교수였다. 필수라서 신청은 했는데 수업에는 거의 들어가지 않았다. 문제는 유급은 하고 싶지 않다는 데 있었다. 유급은 정말 안 된다. 가난하고 군대도 가기 싫은데 유급하면 돈 날리고 군대도 가야 하니까. 그런데 마침 시험에 응시만 하면 점수를 준다는 소문이 들렸다. 이게 무슨 일인가, 과연 그런가, 의심하면서도 모두들 우르르 시험을 보러 갔다. 개중에는 무슨 과목 시험인지도 모르고 휩쓸려 갔다가 자기가 신청한 과목이 아니라는 걸 알고 애석해하며 돌아간 친구도 있었다고 했다.

강의실로 들어가자 감독관이 빈 종이 한 장을 내밀었다. 소문대로 칠판에는 시험문제가 적혀 있지 않았다. 이름만 적으라고 감독관이 말했다. 단, 시험시간이 끝날 때까지는 먼저 나갈 수 없었다. 학생들이 이름을 적고 나니 시간은 그대로 한 시간이 남아 있었다. 하지만 나가지 말라고 했으니 그 시간을 어떻게든 보내야 했다. 누군가는 책상에 엎드려 잤고 누군가는 무료하게 볼펜을 돌렸고 누구는 노래를 흥얼거렸고 누군가는 시험지 귀퉁이를 찢어 껌처럼 씹었다. 그리고 여기 빈 종이 앞에서 무언가를 가만히 생각하는 조중균씨가 있었다. 왜 문제가 없지, 하고.

조중균씨는 아무것도 적지 않아도 되는 시험에 대해 생각했다. 그렇게 해서 얻는 점수란 어떤 것인가에 대해. 여름이 가까운 교정에서 다당다당다당 하는 꽹과리 소리가 들려왔다. 조중균씨 귀에는 왠지 그것이 나 가 나 가 나 가 하는 소리로 들렸다. 쿵쿵덕쿵덕 쿵쿵덕쿵덕 장구 소리가 들려왔다. 조중균씨 귀에는 왠지 그것이 뻑뻑뻐꾸기 뻑뻑뻐꾸기라고 들려왔다.

"왜 문제가 없는 겁니까?"

조중균씨가 물었다.

"이름 적기가 시험이야, 이름만 적으면 돼."

감독관이 조중균씨의 어깨를 툭 치며 지나갔다.

아무것도 쓰지 않고 이름만 적는 건 부끄러운 일이었다. 우리가 원하는 건 아무것도 하지 않음으로써 얻어지는 형태의 것이 아니었으니까. 조중균씨는 부끄러웠다. 여기에 이름을 적고 가만히 기다리라는 교수의 의도를 알 것 같았다. 조중균씨는 이름을 쓰지 않고 빈 종이에다 무언가를 적어내려가기 시작했다. 감독관이 주먹으로 책상을 노크하듯 두드렸다.

"이 친구, 이름만 적으라니까."

다시 빈 종이가 왔다.

"이 친구, 다른 문장을 적으면 안 돼. 이름만 적어, 이름만 적으면 점수 준다니까."

또 빈 종이가 놓였다. 조중균씨는 다시 볼펜을 잡았다. 나중에는 친구들까지 "이름만 적어, 중균아, 유급하면 군대 간다" 하고 말렸다. 하지만 조중균씨는 문장을 끝까지 적었고 마지막 순간에도 이름은 적지 않았다.

"그렇게 멋있는 놈이야, 얘가. 아주 난놈이야. 와, 끝까지 이름을 안 적는 놈이야."

형수씨는 오래전 일인데도 아직도 흥분이 되는지 그런 놈이야, 놈이야, 하면서 조중균씨를 껴안았다. 손목이 아주 이상한 각도로 꺾여서 나는 그제야 형수씨가 의수를 끼고 있다는 걸 알았다.

"뭘 적었는데요?"

"시였습니다."

조중균씨는 맥주잔을 들었다 놓으면서 아주 잠깐 웃었다. 마치 꽃이 지듯 조그마한 입술이 펴졌다가 다시 오므라들었다. "그래서 어떻게 됐어요?" 해란씨가 물었다. "망했지, 유급했지, 군대 갔지, 사고 났지." 형수씨는 아까 드라마 줄거리를 말할 때처럼 좀 새침하게 대답했다. "이름 덕분에 살기도 했다면서요?" 내가 묻자 "아, 성공!" 하며 형수씨가 파리채로 찰싹 벽을 때렸다.

그때 그 시험장에서 쓴 시 제목은 '지나간 세계'였다. 형수씨 말로는 그 당시 집회나 학회실이나 엠티에서 어떤 시보다도 자주 낭송됐다고 했다. 그런 '전단시'들은 사람들을 선동하는 효과가 있어서 그런 게 없으면 데모고 뭐고 아무것도 안 되는데 조중균씨의 「지나간 세계」야말로 그런 불쏘시개 역할을 잘해주었다는 것이다.

"아, 그래서 조중균씨가 유명해졌구나."

전철 끊길 시간이 되어서 나는 얼른 결론을 냈다.

"아닙니다."

조중균씨가 불쾌해진 얼굴로 나를 건너보았다. 노가리 채가 입술에 붙어서 떨어질락 말락 했다. 조중균씨는 그 시는 자기가 썼지만 자기 시는 아니라고 했다. 원하는 사람이면 누구든 자기 이름을 붙여 자기가 쓴 것처럼 연단에서, 광장에서, 거리에서 낭송할 수 있었으니까.

"나도 읽었어. 격해지면 막 울면서 읽고 취해서 읽고 좋아서 읽고, 아직 내가 쓴 줄 아는 사람들도 많을걸?" 형수씨가 말했다. "나쁘다. 그러면 도용이잖아요." 내가 그렇게 툭 던지자 형수씨는 흥분했다. "얘 좀 봐라, 우리 세계에서는 그렇지 않았어. 시는 그런 게 아니었어. 중균아, 얘들이 모른다, 우리 세계를 몰라." "우리도 알아요." 해란씨가 발끈하며 말했다. "알긴 뭘 알아? 니들은 모른다, 몰라." "해란씨는 압니까?" 조중균씨가 고개를 숙이고 있다가 어딘가 좀 젖은 듯한 목소리로 물었다. "네, 알아요. 안다니까요." 하지만 형수씨는 듣는 둥 마는 둥 하다가 "너네 이제 집에 가라. 우리 자야 하니까" 했다.

뭐야? 그러면 조중균씨와 형수씨가 여기서 사는 거였나? 가게 안을 둘러봤다. 창고인지 방인지는 알 수 없지만 작은 문이 하나 있긴 했다. 나는 해란씨를 데리고 자리에서 일어섰다. 조중균씨는 술에 취했는지 어쨌는지 눈을 감고 가만히 앉아 있었다.

"갈게요."

정말 화가 났는지 형수씨는 답이 없었다. 저렇게 기분이 순식간에 변하는 사람과 웬만해선 표정 변화도 없는 사람이 어떻게 친구가 되었을까.

택시를 타고 해란씨를 집에다 내려주었다. 해란씨는 뭔지 모르겠는데 참 슬프다고 훌쩍거렸다.

"알바도 그렇게 많이 했다면서 마음이 왜 그렇게 약해."

"집에선 안 그랬는데 서울 올라오면서 완전 울보 됐어요."

"집이 어디랬지?"

"옥천이요. 어, 처음이다."

"뭐가 처음이야?"

"언니가 저한테 그런 거 묻는 거요."

"그런 거 뭐?"

"개인적인 거요."

나는 할말이 없어졌다.

"근데 아까 안다고 했잖아? 해란씨, 뭘 안다는 거였어?"

"안다고요? 아, 그때…… 뭔지는 몰라도 알 것 같기는 했어요."

"뭘?"

"아무튼, 그분들 세계를요."

택시에서 내린 해란씨가 목발을 짚고 올라가는 모습을 나는 지켜보았다. 해란씨는 좀 가다가 서서 휴대전화를 꺼냈다. 그리고 사진을 한 장 찍었다. 꽃 한 송이, 고양이 한 마리 없는데 뭘 찍나. 나는 그 어두운 편을 같이 바라보다가 "가요, 아저씨" 하고 택시를 출발시켰다.

회식은 신촌 기찻길에서 있었다. 부장이 말했듯이 주먹고깃집에서
였다. 오늘의 주인공이니 본부장 앞에 앉으라고 해서 그 자리에서 열
심히 고기를 구웠다. 본부장은 상상했던 것보다는 인상이 좋았고 그
래서 기분이 더 가라앉았다. 테이블에는 해란씨도 없었고 조중균씨도
없었다. 조중균씨는 교정 기한을 한 달이나 넘겨서 회사에 해를 끼쳤
다는 이유로, 직무 유기, 태만이라는 명목으로 해고되었다. 소송이나
일인 시위를 벌일지도 모른다며 회사는 내게 경위서도 받았다. 경위
서는 부장이 썼고 나는 거기에 사인만 했다. 그렇게 해서 회사에서 채
용한 직원 수는 한 명도, 두 명도 아닌 말 그대로 '0'명이 되었다.

지난여름 동안 아무도 조중균씨에 대해 이야기하지 않았으면서 조
중균씨가 사라지자 모두들 조중균씨에 대해 이야기했다. 다들 조중균
씨에게 관심 없는 줄 알았는데 아니었다. 모두가 기억하는 모두의 조
중균씨가 있었다. 서대리는 프랑스 유학 시절에 사르트르의 묘지를 찾
아가곤 했는데 조중균씨가 거기 죽치고 앉아 있던 '길 위의 방랑객'과
무섭도록 닮았다고 했다. 그는 늘 거기 앉아서 별다른 일을 하지 않고
작은 수첩을 들여다보고 있다가 왼손을 움직여 단어 하나를 반복해
쓰곤 했다는 것이다. "조중균씨도 왼손잡이였잖아요." 조중균씨가 왼
손잡이였던가? 기억해봤지만 생각나지 않았다. 도플갱어인가, 누군가
말했다. "손가락 마디가 두어 개 없었잖아." 또 누군가 말했다. "아예
손가락 하나가 없었잖아." "아니, 그냥 마디 두 개가 없었어요." "삼
년간 뭘 봤어? 왼손 약지가 통째로 없었는데." "그 수첩에는 뭐라고

쓰여 있었는데요?" 내가 서대리에게 물었다. "자유, 프랑스어로 리베르테!"

아무도 해란씨 이야기는 하지 않았다. 그렇게 잠시 있다 떠난 사람에 대해서는 이야기할 것도 없다는 듯이, 마치 없었던 사람처럼. 문제의 책이 출간되고 수습 기간도 끝나면서 나는 긴장이 놓였달까, 안심을 했달까, 아무튼 어딘가 한풀 꺾여 있었다. 안착은 그렇게 허무의 포즈를 하고 왔다. 그래도 고기를 굽고 주는 대로 술을 마시고 웃고 떠들었다.

"아줌마." 화장실을 다녀오다가 나는 회식 자리로 돌아가지 않고 홀에 앉았다. 더 앉아서 술을 받아먹다가는 완전히 취할 것 같았다. "왜, 자리 못 찾겠어?" 식당 아줌마가 돌아봤다. "아니요, 주먹고기는 왜 주먹고기예요?" 아줌마는 양푼에다 부지런히 콩나물을 무치면서 내게 걸어왔다. 그리고 왼손 주먹을 내 눈앞에 대면서 "알지? 주먹?" 했다.

"알아요."

"주먹을 닮아서 그런 거야."

회식이 끝나고 부장과 나만 마지막 전철을 탔다. 부장은 취기가 올라오는지 넥타이를 느슨하게 풀었다. "영주씨, 영주씨는 무슨 힘으로 사나?" 무슨 힘, 사는 데 무슨 힘이 필요한가, 그냥 사는 거지, 생각하다가 주먹을 부장에게 보여주었다. "주먹이래요, 주먹." 그사이 잠이 들었었는지 부장이 몸을 움찔하며 눈을 떴다. "뭐가 주먹이야?" "주먹구구 아니래요, 주먹이래요." "그래그래, 젊은 사람들 주먹 불끈 쥐고 기운 내야지, 힘내야지. 젊음의 주먹, 좋다." 부장이 갑자기 박수를 쳤다. 그런 뜻은 아니었는데 좋을 대로 해석해주는구나. 이런 게 정규직의 힘인가, 생각하고는 나도 꾸벅꾸벅 졸았다.

집으로 돌아가는데 밤하늘에는 그믐달이 떠 있었다. 어느 집에서 드라마를 보는지 누가 엉엉 울면서 "어떻게, 네가 어떻게 그러니, 나한테 그러니?" 하는 소리가 들렸다. 나는 그때 그 술집에 한번 가볼까, 생각했다. 그 지나간 세계로. 그 세계는 어떤 세계일까. 누군가 뒤에서 따라오는 것 같아 돌아봤지만 거리에는 아무도 없었다. 나는 그 집이 라디오 방송국 뒤편을 돌아 몇번째 골목에 있었는지 생각했다. 골목 어귀의 작은 공터에서 얼마를 걸어야 나오던 곳이던가를. 그리고 그 집에 무엇이 있었던가를 떠올리기 위해 애썼다. 하지만 뭐가 있었는가보다는 뭐가 없었는가가 더 세세히 떠올랐다. 거기에는 육 인용 테이블이 없었다. 복수를 잊어버린 조중균씨도 없고 빈 시험지에 자신의 이름을 적는 조중균씨도 없었다. 나태한 조중균씨도 없고 내 사인이 적힌 수첩도 다행히, 아주 다행히 없었다. 문장과 시와 드라마는 있지만 이름은 없는 세계, 내가 간신히 기억하는 한, 그것이 바로 조중균씨의 세계였다.

세실리아

송년

그 이름이 들려온 건 빙산이 녹고 녹아서 차가운 얼음 바다로 무너져내리고 나서였다. 대학 동기들은 술에 취하는 과정을 빙산이 자라난다, 빙산이 솟는다, 빙산에 금이 간다, 빙산이 녹는다, 이렇게 표현하곤 했다. 학생 때부터 양주를 자주 마셔서일 것이다. 요트부라고 다들 잘살진 않았고 오히려 나처럼 평생 가야 요트 구경 한 번 하기 어려운 애들이 어떤 선망으로 가입했지만 개중에도 진짜들은 있었다. 진짜들은 양주를 좋아했다. 얼음통에 얼음을 잔뜩 쌓아놓기를 좋아했고 그렇게 얼음이 빙산처럼 쌓이면 술 먹기 게임을 해서 정신이 흐릿해지고 정신에 금이 가고 정신이 아이스크림처럼 녹고 마침내 정신이 붕괴될 때까지 마시고 싶어했다.

나는 대륙의 어느 귀퉁이에서 떨어져나가 북극해로의 이동을 시작한 정신을 간신히 수습해, 실제로는 술에 취해 테이블에 엎어져 있다가 몇 안 남아 있는 동기들을 향해 고개를 들면서 누구라고오, 했다.

"왜 저렇게 혀를 꼬아, 재은이 너 그렇게 해도 하나도 안 귀여워."

"취했냐, 재 재은이 아니라 정은이야."

나는 비틀비틀 걸어가면서 다시 한번 누구라고오, 하고 물었다. 이 새끼들은 왜 사람이 물어도 대답이 없는가.

"세실리아 말이야. 소식 들은 적 있어?"

그래, 세실리아. 머릿속에 가무잡잡한 피부와 살진 얼굴, 손톱으로 콕 찍어놓은 듯한 작은 눈과 늘 웃는 인상이던 입매가 떠올랐다. 걔는 명랑했어, 언제나 명랑했지. 이를테면 걔는 눈사람 모양으로 만든 쿠키 같았다. 실제로 그만큼 살이 찌기도 했지만, 친근하고 붙임성이 좋아서 가까이 지내다보면 의외로 쉽게 바스러지고 조각조각 나버리는 위태로운 성격이었다. 동아리 활동을 열심히 하긴 했지만 정작 단짝이다 싶은 사이들은 없었다. 다 부스러진 쿠키를 옷 주머니 같은 데서 발견하듯, 잊고 있다가 아 맞아, 세실리아가 있었지, 하는 정도의 존재감이었다. 적어도 그 일이 터지기 전까지는.

동기들은 세실리아의 별명이 '엉겅퀸'이었던 것도 기억해냈다. 그랬다. 세실리아는 애정결핍에 시달리는 막냇동생처럼 엉기길 잘해서 별명이 엉겅퀸이었다. 그렇게 해서 막상 좀 친해지면 시도 때도 없이 삐삐 치고 울면서 음성 메시지 남기고—술 먹으면 우는 버릇이 있었다—전화하고 용건도 없는데 계속 불러내면서 사정없이 엉겼다. 활발하고 발랄한 성격에 호감을 가졌던 애들도 넌더리 내면서 나가떨어지게 하는 게 바로 세실리아였다.

나는 테이블 위에 널려 있는 땅콩, 과일 껍질, 발렌타인 십칠 년산, 콜라, 럼, 탄산수, 치즈 조각 따위를 보다가 물을 한 잔 마셨다. 물인지 술인지 모르겠는 걸 보니 집에 가야 할 때였다. 그런데 왜 이렇게 남아 있는 사람이 없는가. 두시밖에 안 됐는데. 남아 있는 사람은 형규, 명훈이, 찬호 그리고…… 나는 애들에게 가려져 보일락 말락 하는 누군가를 보기 위해 몸을 이리저리 비틀었다.

"야, 쟤 완전히 취했다. 몸도 못 가누네."

형규가 날 가리켰다. 조용히 소파에 기대어 있는 건 치운이였다. 그런데 왜 애들이 다 집으로 갔을까. 아까 오리고기 먹고 맥주 마시고 노래방에 갔다가, 아니, 노래방은 안 갔지, 여기 단란주점으로 왔지. 그런데 왜 아무도 노래를 안 불러. 〈취중진담〉이나 〈왼손잡이〉, 〈교실 이데아〉 같은 노래들 왜 안 불러줘?

형규는 이제야 말하지만 세실리아의 별명은 너무 엉겨붙는다는 뜻이 아니었다고 했다. 그랬지, 명훈이가 동의했다. 별걸 다 기억하네, 이건 찬호의 말이었고 그럼 뭐언데, 내가 물었다. 아무도 말을 않더니 한잔하자, 하고 잔을 부딪쳤다. 잔이 없는 건 나와 치운이뿐이었다.

"나중에 우리 변태라고 소문내면 안 된다."

형규가 다짐을 받았다.

"그럴게."

"그럴게, 오빠, 해봐."

애들이 웃었다.

"그럴게, 오빠."

나는 지금 한류를 따라 북극해에서 북태평양으로 흘러가는 중이니까 어차피 나중에 기억 못하겠지. 내가 형규를 오빠라고 부른 일도 기억을 못할 것이다. 사실 저 새끼는 쓰레기 중의 쓰레기인데. 회장으로 있으면서 동아리 돈에 손댔던 것도 다 알아, 해결도 않고 입대해버리고 애꿎은 선배들이 갹출해서 덮었지. 하긴 무슨 상관이야. 그것 모두 1999년의 일이고 세기가 바뀌었는데. 우리는 내일모레면 마흔이고 이미 그보다 더 나쁜 일들을 하며 살고 있는데.

형규에게는 늘 애인이 있다. 저 물색없는 새끼는 송년 모임에도 여자를 데리고 나온 적이 있다. 삼 년 전인가, 사 년 전인가. 그 여자애의 A라인 스커트가 구김 하나 없이 빳빳하게 다려져 있던 게 생각났다. 여자애가 오자 여자 동기들이 불쾌해하며 다 일어섰고 그때도 오늘처럼 나만 남아 있었지. 여자애는 화사했던 얼굴이 점점 어두워지더니 포장마차로 옮겼을 무렵에는 "언니도 그렇게 생각해요?" 하고 따졌다. 지독하게 춥구나, 생각하면서 내 정신은 또 저 차디찬 해저로 가라앉고 있는데 언니는 돌싱이니까, 나 이해할 거잖아요, 언니도 내가 못마땅해요? 불쾌해요? 내가 한 번 이혼한 것과 유부남과 연애하는 아가씨를 이해하는 것 사이에는 어떤 연관이 있지? 나는 긍정도 부정도 못한 채 간신히 그렇게 생각했다.

그날 형규는 여자애를 챙겨줄 겨를도 없이 만취하고 여자애는 술집 골목을 또각또각 구두 소리를 내며 걸어가 택시를 탔다. 출발하기 전에 내가 이만원을 쥐여주면서 조심히 가라고, 그리고 참 예쁘게 생겼다고, 예쁘네, 정말 예쁘게 생겼어, 했더니 여자애는 모욕적인 말을 들은 것처럼 그 예쁜 미간을 찌푸리면서 택시 문을 탁, 하고 닫았다. 형규는 얼마 안 있어 그 여자애랑 헤어졌다고 했다.

"세실리아가 엉겅퀸인 건 엉덩이가 아주 건강하고 풍만해서야. 지금 이야 나이 먹고 어떻게 되었는지 모르겠는데 그때만 해도 대단했지."

치운이가 먼저 가겠다고 일어서서 대화가 끊겼다.

"그러면 다들 일어서자."

찬호가 코트를 들고 나갔고 나도 머플러며 가방을 챙겼다. 계단을 올라가는데 명훈이가 형규에게 "새끼, 치운이 있는 데서 엉덩이 얘기를 하고 자빠졌네" 했다. 일행들과 헤어져 전철역 쪽으로 걸었다. 걷다가 전철은 이미 애저녁에 끊겼겠다는 생각이 들었고 그렇게 정신이 돌아왔다. 형규에게서 한 번, 명훈이에게서 한 번, 전화가 왔지만 받지 않았다. 한참 있다가 찬호가 전화를 걸어서 잘 가고 있느냐고 물었다.

"잘 가고 있지."

"어디쯤 갔는데?"

"어디쯤 갔는지는 왜 물어."

"……얘기나 좀더 할까 하고."

이 새끼도 똑같은 새끼구나, 생각하면서도 나는 정말 찬호나 만나서 이야기를 해볼까 싶었다. 무슨 이야기를 할까. 추억의 영화를 이야기할까. 사랑이 어떻게 변하니, 하면서. 아니면 정치에 대해 이야기할까. 얘는 공부하는 애니까. 우리는 십 년 전인가 광화문에 집회하러 나갔다가 우연히 만난 적도 있다. 반대와 무효라는 구호들이 소용돌이치던 시간이었다. 우리는 집회가 끝나고 서울역까지 행진했고 역내의 식당에서 냉면을 먹었다. 찬호는 얼음을 젓가락으로 착착착 꼼꼼하게 부수었다. 그리고 냉면을 먹으면서 꼭 대학가 식당에서 파는 냉면 같네, 라고 했다. 밑이 없는 것 같은 맛. 둥둥 뜨는 맛. 그래, 그런 얘기라면 돌림노래처럼 계속할 수 있을 것 같은데.

"좋지, 그런데 집에서 니 애들이 기다리지 않아?"

찬호는 말이 없었다.

"니 딸이 다섯 살이라며, 너밖에 모른다며."

"에이, 그런 얘기는 하지 말고."

찬호가 피곤하다는 듯 한숨을 쉬었다. 다른 여자애들하고는 그렇게 육아 이야기만 하더니 왜 나랑은 안 해? 끼어들 말이 없어서 저녁 내내 오리고기만 열심히 구웠더니. 얼마나 집게를 오래 쥐고 있었는지 지금도 손아귀가 아프구먼.

"노래도 잘한다며, 엘사? 같이 눈사람 만들래, 이 노랠 공주 옷까지 갖춰 입고 한다며, 돌고 돌고 돌고 하면서 춤을 춘다며……"

"그래, 조심해서 들어가고. 여름에 요트 한번 탄다니까 그때 보자."

노래를 더 할 셈이었는데 찬호는 전화를 끊어버렸다. 송년회가 끝나고 난 뒤에는 누구나 누구와 잘 수 있고 자지 않을 수도 있다. 하지만 오늘은 안 해. 나쁜 새끼들, 엉덩이가 뭐 어쩌고 어째? 미끄러지지 않게 최대한 무릎에 힘을 주면서 횡단보도를 건넜다. 그다음 가사가 뭐더라 생각하면서. 맞아, 제발 좀 나와봐, 였지. 같이 노올자, 나 혼자 심심해.

자유연상

새해가 되고 얼마 지나지 않아 여자 동기들한테 전화 몇 통을 받았다. 내용을 요약해보면 송년회 때 너 또 끝까지 남아 있었다며? 누구 누구 남아 있었어? 끝나고는 바로 집에 갔니? 였다. 아이들이 어린이 집 간 틈에 통화해야 하니까 전화는 주로 열한시와 열두시 사이에 몰려 있었다. 나 같은 학원 강사들은 늦게까지 일해서 그때까지 잘 수밖에 없는데 전화하는 애들마다 부럽다, 여태 자고, 부럽다, 라고 했다.

송년회 때 한 번, 송년회가 끝나고 나면 확인차 또 이렇게 한 번, 그러고 나서는 줄줄이 이어지는 돌잔치나 문상 갈 때 한 번씩들, 그렇게 뭔가 흥미로운 마술 상자를 열듯 내 일상을 살피고 나면 또 감감무소식이었다. 나는 애들이 다 한다는 SNS도 하지 않고 모바일 메신저에도 가입되어 있지 않으니까 단절은 그렇게 완전한 단절로 남았다. 어쩌면 그런 단절 때문에 그나마 애들이 전화라도 하는지 모르겠지만. 올해의 전화도 그런 연례행사였는데 다른 점이 있다면 세실리아는 지금 어떻게 살고 있을까, 한마디씩 한다는 것이었다. 애들이 왜 하나같이 세실리아 타령인가.

"치운이가 이혼해서 그런가."

한 친구가 말했다. 치운이가 이혼을 한 줄은 난 몰랐는데. 하지만 걔가 와이프랑 갈라선 것과 세실리아가 무슨 상관이 있단 말인가?

"뭐 그게 그렇게 상관이 있다는 건 아니지만…… 자유연상으로 생각이 나는 거지. 나비효과라는 것도 있으니까."

전화를 끊은 뒤 인터넷 검색창에 오세실리아라는 이름을 쳐보았다. 별 기대 없었는데 세실리아에 대한 정보를 금방 찾을 수 있었다. 이런 사사로운 수고도 하지 않으면서 무슨 세실리아의 근황이 궁금하다는 건가. 세실리아는 꽤 유명한 설치미술가로 활동하고 있어서 여러 가지 관련 기사가 떴다. 지금은 인천의 예술가 레지던스에 머물고 있었다. 동기들에게 이 사실을 전송하자 '대박' 'ㅋㅋ' 'ㅎㅎ' '수고' 같은 답신들이 도착했다. 그렇게 궁금하다면서 이게 끝이야? 하고 있는데 몇 시간 만에 찬호가 '세실리아도 우리 모임에 한번 나왔으면 좋겠네' 하고 문자를 보내왔다.

세실리아가 과연 우리를 보고 싶어할까? 세실리아는 사학년 때 치운이와 잠깐 연애했고 그 연애가 흐지부지되면서 동아리를 떠났다. 치운이에게는 사 년 내내 연애해온 같은 동아리 여자애가 있었기 때문에 모두에게 작지 않은 충격이었다. 인간적인 매력도, 특별한 존재감도 없이 그저 엉겨붙기만 하는 세실리아가 가여운 동기에게 상처를 안기며 치운이와 연애하다니.

그러고는 따돌림이었다. 세실리아는 점점 애들 앞에 안 나타나다가 탈퇴서를 쓸 필요도 없이 졸업으로 동아리 생활을 마감했다. 나는 애들이 하는 것처럼 적극적으로 세실리아를 따돌리지는 않았다. 그렇다고 그런 사소한 치정으로 한 인간에게 그렇게까지 해야 하겠는가, 하며 애들을 말리지도 않았다. 스물세 살 때 나는 만사가 귀찮았고, 귀찮아서 수업도 제대로 듣지 않았다. 삼각관계니 배신이니 복수니 하는 것들도 다 귀찮았다. 학교에 가기도 싫었지만 날 기른 할머니 때문에 그럴 수는 없었고 겨우 가서는 학생회관 육층에 있는 생활도서관에서 시간을 보냈다.

학생회에서 운영하는 그 도서관에는 사람이 거의 없었다. 넓은 책상이 있고 탁 트인 전망이 있고 분말커피와 차도 공짜였으며 이따금 도서관 관장이 자장면을 사주기도 했다. 그는 복학과 휴학을 반복하며 아직 학교를 떠나지 못한 91학번이었다.

나는 엎드려서 잠을 자거나 리아와 크라잉넛, 삐삐밴드 같은 가수들의 노래를 듣다가 정 심심하면 책을 읽었다. 꼬일 대로 꼬인 번역 문장으로 쓰인 사회과학 서적들이었다. 파티션 안쪽에 좀 숨기듯 보관되어 있는 르포 영화들도 봤다. 전투적이었고 믿을 수 없게 저항적이었으며 어딘가 모르게 낭만적이었다. 나는 그걸 보며 힝힝, 울다가 갑자기 그렇게 진지한 내게 알 수 없는 혐오를 느끼면서 화면을 탁, 하고 껐다. 그래도 지금 내가 논술 강사로 밥이나 먹고 사는 게 다 그때 그 책과 영화들 덕분이었다. 그런데 어쩌다 이런 생각까지 하게 됐지. 이게 다 아까 친구가 말한 자유연상과 나비효과인가.

할리우드 스타일

이혼한 뒤 전 배우자를 주기적으로 만나는 사람은 드물 것이다. 없지는 않겠지, 우리에게는 할리우드가 있으니까. 나는 여전히 전남편을 '관장'이라 부르고 한 달에 한 번은 만난다. 관장이 지방으로 내려간 뒤에도 같이 밥도 먹고 술도 마셨다. 그러고 싶을 때는 같이 자기도 했지만 요즘 관장은 재혼을 준비중이라서 이제 섹스는 하지 않는다. 뭐, 나는 할 수도 있다고 생각하는데 염천골 선비 같은 관장이 하지 않는다. 오늘도 우리는 만나서 단골 칼국숫집으로 갔고 팥칼국수와 메밀전병 한 접시를 시켰다. 우리는 이 칼국수를 학생 때부터 해서 천 번은 먹었다. 둘 다 위가 좋지 않아서 밀가루 음식을 먹으면 탈이 났는데도, 그런데도 맛있잖아, 하면서 시시덕거리며 먹으러 다녔다. 식당 바닥은 엉덩이를 델 것처럼 뜨거웠다. 노곤하게 잠이 오는데 음식이 나왔고 우리는 허겁지겁 국숫발을 삼켰다.

"너 이제 흰머리 많다."

관장이 깍두기를 와작, 씹었다.

"흰머리만 많은 줄 알아? 빚도 많아."

"빚은 뭣하러 졌는데?"

"잊었어? 관장이랑 살면서 나 빚 팔천 진 거?"

"팔천이나 어쩌다 졌지?"

"어쩌긴 서점 한다고 생쇼 하다가 졌지."

"서점은 왜 한다고 그랬지?"

"왜긴 애국하려다가 그랬지."

관장이 애국? 하더니 쿡쿡 웃었다. 그때 관장과 함께 살며 사회과학 전문 서점을 운영할 때도 정말 추웠다. 거기는 모교 후문의 상점이었는데 언덕바지라 서울의 온 바람을 모두 맞았다. 떡볶이 가게이던 곳을 인수했기 때문에 가게 전면에는 두세 개로 나뉜 외부창이 있었다. 그걸 도로 메우지 못한 채 서점을 열었다. 환기를 하면 되니까 더 좋다고 위안했다. 하지만 그 창의 새시가 아주 오래되어서 환기할 필요도 없이 찬바람이 쌩쌩 들이친다는 건 얼마 지나지 않아 알았다. 가게 안의 수도가 얼 정도였다. 우리 신혼방은 서점에 곁붙은 작은 방이었는데 가게와 방 사이에는 문도 없었다. 두터운 담요를 발처럼 늘어뜨려서 찬바람을 막았지만 사정없이 추웠다. 추운 날 거기 누워서 창문을 올려다보고 있으면 낮이 지나고 밤이 될 때 창에 서서히 얼음꽃이 피는 것을 볼 수 있었다. 입김처럼 흐릿하게 한기가 어른거리다가 이윽고 그것이 짙어지면서 얼음의 뼈대 같은 것을 만들었다. 뼈대만 생기면 거기 또다른 살얼음들이 곁붙는 건 한순간이었다. 그래도 나쁘지 않았다. 경조사에 가면서 돈봉투도 내지 못하던 시절이었는데 나쁘지 않다니. 이제 와서 얼마나 나쁜 말인가.

"젊었잖아."

관장이 말했다.

"지금도 여전하지만."

관장도 세실리아를 기억하고 있었다. 가끔 와서 화집 같은 책을 대출해갔다고 했다.

"뭐랄까, 마치 모나리자 같은 얼굴과 체격, 아니었어? 여자인데도 좀 위압감이 들었던 것 같은데."

그래도 관장은 최소한 엉덩이 이야기는 하지 않았다.

"세실리아는 성녀잖아, 동정녀이기도 하고. 세례명을 이름으로 써서 특이했지. 늘 검은 옷을 입고 다니는 것도 독특했고."

"미대 애들은 언제나 그러니까."

"그렇긴 하지."

관장이 전병을 잘라 내 앞으로 밀어주었다.

"다정하지 마, 다정하게 굴면 다시 붙고 싶으니깐."

"다시 붙으면 어쩌려고? 그러다 또 빚지게?"

"관장, 넌 생활도서관 관장인데 생활이 없었지."

"너는 정은이인데 정은 없었고."

"하긴 그러네, 헤헤."

관장은 그 협동조합에서 함께 일한다는 여자와 결혼을 할 것이다. 그러면 나는 외로워지겠지. 외로워지면 아무라도 만나고 싶겠지. 나좀 봐줬으면 하겠지. 얼마 가지 않아 찬호와 자게 될지도 모른다. 그러면 매일 꿈속에 얼음왕국의 여왕 엘사가 나와서 나를 얼려버리겠지. 동결이라는 상태는 무엇을 말하는 것일까. 내 안의 모든 것이 아주 차가워져서 살이 붙고 피가 붙고 똥도 붙고 눈물도 곁붙어서 차가운 것들이 견딜 수 없게 차가워서 붙고 붙다가 더는 붙을 수 없어 멈춰버린 상태. 가장 저점에서 엉기고 마는 상태. 그런 건 나쁠까, 좋을까. 아니면 나쁘지도 좋지도 않을까.

"세실리아를 한번 만나보는 게 좋겠다."

관장이 칼국숫값을 테이블에 올려놨다.

"세실리아를 왜 만나야 하지?"

내가 전병값과 술값을 보탰다.

"애국하려고."

우리는 마주보고 있다가 소주잔을 들어서 술을 마셨다. 헤어지기 전에 관장이 내 뺨을 간질이듯 살짝 만졌고 뭔가를 건넸다. 청사초롱이 그려진 청첩장이었다. 관장의 결혼식에 간다. 그런 것도 역시 할리우드 스타일이기는 했지만 나는 청첩장을 손에 쥔 채 비틀비틀 집으로 돌아오다가 마치 우체통에 넣듯 하수구 안으로 떨구어버렸다.

구덩이

  일호선을 타고 가장 마지막 역에 내리면 세실리아가 있는 레지던스였다. 그전에 그쪽으로 전화를 걸어 메모를 남겼더니 정말 세실리아가 연락을 해왔다. 나 정은이야, 기억하니, 하니까 세실리아가 그럼 당연히 기억하지, 했다. 예술가의 작업실에는 뭘 들고 가야 하나 고민하다가 백화점에서 화과자 한 세트를 샀다. 살 때는 노랗고 파랗고 예뻤는데 전철을 타고 가면서 생각해보니 그 얼룩덜룩한 색깔들이 상당히 촌스러운 것 같았다. 걔는 예술하는 애라 검정 옷밖에 안 입는데 하필이면 이런 조악한 과자를 사다니. 버릴까. 하지만 버리기는 아까웠다. 삼만원이나 줬는데 버릴 수는 없었다. 나는 중간에 내려서 화과자를 역내 사물함에 넣었다. 나중에 내가 다 먹어치우지 뭐, 세실리아에게는 과일이나 사가고.
  하지만 레지던스로 와보니 여기도 만만치 않게 알록달록하고 요란한 동네였다. 역 앞이 바로 차이나타운이어서 붉은 용과 울긋불긋한 단청들이 뒤섞여 아주 키치적이었다. 세실리아의 레지던스는 일제시대 적산가옥과 창고들을 개조한 건물이었다. 휴대전화를 찾는데 검정 터틀넥 스웨터에 검정 숄을 두른 세실리아가 나타났다. 화장기 없는 얼굴, 하나도, 정말 하나도 변하지 않은 풍만한 엉덩이와, 아니, 풍만한 몸매와 가무잡잡한 피부, 하지만 이제 그렇게 자주 웃진 않을 듯한 근엄한 얼굴로, 멀지 않았니, 물었다. 하나도 변하지 않았네, 하면서.
  세실리아는 우선 레지던스 구경을 시켜주었다. 벽면만한 캔버스에 그림을 그리는 남자가 있었고 흰 천으로 가려진 무언가를 크레인으로 옮기는 여자들이 있었다.

"야, 작품들이 아주 스케일 있다."

"원래 저런 대형 작업들은 잘 하지 않는데,"

세실리아가 자기 작업실 문을 열면서 말했다.

"저런 거대한 것들이 아름답기란 참 힘드니까."

작업실은 어두웠다. 불을 켜기 전에 몇 걸음 걸었다가 어딘가에 발이 쑥 빠져버렸다. 내가 소리지르자 세실리아가 괜찮아, 깊지 않아, 했다. 뭔가 했더니 구덩이였다. 발을 빼자 무릎까지 횟가루가 묻어 있었다.

"이거 뭐니?"

"작품이야."

요즘은 이런 구덩이도 예술이 되나? 세실리아는 레지던스에 들어오고 두 달 동안 회반죽을 해서 바닥을 돋웠다고 했다.

"공구리를 쳤다고?"

세실리아가 웃었다. 나는 말을 좀더 가려야겠다고 생각했지만 뜻대로 되지 않을 것 같았다. 세실리아는 바닥을 높인 다음, 얼음송곳으로 구덩이를 팠다. 밤에만 작업하고 그 과정을 동영상으로 찍는다고 했다. 세실리아가 한밤중에 부스스하게 일어나 구덩이 앞에서 바닥을 콕콕 찍는 장면을 상상했다. 으스스했다.

"그러면 어떤 게 예술인 거야?"

"어떤 거라니?"

"여기 있는 구덩이야, 동영상이야?"

"어차피 상관없어, 어떤 작품은 자신만을 위해서 만들기도 하니까."

세실리아는 레지던스를 떠날 때 모두 부숴서 원래대로 해놓을 거라고 했다.

"그때도 얼음송곳으로 할 거니?"

"어머, 너 진짜 재미있다. 그땐 얼음송곳으로 안 해, 사람 불러야지."

작업실 끝에는 침실이 있었다. 작은 책상과 침대, 소형 냉장고, 성모마리아상이 있는 간소한 방이었다. 딸기 상자를 내밀자 세실리아가 고맙다며 받아들었다. 그리고 가장 크고 붉은 것을 골라 왜 그런지 좀 우울한 표정으로 입안에 넣었다. 우리는 레지던스 근처라는 닭요리 전문점으로 자리를 옮겼다. 가는 동안 나는 시답지 않은 농담을 했고 세실리아는 그때마다 자지러지더니 나중에는 나를 손바닥으로 때리면서 웃었다. 그리고 슬쩍 내 팔짱을 꼈다. 아아, 이렇게 엉기고 마는 건가, 생각했다. 자꾸 연락하고 만나자 그러면 곤란한데.

"몇 년 웃을 걸 다 웃은 것 같다. 넌 어떻게 살았기에 이렇게 재미있어졌니?"

어떻게 살긴. 밥도 먹고 술도 먹고 빚도 지고 남자들이랑 잠도 자면서 살았지. 그렇게 살면 이렇게 평안하고 재미있어진다. 사실 나만 재미있지 않고 송년회마다 만나는 애들 다 그렇게 재미있게 산다. 우리는 원래 스무 살 때부터 재미있는 애들이었으니까 나이가 들고 세상이 나빠져도 여전히 재미있지. 하지만 그렇게 말할 수는 없었다. 구덩이만 보더라도 세실리아는 그렇게 재미있게 살고 있는 것 같지 않으니까. 가여운 세실리아, 그 마음 내가 전문이지. 밤은 오고 잠은 가고 곁에는 침묵뿐이고 머릿속은 시끄럽고 그러면서도 뭐 또렷하게 어떤 생각은 또 할 수 없어서 그냥 나 자신이 깡통처럼 텅 빈 채 살랑바람에도 요란하게 굴러다니는 듯한 느낌. 나는 세실리아의 손을 잡았다. 손은 아주 차가웠고 웬만한 남자 손만큼 컸다.

"난 네가 언제고 한 번 연락할 거라고 생각했어. 근데 그게 왜 신년이야, 어떻게 갑자기 내 생각이 난 거야?"

친구들이 네 얘기를 하기에, 라고 할 수는 없었다. 세실리아에게 그 애들이 과연 친구들인지 모르겠고, 친구들이 세실리아에 대해 한 얘기라고는 엉덩이밖에 없으니까. 애들이 내 얘기를 어떻게 했느냐고 묻는 날에는 정말 할말이 없어지는 것 아닌가.

"치운이, 치운이가 이혼을 했단다."

세실리아는 표정이 좀 바뀐 채 뭔가를 생각했다. 기분이 상했다기보다는 내가 개 얘기를 한 것이 단순한 사실의 전달인가, 의도가 있는가, 생각해보는 것 같았다. 이윽고 세실리아는 "결혼한 줄도 몰랐는걸, 나는" 하고 대답했다. 그러고는 긴 침묵이었다. 나는 무슨 닭요릿집이 이렇게 멀까, 생각했다. 여기서 우리집까지 가는 길은 또 얼마나 먼가. 우리집으로 가서 오늘의 일을 잊기까지는 또 얼마나 멀 것인가.

그리고 터틀넥

세실리아가 가게 안으로 들어가자 주방장이 나와서 친히 인사를 했다. 세실리아는 닭칼국수와 새우튀김을 시켰다. 새우튀김은 메뉴판에 없었는데 주방장은 알겠습니다, 하면서 주문을 받아갔다. 이 집 닭칼국수에는 잘게 찢은 닭고기가 아니라 반토막난 닭이 통째로 들어 있었다. 세실리아는 젓가락으로 아주 능숙하게 닭살을 발랐다. 이제 그만해도 될 것 같은데도 뼈에서 살을 분리하고 다시 하나하나 결을 따라 찢었다. 이따금 답답한지 터틀넥 스웨터의 목 부분을 잡아당겼다. 하지만 터틀넥은 세실리아의 목에 꼭 맞아서 전혀 느슨해지지가 않았다.

"술, 술을 시키자."

세실리아가 분위기를 좀 살려보려는 듯 명랑한 톤으로 말했다. 어쩐지 무슨 말을 해야 할지 영 모르겠더니만 그게 빠져 있었군. 소주가 왔다. 세실리아는 술잔을 채워놓는 법이 없이 홀짝홀짝 다 들이켰다. 나도 그렇게 술을 외롭게 방치하는 편은 아니니까 우리는 어느덧 소주 세 병을 비웠다. 중간에 주방장이 새우튀김을 다시 데워다 주었다. 생새우라 맛있다고 얼른 먹어보라는데, 우린 둘 다 히이잉, 웃고 말았다.

그렇게 정신없이 취해가는데 세실리아가 눈을 껌벅껌벅하면서 나는 네가 연락할 줄 알았어, 한 번은 안부를 물을 줄 알았어, 라고 했다. 왜 그렇게 생각했느냐니까 무슨 비밀을 털어놓듯 도서관 VCR 앞에서 내가 우는 걸 봤다고 속삭였다. 그건 살해당한 한 소녀에 관한 르포 영화였고, 잠깐 생각해도 그런 영화를 보며 우는 것과 세실리아에게 연락하는 것은 별 상관이 없는 듯했지만 안 따졌다. 그렇게 내 연락을 기다렸다는데 뭣하러, 그리고 자유연상이라는 것도 있으니까.

"내가 왜 너 만나러 온 줄 알아?"

이번에는 내가 물었다. 세실리아는 숟가락질을 하다가 좀 긴장하며 고개를 들었다.

"왜 그랬니? 왜 연락했니?"

"애국하려고."

세실리아가 발을 동동 구르면서 재미있어했다. 주방장을 부르면서 얘 좀 봐, 애국이래요, 애국, 했는데 주방장은 듣지 못했는지 반응하지 않았다. 세실리아는 다시 터틀넥을 잡아당겼다. 그리고 무슨 생각이 났는지 휴대전화를 꺼내 사진을 한 장 보여주었다. 조형물이었다. 앞발을 높이 쳐든 백마가 한 마리 있었고 그 위에 흑인 여자가 아주 파란, 코발트빛 드레스를 입고 앉아 말을 몰고 있었다. 백마는 희고 여자는 까맣고 드레스는 파란데 여자의 머리에는 화려한 터번이 씌워져 있었다. 조형물은 이 미터가 넘을 것 같았다, 아니, 삼 미터는 되어 보였다. 그 앞에서 작품을 감상하고 있는 남자가 꼬마처럼 작아 보였으니까.

"네 작품이니?"

세실리아가 좀 의기양양해하며 그렇다고 했다.

"애국했지. 유럽에선 박지성보다 내가 더 유명해. 그게 지금 그쪽 현대미술관에 있어."

박지성보다 더 유명하다니 어떻게 그럴 수가 있나. 내 앞에서 닭고 기나 해체하고 있는 세실리아가. 나도 인터넷으로 기사를 찾아봤지만 그 정도는 아닌 것 같던데. 내가 미술에 문외한이라고 얘가 놀리나. 하지만 세실리아가 어떠니? 재밌지? 박지성보다 유명하다고 하니까 웃기지? 했기 때문에 그냥 넘어갔다. 사실 하나도 재미없었다. 유머에는 어느 정도 자학과 자기모멸이 있어야 먹히는데, 영 모르는구나. 얘는 유머와 재미에 대해 아무것도 몰라.

"자세히 보면 그거 다 전자기기야."

"전자기기?"

"폐기된 전자기기들. 전자기기들은 다 어디 한 군데라도 빛을 내게 되니까, 하다못해 전기면도기에도 충전 램프가 달리잖아? 그런 부속을 떼다 완성한 거야."

대단했다. 그런 부속들로 이렇게 커다란 조형물을 완성하려면 얼마나 많은 전자기기들이 필요한가? 세실리아는 그런 부속들을 모으는 데만 십 년 가까이 걸렸다고 했다. 대학을 졸업하자마자 유학을 갔고 우연히 누군가가 버린 진공청소기에서 램프를 분리하면서 시작된 그 작업은 세실리아가 미국에서 유럽으로, 다시 한국으로, 다시 유럽으로 떠돌았던 시간 동안 계속됐다.

"상당수는 직접 주운 거야, 나중에는 돈 주고 사기도 했지만. 일관된 색을 내려면 일관된 빛을 내는 전자기기가 베이스로 있어야 해서, 무선호출기 있지? 나중에는 그냥 돈 주고 그런 중고 기기들을 샀어. 수천 개를 사야 했지."

세실리아가 안 되겠는지 손가락을 넣어 터틀넥 안을 긁었다. 그렇게 뚱뚱하면서 터틀넥은 왜 입었을까 생각했다. 그런 옷은 아무것도 안 감춰줘, 오히려 그러면 더 뚱뚱해 보인다고, 상황을 더 악화시킨다고. 나는 갑자기 웃음이 나서 낄낄낄낄댔다.

"뭐가 그렇게 웃기니? 그 작품이 웃기니?"

나는 세실리아의 목소리가 달라진 것도 모르고 계속 웃었다. 작품이 아니라 터틀넥을 입고 고생하는 세실리아가 웃겼다. 웃긴 걸 보니까 그런 옷차림에는 자학과 자기모멸이 들어 있는 것도 같아서, 코드가 그렇게 통하니까 빵 하고 터졌다. 하지만 내 웃음은 결과적으로 아주 나쁜 상황을 낳았다. 세실리아는 내가 웃으면 웃을수록 젠더, 소외의 소외, 폭력, 계급 운운하며 그 작품이 얼마나 대단한지 흥분해 설명하다가 나중에는 젓가락으로 날 겨누면서 웃지 마, 하고 소리질렀다. 나는 웃음을 딱 그쳤다. 세실리아가 꼿꼿하게 허리를 펴고는 눈동자 한 번 흔들리지 않고 나를 노려봤다. 조형물의 흑인 여자처럼 아주 근엄하고 전투적이었다.

"아직 한 점도 안 드셨어요?"

주방장이 와서 새우튀김을 포장하러 들여갔다. 세실리아가 아무 말도 하지 않고 노려만 보니까 나는 좀 위축이 되었다. 술을 더 마실까 했는데 빈병이었다. 소스도 같이 싸주세요, 나는 괜히 주방에다 소리쳤다. 세실리아는 그렇게 앉아 있다가 다시 잠깐씩 터틀넥 안을 긁기 시작하더니 이내 무릎에 얼굴을 파묻으며 따갑다, 따갑다, 했다.

"그러게 자꾸 긁더라, 얘, 피가 나니?"

나는 이미 상당히 취해서 몸 가누기도 힘들었지만 어떻게든 화해해야 했으므로 세실리아의 옆으로 기어갔다. 터틀넥을 내리자 얼마나 긁었는지 손톱자국이 났고 벌겋게 부어 있었다. 덧나기 전에 뭔가를 발라야 한다는 생각을 간신히 하면서 냅킨에 세실리아의 잔을 부었다. 상처에는 미리 소독을 해놓아야 하니까.

"터틀넥을 입지 마, 세실리아야."

"그럼 뭘 입니. 터틀넥이어야 하는데 아니면 안 되는데."

세실리아가 짜증을 냈다. 얘는 전자기기로 예술한다더니 자기가 스티브 잡스인 줄 아나. 왜 터틀넥을 고집해. 하지만 다시 화를 낼까봐 그런 얘기는 하지 않았다.

"야, 차가워."

"차갑기는."

"차갑다, 차갑다."

세실리아는 십자가 목걸이를 하고 있었다. 터틀넥 문제가 아니라 금속 알레르기 아니야? 아니, 설마 박지성보다 잘나가는 예술가께서 가짜 금목걸이를 하지는 않았겠지. 우리는 음식점을 나섰다. 밖은 심장이 쪼그라들 것처럼 추웠다. 차이나타운의 홍등들도 꺼지고 우리 발목에는 아주 고약한 찬바람과 어둠만이 찰랑거렸다. 여기서 레지던스는 아주 멀지, 생각하며 나는 모자를 뒤집어썼다.

"세실리아야, 우리 취했다. 그렇지?"

세실리아는 고개를 푹 숙인 채 말이 없었다.

"우리 완전 빙산 됐다. 녹아서 대륙 이동중이다. 그렇지?"

"녹아서 어디로 가는데, 빙산이?"

세실리아도 기억하고 있었구나. 그래, 왕년의 요트부라면 절대 잊을 리가 없다. 제아무리 유명한 예술가라도 잊을 리가 없어. 나는 갑자기 애정을 느끼며 세실리아 옆에 바짝 붙었다.

"적도로 가지. 그 따뜻한 바다에서 요트를 타지."

세실리아는 내 말에 전혀 웃지 않고 쳇, 하고 콧방귀를 뀌었다. 우리는 다시 말없이 걸었다. 걷다가 누가 먼저인지 모르게 노래를 불렀는데, 다른 가사는 생각나지 않고 돌아, 돌아, 돌아버려요, 하는 구절만 입안에 맴돌았다.

"세실리아야, 춥지?"

"춥다, 얼 것 같다."

"얼면 안 되지."

"얼면 죽으니까. 죽으면 재미없으니까."

"그렇지. 근데 왜 죽어, 박지성보다 유명한데?"

레지던스에 다다르자 세실리아가 잘 가, 하더니 돌아섰다. 그랬다가 다시 돌아와 나를 꽉 끌어안았다. 세실리아는 가슴도 장난 아니게 풍만해서 숨이 막힐 것 같았다. 추워서 얼른 집으로 가고 싶었지만 그렇게 안고 있지 않으면 일단은 더 추우니까 우리는 그렇게 힘주어 안고 있었다. 이윽고 얼어붙을 것 같은 내 귓가에 대고 세실리아가 말했다.

"이렇게 웃은 건 아주 오랜만, 정말 배가 아프도록 웃었어. 한 번은 말을 걸 줄 알았지, 한 번은. 넌 울 줄 아는 애니까. 도서관에서 울곤 하는 걸 내가 봤으니까. 아주 오래 걸리긴 했지만 이제는 말해야겠다. 말해야겠어. 치운이 걔는 쓰레기야. 그날 밤, 취한 나를 데려다주면서…… 무슨 얘기인지 알겠어? 그런 건 연애도 뭣도 아니야, 그런 건 폭력이야. 정은아, 기집애야, 너 너무 재밌다. 어떻게 이렇게 재밌어졌어? 하지만 이제는 찾아오지 마. 다시는 찾아오지 마."

세실리아가 팔을 풀었다. 나는 내 안에서 무언가가 그렇게 빠져나가는 게 싫어서 세실리아를 붙들려고 애썼다. 하지만 세실리아는 안아주지 않았고 마지막 인사도 없이 자기 방으로 돌아갔다. 얼음송곳과 구덩이가 있는 그 간소하고 조용한 방으로.

이미 전철이 끊겼다는 것을 알면서도 역으로 걸었다. 취객들은 항상 집을 향해 걷는다. 집이 생각나지 않을 땐 집으로 가는 방향이라고 생각되는 길로 걷는다. 가다가 여기는 집으로 가는 길이 아니네, 하는 생각이 들면 집이라 믿으며 걷는다. 우리는 늘 취하고 집으로 가지 못하지만 그건 우리가 집으로 가는 길을 모르거나 집으로 가고 싶지 않아서가 아니야. 술을 마시면 마음이 곧잘 파쇄된 얼음처럼 산산조각 나곤 하니깐 아무 곳이나 집인가 싶어 그러는 거지. 미친 소리. 미친 소리다. 나는 미친 소리야, 하면서 발을 굴렀다. 화가 나서인지, 추워서인지는 알 수 없었다.

하지만 걸어야지. 미친 소리를 하면서라도 걸어야지, 집으로 가야지. 레지던스에서 우리집까지는 얼마나 멀까. 집에서 이런 걸 잊기까지는 얼마나 걸릴까. 쪼그리고 앉아 턱턱턱, 구덩이를 파는 세실리아를, 밤의 골목을 옮겨다니며 이미 버려진 것들을 별처럼 줍는 세실리아를, 누군가에게 엉겨붙고 싶지만 가장 저점의 온도에서도 그러지 못하고 홀로 동결해갔을 세실리아를. 나는 별안간 모든 게 수치스러워서 얼굴을 가리며 걷다가, 소리치며 걷다가, 노래를 하며 걸었다. 그리고 최종적으로는 휴대전화를 꺼내 세실리아의 번호를 지웠다.

리와인드

올해도 누군가가 양주를 샀지만 송년회 인원은 더 줄었다. 치운이도 없었다. 치운이가 없으니까 세실리아에 대해 물을 수도 없었다. 하긴 있더라도 그런 걸 어떻게 확인했을까. 그것에 대해 말하려고 하면 할수록 머릿속이 하얘졌을 텐데. 누가 치운이는 요새 뭐하느냐고 물었고 이혼했다는 대답이 돌아왔다. 그래, 이혼했지. 이혼했는데, 이혼한 사람도 일 년 내내 이혼만 하고 있는 거 아니거든. 하지만 말해봐야 내 입만 아프니까 너희는 그냥 살던 대로 살아라, 생각하며 술이나 마셨다.

"양주 맛있냐, 정은아?"

누군가 물었고,

"맛있네, 올해도 맛있네."

했더니 애들이 와하, 하고 동시에 웃었다. 찬호가 지난달엔가 비엔날레에서 세실리아의 작품을 봤다고 했다.

"정말 있던? 우리가 아는 세실리아던?"

미영이인가 경애인가가 물었고 찬호가 고개를 끄덕였다. 브로슈어를 보니까 그때보다 조금 더 살이 찌고 눈매가 고독해지기는 했지만 그 얼굴은 세실리아가 맞았다고 했다. 동기들이 방청객 아르바이트생처럼 어우, 하고 감탄했다. 그렇게 유명해지니 부럽다는 것인지, 결국 그렇게 되다니 유감이라는 것인지 결이 애매했다. 세실리아를 만났다는 얘기는 단 한 번도, 누구에게도 하지 않았지만 그날에 대해 생각하지 않는 날이란 없었다. 아무리 빙산이 녹고 녹도록 마셔도 그렇게 잊을 수 없는 것이 있었다.

형규가 제주도에서 인테리어 사업을 시작했다며 떠들었다. 요즘 강남 쪽 젊은 엄마들이 탈출하듯 제주도로 가고 있어서 하루가 멀다 하고 집들이 일어선다고 했다.

"왜, 왜애 그래?"

내가 고개를 들며 물었다.

"힙하니까 그렇지. 거기가 요즘 그렇게 힙해."

"힙이 뭔데? 엉덩이야?"

"뭐가 엉덩이야? 히피에서 온 게 힙이지."

형규가 어이없다는 듯 피식 웃었다.

"니가 만날 엉덩이 얘기만 하니까 엉덩이 말하는 줄 알았지. 넌 만날 엉덩이 얘기만 하니까."

형규가 술잔을 들다가 떨떠름한 얼굴로 내가 언제, 했다. 화제가 다시 다른 것으로 넘어갔지만 나는 정신이 들 때마다 했잖아, 엉덩이 얘기만 했잖아, 하고 이죽거렸다. 엉덩이, 엉덩이, 엉덩이잖아, 넌. 형규는 어떻게든 무시하려다가 야, 너 왜 그래, 하면서 왈칵 화를 냈다.

"정은이가 취해서 그런 거잖아."

애들이 말렸다. 그래, 나 취했다. 올해도 그렇게 되었다. 하지만 내년에는 정말 술 먹지 않을 것이다. 취하지 않을 것이다. 관장에게 전화도 그만해야지, 그만 엉겨야지. 관장은 새색시와 함께 아홉시에 자고 여섯시에 일어난다. 그렇게 하지 않으면 농사를 지을 수 없으니까. 나는 이제 참아보다가 견딜 수 없는 밤이 되어서야 전화를 하는데 관장의 목소리는 분명 달라져 있었다. 말 그대로 꿈결 같은 목소리였다.

시간이 지나 테이블에는 찬호와 나밖에 남지 않았다. 우리는 언젠가 냉면을 함께 먹었을 때처럼 서로를 멀뚱히 바라보았다. 찬호가 그때처럼 얼음을 찹찹찹, 깨고 있었다. 그게 벌써 십 년 전이라는 게 믿기지 않았다.

"세실리아의 그 작품이 뭐였어?"

찬호가 아, 하더니 한참을 생각했다. 나는 찬호가 다 깨놓은 얼음을 내 잔으로 부어서 술을 더 마셨다. 술인지 물인지 모르겠으니까 이제 집으로 가야겠다고 생각했다.

"설명하기 좀 애매한데, 구덩이였어."

그랬구나, 하는데 갑자기 눈물이 흘렀다. 나는 왜 우는지도 모르면서 울었다. 어쩌면 아주 오래전부터 이렇게 울고 싶었는지 모르겠다고 생각하면서. 찬호가 내 어깨를 흔들면서 왜 그래, 왜, 하고 물었다. 세실리아는 그렇게 파고 또 파고 들어가서 어디까지 파들어가고 싶었을까. 그곳은 어떤 고통의 바다, 말로도 이미지로도 전할 수 없고 오직 행위로만 드러낼 수 있는 상처들이 엉겨 있는 바다이겠지. 여기가 바닥인가 싶다가도 또다시 바닥이 열리는, 그렇게 만화경처럼 계속 열리는 바닥이겠지.

거리로 나와 우리는 각자의 방향으로 헤어졌다. 겨우 막차에 올랐는데 찬호가 또 전화를 걸어왔다. 받을까 말까 하다가 통화 버튼을 눌렀다. 버스 엔진이 맹렬히 돌아가는 게 발밑에서 느껴졌다.

"잘 가고 있어?"

"잘 가고 있는지는 왜 만날 물어?"

찬호가 한숨을 쉬었다.

"생각해보니까 구덩이만 있었던 게 아니라서. 손바닥만한 모니터가 있었어. 세실리아 같더라고."

"알아, 구덩이를 파고 있었잖아. 세실리아가."

전화를 끊으려는데 찬호가 아니라고 했다.

"파고 있지 않았고 덮고 있었는데?"

"덮고 있었다니?"

"앉아서 구덩이를 지루하게 덮고 있더라고. 아무튼 난해한 작품이었어. 내년 여름엔 정말 요트 탄다니까 그때 보자."

전화가 끊겼다. 엉망으로 취한 누군가가 춥다고, 씨발 춥다고 불평

100

하는 소리가 들렸다. 아저씨만 추운 거 아니에요, 우리도 다 춥다고요. 기껏 대답해줬더니 만원 버스의 저편에서 누구야? 누가 뭐래는 거야? 내가 춥다는데? 하고 맞받아쳤다. 버스가 가다가 멈추고 가다가 멈추는 사이 몸이 점점 더 녹았다. 여름이 왔나, 여름이 와야지, 그래야 요트를 타러 가지. 버스가 달리자 발밑으로 점점 더 따뜻한 기운이, 뿌리칠 수 없는 누군가의 유혹처럼 끈질기게 올라왔다. 그러나 그렇게 노곤하게 잠이 들었다가도 세실리아, 그 이름만 생각하면 얼음 송곳에 찔린 듯 놀라 깨어나는 것이었다. 창밖에는 이미 김이 서려 있어 어디쯤 왔는지는 도무지 알 수가 없고.

반월

피크닉 준비

그해 여름 우리 가족은 서해의 한 섬에서 휴가를 보냈다. 휴가라고 했지만 사실 은신이라는 표현이 더 맞을 것 같다. 무슨 일인가 잘못되어서 빚을 졌고 잠잠해질 때까지 피해 있어야 한다고 했으니까. 방학 중에도 보충수업과 자율학습이 있었지만 나는 섬으로 가겠다고 했다. 설마 애들한테까지 해코지하겠니, 엄마가 그랬지만 이미 중학생 때 그런 일을 겪어서 두 번 속지는 않았다. 반 아이들에게는 섬에서 '버케이션'을 보낸다고 했다. 아이들은 비치 체어, 튜브와 보트, 비키니 수영복, 선탠오일 그리고 해변을 나른하게 배회하는 소년과 청년들을 떠올렸다. 그것 모두 해변에 있을 테지만 그런 것들은 너무 쉽게 우리의 상상을 배반할 것이다. 그것을 알면서도 나는 거기에 다 있을 거야, 해변에 있을 거야, 했다. 그리고 이런 것도 있을 거야, 덧붙였다.

불꽃놀이였다.

누군가 찾아오면 내가 죽었다 말해달라고 단짝에게 부탁했다. 어떻게 그래, 멀쩡하게 살아 있는 사람을. 그러면서도 단짝은 어떻게 죽었다고 말해야 하나 고민하기 시작했다. 단짝은 나의 사인死因에 골몰한 나머지 몇 날 며칠을 죽음만 생각하며 보냈다. 그리고 방학이 시작될 즈음 내게 언제가 가장 행복하니, 물었다. 노래를 부를 때, 라고 대답했다. 그러면 노래를 하다가 죽었다고 할게, 아무리 생각해봐도 그럴 때 죽으면 가장 불쌍하거든. 좋은 생각이지만 왜 불쌍하게 죽어야 하는데? 단짝은 깜짝 놀랐다. 당연히 불쌍하게 죽어야 하는 것 아니야? 사람이 불쌍하지 않게 죽을 수 있다고는 생각해본 적이 없어.

서해의 그 섬에는 이모가 살았다. 섬으로 건너간 지 십 년이 넘었지만 내가 알기로는 단 한 번도 섬을 떠난 적이 없다. 우리에게 경제적 도움을 주고 있어서 나는 의무적으로 섬에 안부 편지를 보냈다. 이모부에게도 따로 썼는데 무슨 이유에서인지 이모부는 섬이 아니라 가까운 도시에 살았다. 재작년인가 엄마는 더이상 이모부에게 편지하지 말라고 했다. 멀리 떠났다면서. 그래도 편지를 계속 썼다. 무슨 일을 주기적으로 하는 건 중요하다. 예를 들어 나는 학교에서 쉬는 시간과 급식시간에는 늘 선글라스를 낀다. 수업시간에는 일정한 간격으로 엎드렸다 일어났다 한다. 엄마도 주기의 중요성을 알았다면 지금보다는 덜 불행했을 텐데. 수입은 일정한 주기로 들어와야 한다. 부모는 일정 시간 집에 머물러야 한다. 삶에는 파도가 있어야 한다. 무엇이든 일정한 간격으로 밀려왔다 밀려나가야 한다.

편지를 쓰는 데에도 주기가 있었다. 이모에게는 한 달에 한 번, 이모부에게는 보름에 한 번 편지를 보냈다. 이모부는 한 번도 답장하지 않았고 그래서 오히려 자주 편지할 수 있었다. 주기를 따질 때는 이모 네가 오래전 외국 여행에서 샀다는 탁상시계를 이용했다. 보석으로 장식한, 꽤 값비싼 것이었다. 시계에는 반구형의 조명창이 있고 달 모양의 플라스틱 조각이 그 안에서 이동하며 월력을 표시했다. 엄마는 그 시계가 우리 선물이었다고 했지만 그런 것 같지는 않았다. 시계 바닥에 아주 흐릿하게 동수에게, 라고 쓰여 있었으니까.

이모는 가끔 답장을 보냈다. 다정하지도 사려 깊지도 않은 편지였다. 이모의 글씨체는 작고 성의 없고 형체가 허물어져 잘 알아볼 수가 없었다. 한쪽 뺨을 책상에 대고 엎드려 쓰는지 글씨는 흐릿흐릿하게 이어지다가 아래로 아래로 흘러내렸다. 나는 내 이야기로 편지를 채우지 못할 때는 섬에 관해 물었는데 편지를 읽는지 어쩌는지 궁금증은 풀어주지 않았다. 너와 네 동생은 대체 몇 살이지, 편지는 대개 이렇게 시작했다. 너희는 언제 크지? 너무 길고 지루하네. 그리고 이모는 창밖의 사이프러스 잎이나 끓고 있는 홍차, 섬 곳곳에 쓰레기처럼 널려 있는 해조류에 대해 두서없이 얘기하다가 편지를 끝내고는 했다. 마지막 인사를 하지 않는 건 예사였고 엄마에게 이렇게 전해, 하다가 끝난다거나 'ㅅ, ㅐ, ode'처럼 단어의 일부만 적다 말기도 했다. 아무래도 엄마를 염두에 둔 말이지 싶어 비밀로 했지만 이런 조언을 적기도 했다. 멍청한 여자들은 인생이 가엾어지는 것이란다. 그런 여자들은 깃털처럼 잠깐 떠올랐다가 이내 바닥으로 내려앉는 일들에 지나치게 몰두하지. 남자들의 친절이나 고향을 떠나 도시로 가는 열차 같은 것, 물방울처럼 허무한 구애의 말들 말이다. 물론 당부는 그렇게

차갑고 정확하게 적히다가도 어떤 허무감에 쫓기듯 맺음말 없이 끝나
곤 했다.

섬 구경

섬은 쾌속선을 타고 두 시간이나 가서야 나타났다. 중간에 다른 섬
들에 들르면서 결국 배에는 우리만 남았다. 부두와 바다는 스티로폼
들의 세상이었다. 사람들 손에 들려 있기도 하고 부표에 매달려 있기
도 했다. 꽤 먼바다까지 밀려온 스티로폼 상자들도 많았다. 거기에 혹
시 죽은 사람이 들어 있지 않을까, 나는 생각했다. 바다는 넓으니까,
무언가를 꼭 잃어버리게 넓으니까. 시체가 없으면 사건은 미궁에 빠
질 것이다. 그러니 영리한 살인자라면 시체를 바다에 유기하겠지. 그
렇게 감쪽같은데 아무렴 왜 안 그러겠어? *왜, 왜, 왜. 왜*라고 생각하
면서 글씨를 써보았다. *왜*라는 글자는 갈매기나 백로 같은 새들을 닮
아 있었다. 이모부 *왜* 이모랑 함께 살지 않아요. 이모부 *왜* 이모는 섬
에서 나오지 않아요. 이모부 우리는 *왜* 섬으로 가고 있어요?
　선착장에는 이모가 왜건을 몰고 마중나와 있었다. 여름인데도 긴
팔 옷을 입었고 편지를 쓰거나 받을 때마다 상상했던 그 얼굴은 아니
었다. 엄마보다 어린데도 이모는 더 늙어 보였다. "미란아 너 없으면
어쩌나 생각했다, 내가. 생각했어, 없으면 어쩌나, 어떻게 가나." 엄마
는 이모가 나와줘서 그렇게 고마운지 짐을 옮기는 내내 인사했다. "꼬
맹이들은 이게 다야?" 우리가 차에 타자 이모가 물었다. 드디어 이모

와 대화할 수 있게 된 나는 "동생이랑 나뿐이에요" 했다. 이모는 운전석에서 몸을 돌려 나와 동생을, 캐리어들을 눈으로 세었다. "애들이 이것밖에 안 되는데 편지는 왜 그렇게 자주 왔을까? 누가 쓴 거야?"

휴가철을 앞두고 있는데도 섬은 황량했다. 해변에는 예의 그 스티로폼 상자들과 검고 흰 비닐들, 용도를 알 수 없는 널빤지와 찢어진 그물들이 널려 있었다. 탈의실 문은 경첩이 고장났는지 저 혼자 열렸다 닫혔다 했다. '비치 개장'이라고 적힌 현수막이 퍽퍽 소리를 내며 바람을 맞았다. 매점에서는 한 남자가 차양 위를 빗자루로 털어내는 중이었다. 윗옷이 다 딸려올라갔는데 등에는 굵은 흉터가 나 있었다. "흉, 흉터 봐, 봐." 동생이 말하자 이모가 창문 닫아라, 했다. 모래가 들어오니까.

그날 오후, 다른 가족들은 섬 안의 어딘가로 조개를 먹으러 갔다. 나는 두통이 있어서 망설였는데 마당에 나가보니 차는 이미 출발하고 없었다. 흔들흔들하는 머리를 두 손으로 꽉 잡고 집 구경을 했다. 언젠가 텔레비전에서 본 심해의 바닷말들처럼 머리가 흔들렸다. 집에는 책과 레코드판 그리고 이국적인 느낌의 맥주 캔들이 많았다. 대체 어디서 편지를 쓰는 걸까. 책상에는 잡동사니가 가득해서 편지 쓸 공간은 없어 보였다. 냉장고에는 변변한 간식도 없이 술뿐이었다. 이러니 죽은 포도나무처럼 마르고 늙어 있지. 발코니로 나가니 생선들이 채반에 놓여 있었다. 생선을 꿴 나무 꼬챙이에 곰팡이가 불그스름하게 슬어 있었다. 마당이 끝나는 경계부터는 비탈이었고 그 뒤로는 절벽이었다. 이모가 편지에서 말한 리조트가 보였다. 모래색으로 칠해진 건물에 '아세아 콘도미니엄'이라고 쓰여 있었다. 이모는 여기가 섬에서 가장 풍광이 좋고 땅값도 비싸다고 했다. 최고급 리조트가 이렇게 바다를 마주보며 절벽 가까이 서 있다고.

전화가 울렸다. 안 받으려다 엄마인가 싶어서 수화기를 들었다. 여보세요, 하는데 아무 말이 없었다. 여보세요. 누구야? 한참 있다 어떤 남자애가 물었다. 누구긴, 자기가 먼저 전화했으면서. 나는 그러는 넌 누구야? 물었다. 너네 집이야? 남자애가 다시 물었다. 우리집이지. 거 짓말. 설탕 병을 흔들어보았다. 설탕은 딱딱하게 굳어 있었고 홍차 포 트에는 굵게 금이 가 있었다. 그러는 넌 누군데? 대답하지 않겠지 생 각하면서도 물었다. 나는 동수야. 동수? 나는 깜짝 놀라 수화기를 떨 어뜨릴 뻔했다. 동수가 누군데? 누구긴 동수라니까. 동수는 조바심이 나는지 입맛을 자주 다셨다. 거기 주소가 어떻게 돼? 동수가 물었다. 주소는 알았지만 가르쳐줄 수는 없었다. 동수와 이모의 관계도 모르 는데 그럴 수는 없었다. 몰라. 몰라? 너네 집이라며 왜 몰라? 섬이야. 동수는 이상하게 전화를 끊지 못하고 자꾸 대답하게 하는 재주가 있 었다. 나중에 경찰을 하면 좋을 것 같았다. 아니면 학생주임, 물론 입 맛은 그만 다셔야겠지, 바보 같으니까.

어느 섬? 그러는 너는 어디인데? 전철이야, 중앙맨션 가려고. 어디 라고? 중앙맨션. 거기가 어딘데? 안산이잖아. 나는 놀라서 전화를 끊 었다. 거기는 우리집이잖아, 혹시 빚쟁이들이 어린애를 시켜서 전화 한 걸까. 우리가 있는 곳을 알아내려고. 하지만 동수라잖아, 동수는 탁상시계에 적힌 이름이잖아. 다시 전화가 울렸지만 안 받았다. 이제 는 머리가 아니라 배가 아파왔다. 나는 항상 아프고 아픈 곳도 매번 다르다. 그러니까 어디가 아픈 게 아니라 그냥 아파서 아픈 건데 엄마는 항상 어디가 아프냐고 묻는다.

어둠이 처마에서부터 서서히 내려오는데 식구들은 돌아오지 않았다. 나는 발코니 바닥에 누워서 아주 검게 되어버린 생선들을 올려다보았다. 노래를 부를까, 하다가 노래를 부르다 죽었다고 말하겠다는 단짝이 생각나 그만두었다. 조개를 잡으러 바다로 갔나, 왜 이렇게 안 돌아와. 전화를 해볼까 하는데 왜건이 언덕을 올라왔다. 차가 서기도 전에 동생이 내려 화장실로 달려갔다. 이모는 아주 취해 있었고 엄마는 좀 피곤한 얼굴이었다. 아까 낮에 봤던 매점 남자가 운전석에 앉아 있었다. 남자는 왜건을 주차하고 발코니에 서 있는 내게 차키를 돌려주었다. 손바닥에 모래가 남았다.

"우리 음악을 듣자."

이모가 책과 신문을 밀어버리고는 턴테이블을 켰다. 남자는 뭔가를 기다리는 듯 현관 앞을 서성였다. 그리고 이모에게 "아무래도 오늘은 안 되겠지요?" 했다. 앞서나가는 어떤 욕심들을 주춤주춤 감추는 듯한 느낌이었다. "나 취했잖아요. 안 되지, 안 돼." 이모가 말했고 남자가 순순히 물러섰다.

"친척분들 모시고 또 나오세요. 문어도 잡을게요. 선생님도 아시다시피 내가 오랫동안 배를 탔잖아요. 수산대 졸업하고 사람들 다 부러워하는 원양어선을 탔지 않았습니까? 시내에 아파트도 한 채 사고⋯⋯"

"다들 피곤해하니 가줘요. 할말 있으면 보건소로 오고."

이모가 듣기 싫은 듯 손사래를 치며 말했다. 그리고 두번째 레코드판을 틀었다. 엄마가 양희은이네, 했다.

"네, 내일이라도 당장 가지요. 조카들은 아저씨 매점에서 먹고 싶은 게 있으면 다 먹어도 된다. 콜라 같은 게 없으면 너희 살 수 없지? 애들은 콜라를 그렇게 좋아하더라. 니들은 그런 걸 좋아하게 되어 있어. 아저씨 창고에는 콜라가 백 개도 넘는다. 사륜 바이크도 있지. 그러니까 놀러와."

나는 콜라를 좋아하지 않지만 한번 가겠다고 했다. 남자가 돌아가고 나서도 우리는 한동안 음악을 들었다. 그런 적요한 풍경은 전화가 울리면서 깨어졌다. 이모는 비틀거리며 걸어가 전화를 받더니 끊었고 다시 울리자 또 받고는 끊었다. 그럴 거면 아예 전화를 받지 말지 꼭 받았다가 수화기를 내려놓았다. "누구니?" 엄마가 이모에게 물었다. 이모는 대답하지 않았다. "아까 어떤 애가 전화했었는데, 동수라고." "누구라고?" 이모는 자꾸 감기는 눈꺼풀을 간신히 밀어올려보면서 말했다. "동수요, 주소를 알려달랬는데," 이모의 얼굴이 천천히 굳었다. "전화를 받아서는 안 돼. 주소를 알려줘서는 더더욱 안 되고." 이모가 화를 냈다. 나는 동수가 내 사촌, 이모와 이모부의 아이가 맞는지 궁금했지만 물어보지 못했다. "안 할게요." 이모는 어떤 생각들을 털어내듯 머리를 흔들면서 다시 "주소를 알려줘서는 안 돼"라고 했다. 멍청한 여자들은 인생이 가엾어지는 것이란다, 라고 편지에 적을 때 이렇게 단호했을 것 같았다. "그럼요, 안 할게요." 대답하자 이모는 "말로는 안 돼" 하고 다시 말했다. 그리고 말이 아니면 어떻게 하나 고민하는 내게 다가와 뺨을 찰싹 때렸다.

리조트

이모 집에서의 하루는 이렇게 흘러갔다. 이모는 아침이면 스크램블 에그나 토스트로 식사를 하고 보건소로 나갔다. 이모는 간호사였지만 의사 가운을 입었다. 그건 여기가 섬이기 때문이라고 했다. 아무도 섬까지는 오려고 하지 않으니까 이모가 의사를 한다고. 이모가 출근하면 우리는 어딘가 긴장이 풀어진 채로 누워 있거나 괜한 걸로 다투거나 했다. 엄마는 주로 도시의 누군가에게 전화해 돈 이야기를 했다. 정오가 되면 이모가 집으로 돌아와 점심을 먹었다. 엄마는 늘 점심을 준비하겠다고 약속했지만 지키지는 않았다. 그러고 이모가 돌아올 시간이면 아무것도 없어서 어쩌느냐고, 걔가 확답은 안 하고 돈을 줄까 말까 하는 바람에 이렇게 통화가 길어졌다고 울상을 했다.

하지만 돌아온 이모가 화를 내는 적은 없었다. 이모는 마치 우리가 없는 것처럼 냉장고에서 간단한 재료를 꺼내 일인분의 식사를 차렸고 잡지를 읽거나 발코니 풍경을 보며 밥을 먹었다. 우리가 와 있어도 이모는 완벽하게 자기 일상을 유지했다. 도착하던 날 조개를 먹으러 간 것 빼고는 섬 구경을 시켜주지도 않았다. '버케이션'이면 추억을 쌓아야 하는데, 생각했다. 누구도 추억을 만들어주려고 하지 않으니 스스로 할 수밖에 없었다. 그래서 나는 천천히 걸어 절벽의 리조트로 갔다. 무엇보다 거기에는 에어컨이 있었으니까.

이모 집에서 리조트까지는 이십 분 정도 걸렸다. 바닷바람이 끊임없이 불어와 온몸을 덮는 길이었다. 도중에 만나는 섬사람들은 물고기처럼 경계가 심했다. 뒤돌아보면 내가 어디까지 가는지 가만히 지켜보고 서 있는 이들도 있었다. 한 늙은 남자는 마주칠 때마다 대학생이냐고 물었다. 남자는 무엇도 재배하지 않은 한낮의 논두렁에 앉아 있었고 녹색 새마을 모자를 쓰고 있었다. 그런 남자들의 난폭한 세계에 대해서는 잘 알고 있었다. 그들은 난폭한 겁쟁이들이었다.

리조트는 아주 오래전 들어섰고 제대로 관리되지 않는 것 같았다. 국기게양대와 야외 수돗가, 자전거 보관소 곳곳에 붉은 녹이 슬어 있었다. 현관으로 들어서면 데스크와 로비가 나왔다. 그리고 그 데스크를 지키고 있는 청년을 처음 본 날, 나는 그를 여름 동안 사랑하기로 결심했다. 섬에서 만난 사람들 가운데 가장 희고 파리한 얼굴을 가지고 있었기 때문이다. 청년은 나를 투숙객으로 알았고 투숙객처럼 대했다. 오늘 식당 문을 닫는다든가, 파고가 높아서 배가 뜨지 않는다든가, 두 시간 동안 단수라든가, 하는 말들을 했다. 나는 청년을 데스크 직원으로 대하지 않고 애인을 대하듯 했지만 날씨가 덥다든가, 생수가 떨어졌다든가, 바닥의 모래를 좀 쓸어야겠다든가, 하는 말밖에 할수 없었다. 서로의 이야기에 귀기울이려 해도 대화는 이어지지 않았고 우리는 첫인사 뒤에 헤어져 애인은 데스크 의자에서, 나는 텔레비전 앞 소파에서 시간을 보냈다. 오지 않는 투숙객을 기다리는 애인의 무료한 오후를 무료하게 공유했다. 단짝에게는 사랑에 빠졌다고 편지를 썼다. 나의 애인은 친절해. 나는 곧 나의 애인과 입을 맞출 거야. 달빛이 내리는 해변에서 불꽃놀이를 할 거야.

동수에게도 편지를 썼다. 그날 이후 이모 말대로 전화를 받지는 않았지만 딱 한 번은 예외였다. 그 통화로 나는 동수와 내가 사촌이라는 사실을 알게 됐다. 그리고 이모부가 재작년에 세상을 떠났다고 해서 슬퍼졌다. 동수는 섬에 간다는—이모부에게 보낸—내 편지를 읽고 우리집에 가볼 생각을 했다고 했다. 자기도 엄마를 보러 섬으로 갈 수 있지 않을까 하고. 자기 엄마이니까 당연히 동수에게도 섬에 올 권리가 있었지만 섬의 주소를 가르쳐줄 수는 없었다. 맞는 건 아프니까, 기분이 더러우니까. 동수는 조바심 내지 않고, 편지를 계속 써달라고만 부탁했다. 우리는 이메일 주소를 교환했다. 날 곤란하게 하지 않는 게 마음에 들어서 우리집 현관문 비밀번호를 알려주었다. "집에 들어가면 네 이름이 적힌 탁상시계가 있는데 가져도 좋아." "주인도 없는 집에 어떻게 들어가?" "사촌이잖아." "얼굴도 못 봤잖아." 우리는 잠시 어색해하다가 전화를 끊었다.

리조트 복도를 걷다보면 아가미처럼 살짝 열린 객실 문틈으로 노인들의 작은 머리가 보였다. 애인이 주로 상대하는 손님들이 이런 노인과 그 보호자들이었다. 보호자들은 노인들을 데려와 '버케이션'을 예약하고 결제했다. 여름과 가을까지 때론 겨울까지. 그렇게 긴 '버케이션'을 계획해도 되는 걸까. 보호자들이 망설이고 있으면 애인은 언제든 환불이 가능하다고 말했다. 보호자들은 섬의 공기와 수풀과 백사장을 칭찬했다. 노인들은 하루에 배가 몇 번이나 뜨는지 알고 싶어했다.

오층 강당까지 오르면 리조트는 다 둘러본 셈이었다. 강당에는 업라이트피아노와 카펫, 비로드 재질의 우승기들이 있었다. 깃발들은 먼지와 여름 해를 맞으면서 마치 동물의 사체처럼 늘어져 있었다. 그 무거운 깃발들이야말로 선착장과 백사장을 거쳐 애인이 있는 로비와, 노인들의 객실을 지나 비로소 목도해야 하는 무언가처럼 보였다. 로비로 돌아오면 나는 다시 소파에 앉았다. 텔레비전에서는 오래전에 촬영된 홍보 영상이 반복해서 나왔다. 사람들의 옷차림이 어딘가 촌스럽고 이미 세상을 뜬 운동선수와 연예인들이 등장했다. 내용은 따분했다. 배를 타고 사람들이 선착장으로 왔다, 만국기가 펄럭였다, 테이프 커팅을 했다, 베드에 새 이불이 깔렸다, 사우나 증기가 꽉 찼다, 여자들이 텅, 하고 깃털처럼 가벼운 비치볼을 쳤다, 백사장과 뾰족한 바위들이 조명되었다, 갈매기가 '왜'처럼 앉아 있다가 날았다. 낚싯배와 일몰의 수평선을 보여주고 나면 영상은 다시 앞으로 돌아갔다. 리조트가 열렸다, 카펫이 깔렸다, 배가 도착했다, 사람들이 왔다……

몇 시간 동안 같은 영상을 보다보면 눈물이 나는 때가 있었다. 누군지도 모르는 사람들을 보고 있는데 왜 눈물이 날까, 그리고 보면 저들은 이미 늙거나 죽은 사람들이잖아, 하는 생각이 들었다. 그러니 내가 울어주어야지. 나는 그렇게 울면서 애인이 눈물을 닦아주기를 기다렸지만 애인은 데스크에서 일어나지 않았다. 눈물은 선글라스 뒤로 천천히 번지다가 저절로 말랐다.

추억

이모는 우리와 새로운 추억을 쌓지는 않았지만 엄마와는 유년 시절을 회상하며 지냈다. 둘은 어려서 부모를 잃고 친척집에서 자랐다고 했다. 나로서도 처음 알게 된 사실이었다. 그때 그 친척은 그리 나쁘게 대하거나 매몰차게 굴지는 않았지만 따뜻하지도 않았다. 그래서 자매는 한 시간이나 걸어 할머니를 찾아가곤 했다. 그렇게 할머니 집에 가면 중풍으로 한편이 마비된 할머니가 겨우 숟가락질을 해 차디찬 사과를 떠먹여주었다. 둘은 꼭 그때의 어린 자매처럼 소파에 나란히 앉아 이야기를 나눴다. "할머니는 늘 은근히 웃었어." 이모가 말하면 엄마는 "아니야, 미란아, 노상 짰지. 눈물을 짰어" 했다. "아니야, 한쪽 입꼬리가 올라가 있었어, 귓불에 걸릴 듯했어." "얘가 무슨 말을 하니? 쉴새없이 눈물이 흘렀어. 다 죽어가는 노인네가 웃을 일이 뭐가 있어."

엄마와 이모는 서로 반대편에서 반달을 그려보듯 했다. 반이 지워졌어, 아니야, 반은 빛났어, 반이 가려졌지, 아니, 반은 나타났어, 하는 것 같았다. "그렇지만," 이모는 가만히 생각하다가 마지막 인사를 쓰듯 정확하게 말했다. "아무튼 난 웃는다고 생각했어. 그래서 여태껏 나는 늙거나 죽는 일이 두렵지 않아." 하지만 술을 마시면 이모도 물고기처럼 텅 빈 얼굴로 어른들은 우리를 전혀 돌보지 않았어, 라고 했다. 엄마는 그런 이모의 손을 잡고 등을 쓸어주면서 달랬다.

"그래도 성공했잖아, 집도 있고 보건소에서 선생님 소리 들으며 그 나이에 현역이잖아. 나는 아무것도 없어. 쟤들 좀 봐, 계집애는 꼭 미친 것마냥 선글라스를 내내 쓰고 내 속을 뒤집고, 아들놈은 한참 모자라. 나 안산 갈 때 아무래도 네가 돈 좀 보태주어야겠다. 나도 나지만 쟤들이 살아야지, 애들이잖아, 이제 고등학생이잖아. 아깝다 생각 말아라, 너 늙으면 쟤들이 챙기겠지, 깍듯하게 모시겠지."

엄마의 바람과 달리 이모는 그런 말들에 어리숙하게 속지는 않았다. 그래도 얼마가 필요한데, 묻기는 했다. 이모는 밤에 잠을 제대로 자지 않았다. 집안을 걸어다니며 무언가를 생각하고 예민하게 기척들에 귀기울이다가 새벽이 되어서는 방으로 들어가 혼자 주사를 놓았다. 방에는 주사기들이 많았고 어떤 것은 바늘을 채 빼지도 않은 것이었다. 비타민 주사라는 이모 말을 엄마는 정말 믿는 걸까? 나한테도 그러듯 그냥 귀찮아서 모르는 척하는 게 아닐까? 이모의 주사기들은 한데 쌓여 있다가 모래성이 무너지듯 쓸려내리기도 했다. 이모가 그처럼 엉망인 답장을 쓰는 건 다 그 주사 때문인지도 몰랐다.

동수에게

휴가가 반 넘게 지나간 날, 현관에 할머니 한 분이 찾아왔다. 엄마가 의사 선생은 이미 보건소에 나가고 없다고 하자 할머니가 무언가를 내밀었다. 죽은 토끼였다. 엄마가 악, 하고 소리질렀고 동생이 뛰어나왔다. 할머니는 자기가 죽인 게 아니라고, 마당에 죽어 있었는데 선생님이 혹시 먹을까 싶어 가져왔다고 했다. 토끼 고기는 귀하지 않냐면서, 토끼는 섬에서 귀하다면서. 엄마는 물론이고 이모도 토끼를 먹을 것 같지 않았지만 할머니는 그걸 두고 언덕을 내려갔다. 토끼는 우리가 밥을 먹고 샤워를 하고 마지못해 빨래를 하고 동생과 내가 싸울 때까지 푸른색 바가지에 담겨 마당 한구석에 있었다. 이모가 돌아와서 주먹밥으로 점심을 먹었지만 우리 중 누구도 거기에 토끼가 있다고는 말하지 못했다. 토끼는 그렇게 마당 한편에서 한나절을 보냈다. 오후에도 섬사람 몇몇이 집으로 찾아왔다. 엄마는 보건소에 가면 될 걸 왜 집으로들 찾아오냐고 짜증을 냈다.

나는 리조트에 가기 위해 집을 나섰다가 돌아와 다시 토끼가 담긴 바가지를 들고 나갔다. 리조트 주차장에서 수풀로 들어가 구덩이를 팠다. 수풀 사이로 햇살이 들어왔다 사라졌다 했다. 수풀 뒤는 절벽이었고 그 아래는 바다였다. 마치 젤리처럼 바다가 투명하게 출렁였다. 힘들어서 중간에 쉴 때는 동수의 이메일을 읽었다. 동수는 주인이 없는 집에 가는 건 옳지 않지만 내가 말한 탁상시계를 찾으러 가보겠다고 했다. 그 탁상시계에 정말 동수에게, 라고 쓰여 있는지 눈으로 확인하겠다고.

집에 귀중품이 없는 건 확실하지? 동수가 다시 확인했다. 동수는 예의바르고 신중하며 생각이 많은 애 같았다. 그럼 없지, 집에는 아무것도 없다. 귀금속이나 현금이 들어 있는 저금통, 통장 그런 건 없다. 우리는 가난하고 언제 쫓겨날지 몰라서 그런 건 안 키운다. 갈 때는 짙은 옷을 입고 갈게, 동수가 말했다. 텔레비전에서 보니 안산 분위기가 좀 그랬어. 이미 토끼가 들어갈 만큼 팠는데도 나는 손을 멈추지 않고 있었다. 계속 구덩이를 파고 싶었다. 분위기가 좀 그러니까. 내가 들어갈 만큼 파야지. 분위기가 좀 그러니까. 몇 시간이나 파내려갔는데도 겨우 내 정강이를 넣을 만큼이었다. 토끼는 죽었는데 묻히기까지 또 기다려야 하니까 아주 무료한 얼굴로 귀여운 수염만 햇살에 드리우고 있었다. 내가 여기에 묻히고 토끼가 나의 남은 '버케이션'을 즐기면 어떨까 생각했다.

토끼가 일어나서 모래를 털고 리조트로 들어가 소파에 앉고 나의 애인에게 인사하고 물을 청해서 마시고 여름의 열기가 빠져나가지 않는 노인들의 방을 기웃거리면서 죽음을 두려워하지 마시구려, 하고 말하는 것이다. 그리고 이모 집으로 가서 내 옷을 입고 가방을 메고 선착장에서 쾌속선을 타고 섬을 빠져나간다. 가라앉아도 걱정 없지요, 이미 난 죽었으니 말이오. 그리고 시내에서 버스를 타고 지하철로 안산으로 우리집으로 돌아간다. 중간에 만나는 사람들에게는 놀라지 말아요. 나는 이미 죽었으니까. 그렇게 화내지 말아요. 나는 이미 죽지 않았어요? 가엾지 않습니까, 가엾지 않아요, 하고는 집으로 들어가 탁상시계를 찾으러 온 짙은 옷의 동수를 맞이하는 것이다. 어서 와. 동수야, 빈집은 처음이지? 그 시계를 보면 동수가 좀 위안을 받을까. 어떤 시간을 되찾은 기분일까? 동수는 엄마가 먼저 섬으로 가버렸대, 하고 말했다. 엄마에게 다른 애인이 생겼다고 들었어. 물론 지금 같이 살고 있는 삼촌은 그보다 더 나쁜 표현으로 얘기하지만. 이윽고 나는 구덩이 파는 것을 그만두었다. 어떻게 어떻게 해서 두 다리를 집어넣고 쪼그려앉았다.

한참이 지나 누군가가 내 등을 두드렸다. 나의 애인이었다. 죽은 토끼를 묻어야 한다고 하자 "이런 걸 손으로 파면 어떡하나? 그러다 예쁜 손 다 상해요"라고 했다. 내가 구덩이를 나가고 대신 애인이 토끼를 묻어주었다. 토끼의 얼굴이 흙으로 천천히 덮였다. 탁상시계가 있는 내 방에서 동수를 맞았던 토끼가, 거꾸로 돌린 것처럼 안산에서 선착장으로 다시 섬으로, 이모 집을 거쳐 절벽 가까운 수풀로 돌아왔다. 바가지에서 구덩이로 옮겨지고 아주 매장되었다.

애인과 나는 수풀을 나와 주차장을 건넜다. "대학생이세요, 휴가 왔나봐요." "대학생은 아니고 휴가는 맞아요." 애인은 뭘 알았는지 아, 하고 소리를 냈다. 그리고 내 무릎에 상처가 났다고 알려주었다.

혹시 모르니까 보건소에 가서 치료를 받으라고. "보건소에는 가지 않을래요." 애인은 그 말을 이상하게 생각하지 않고 그냥 고개를 끄덕였다. "꽤 많은 사람들이 보건소에 안 간대요. 의사가 정식 의사가 아니래요. 자꾸 가면 갈수록 이상한 사람 만든다나. 리조트에는 노인들이 갑자기 아프고 해서 어쩔 수 없이 불러요. 그런데 수풀에는 낮에도 밤에도 들어가지 마세요. 위험하니까. 한 달 알바해보니 이 섬이 그래요. 아무리 예쁜 토끼가 죽어도 묻어주지는 말고요." 애인이 그렇게 말하며 수줍게 웃었다.

저녁에는 엄마와 동생이 해변으로 나갔다. 나는 이모의 책상을 정리하고 거기에 앉아서 동수에게 답장을 썼다. 동수가 이모에 대해 물었던 게 생각나서 이모는 전혀 늙지 않았어, 라고 썼다. 이모는 아름다워. 다만 섬에서 나갈 줄을 모르는 것 같아. 누가 데리러 오길 바라는지도 모르지, 거기까지 쓰는데 전화가 울렸다. 동수일까? 저러다 말겠지 했는데 전화는 자꾸 동 수 동 수 하며 울렸다. 여보세요? 동수가 끊지 마세요, 해서 끊을 수가 없었다. 엄마? 동수예요. 동수가 또 입맛을 다셨다. 아빠는 돌아가셨어요. 세상을 아주 떠나기 전에 아빠가 이 번호를 알려주었어요. 섬 이름도 알려주었지만 바보같이 잊어버렸어요. 엄마, 그 섬이 어디예요? 이제 나도 갈 수 있어요. 그때 이모가 현관으로 들어왔고 나와 눈이 마주쳤다. 이모는 다가와 내 손을 잡고 휘장을 내리듯 천천히 수화기를 내렸다. 혹시 전처럼 나를 때리는 건 아닐까? 나는 학교에서도 그렇게 맞곤 했지만 이모에게 맞는 건 아프기보다는 슬펐다. 이모의 얼굴에는 헤아릴 수 없이 많은 감정들이 나부꼈다. 그리고 그 모든 것이 멈춘 뒤에 최종적으로 울 듯한 표정을 지었다.

"눈은 잘 보이니?" "보여요." 이모가 내 얼굴에서 선글라스를 내렸다. "선글라스는 학교에선 쓰지 마라. 그렇게 이상하게 굴면 애들이 관심을 갖는 게 아니라 싫어해, 미워해." 나는 관심을 끌려는 게 아니라 자주 울어서 토끼처럼 빨개지는 눈을 감추려고 그런 것이지만 그 얘기는 하지 않았다. "그리고 섬에서 나가면 편지는 그만 써라. 엄마가 억지로 시켜도 쓰지 마. 대신 안부 전화를 하겠다고 해. 네가 전화해도 나는 전화를 받았다 끊을 테지만. 그렇게 받았다 끊어지면 내가 잘 지내고 있다고 알아도 돼. 언제나 난 받았다가 다시 끊을 테니까. 전화를 받을 수는 없으니까. 알아듣겠지?"

밤이 되자 엄마와 동생이 매점 남자의 차를 타고 돌아왔다. 엄마는 모처럼 요리를 하겠다며 문어가 든 스티로폼 상자를 들고 마당 수돗가로 달려갔다. 미란아, 문어가 너무 예뻐! 엄마가 소리치는 것이 들렸다. 남자는 둘을 내려주고 집안까지 들어와 식탁 의자에 어정쩡하게 앉았다. 초조한지 모자를 벗어 조금씩 말아 쥐었다. 이제 보니 흉터는 정수리에서부터 나 있었다.

"선생님, 계시죠?"

남자가 무슨 소리인가를 애타게 기다리듯 방문 가까이 다가서서 불렀다. 이모는 말이 없었다.

"이렇게 근무시간이 아닌데 찾아와서 죄송하지만요, 제가 오늘 가족분들 모시고 해변에서 촛대바위까지 산너머 동굴까지 다녀왔지요.

참으로 좋아들 합디다. 이제야 섬 구경을 다 한다고 참들 좋아했어요. 그뿐이 아니지요. 조카분이 매일 우리 매점에 와서 사륜 바이크를 타는데 아주 좋아해요. 손님이 꽉 차도 내가 조카분은 꼭 태워드립니다. 사륜 바이크가 운전을 잘못하면 엎어져서 크게 다칠 수도 있어요, 죽을 수도 있잖아요. 그러면 안 되지요. 조카가 방학이라고 이모네 놀러 왔는데 죽으면 되겠어요? 어른들이 신경을 써야죠. 문어도 가져왔습니다. 통발에 꽉 차 있던 놈이에요. 숙회를 해 먹지요, 무쳐도 먹고요, 선생님?"

이모에게서는 기척이 없었다. 잠이 들었을까? 남자가 조바심이 나는지 모자를 말았다 폈다 하면서 다시 허리를 간곡히 숙였다.

"선생님이 아시다시피 나는 오랫동안 배를 탔지요. 죽을 고비도 많이 넘겼지요. 그물 올리는 양망기에 끼여서 내장까지 형편없이 망가졌지요. 먹고사는 일이 아주 힘들어졌지요. 밤낮으로 안 아픈 데가 없어요. 그래도 산 놈은 살아야지요. 반송장이라도 어떻게든 살 방도를 찾아야지요. 시내 병원에서 주는 약은 소용이 없어요. 선생님이 주사를 놔주셔야 해요. 사람 하나 살린다 생각하고 이번에도 주사를 놔주세요. 듣자 하니 숙모님한테는 놔주신다면서요. 그 노인네 아픈 건 다 거짓이에요. 평소에 아무렇지 않다가 선생님만 보면 잠수병 운운하며 그렇게 아프다고 짜는 거예요. 물질을 하면 얼마나 했다고 잠수병이야, 기도 안 차지요. 하지만 나는 안 그래요. 선생님, 나는 부친이 국가유공자예요."

이모가 문을 열었다. 졸려서 주사를 놓을 수는 없다고 했다. "괜찮습니다. 주사라면 이골이 났는데 아무렇게나 찔러도요." 남자가 팔을

걷어붙이며 다가섰다. "약이 안 들어왔어…… 졸리고……" "저번에
도 그랬잖습니까?" 남자가 소리쳤다. "화물이 하루에도 서너 번을 들
어와요. 보건소 화물도 얼마나 많이 봤는데 약이 없어요? 이 방에도
없습니까? 방에는 있지요?" "없어…… 뭣도 그러니까……" 이모가
귀찮다는 듯이 말을 하다 말다 했다. 남자가 치밀어오르는 분노를 순
식간에 눌렀다. 그리고 아까의 살피고 간청하는 표정으로 돌아갔다.

"그러면 들어오면 놔줄 거죠?" "아프면 맞아야지…… 하지만 오
늘은…… 자야지, 약은 없어." 남자는 무섭도록 빨리 평정을 되찾았
다. 그리고 마당으로 나가서 엄마와 동생을 도와 문어를 손질했다. 숙
회도 하고 초무침도 하지요, 하고 남자가 하는 말이 들렸다. 국수도
좀 넣고요. 이모는 다시 방으로 들어가다가 나를 돌아봤다. 말을 하려
는 듯 입술을 달싹이다가 멈추다가 했다. 무언가 의문이 들지만 곧 무
언가가 그것을 흐릿하게 지워가는 것 같았다. 이모는 간신히 내게 *왜*,
하고 물었다. 시무룩하게 내가 뭘, *왜*, 했다. 나는 현관을 뛰쳐나가 리
조트로 달려갔다. 이 밤에 어디를 가냐고 엄마가 부르는 게 들렸다.
가로등이 없는 절벽 길은 어둡고 좁았다. 토끼가 묻혀 있는 수풀을 지
났다. 토끼가 가여웠다. 이모를 생각했다. 이모가 가여웠다. 애인은
데스크에 변함없이 앉아 있었다. 텔레비전에서는 여전히 누군가 내리
고 누군가 배를 탔다. 텅, 하고 여자들이 비치볼을 공중에 띄웠다. 나
는 데스크 안으로 뛰어들어가 애인을 끌어안았다. 애인의 몸은 뒤로
좀 밀리는가 싶더니 파도를 견디는 부표처럼 중심을 잡았다. 노래를
부를까, 생각했다. 그러면 더 행복해질 테니까. 하지만 그럴 수는 없
었고 나는 애인을 안은 두 팔에 힘을 주면서 무서워, 라고 속삭였다.

불꽃놀이

　섬을 떠나기 전 일주일은 집에서 지냈다. 우리는 여름 햇볕을 너무 쬐는 바람에 화상을 입었다. 이모는 하루에 세 번 우리를 거의 발가벗겨 연고를 발라주었다. 그 밤, 나의 애인인 청년이 집으로 데려다준 뒤로 리조트에는 갈 수 없었다. 이모는 섬에서의 휴가는 모두 잊으라고 말했다. 휴가는 원래 그런 것이니까. 미리 짐을 쌌는데 그동안 모아놓은 조개와 소라 껍데기들이 가장 문제였다. 나는 어느 날은 그것을 살뜰하게 가방에 넣었다가, 어느 날은 다 빼서 마당에 버리고는 했다.

　단짝에게서는 뒤늦게 편지가 왔다. 내가 보냈던 편지들에 대한 유일한 답장이었다. 단짝은 아무도 나를 찾아오지 않아서 내가 죽었다고 말할 수 없었다고 했다. 매일 연습했는데, 누군가 물으면 이렇게 말하려고 했는데, 걔는 죽었어요, 노래를 부르다가 불행하게 죽었지요. 그런데 그러다보니 정말 네가 죽은 것 같았어. 이상하다, 정말 너는 죽었나? 너희 빌라에 가봤는데 불이 켜져 있더라. 죽지 않았구나, 살아서 돌아왔구나, 안심하고 돌아갔지. 그런데 다음날에는 불이 켜지지 않았어. 그다음날도 그랬지. 그렇게 불이 켜지지 않고 내내 캄캄하니까 네가 정말 죽은 것이 아닐까, 하는 생각이 들었어. 집으로 돌아오지 않는 게 아닐까. 나는 밥을 먹으면서도 거리를 걸으면서도 생각했어. 너의 죽음과 네가 다 부르지 못한 노래에 대해 생각했어. 그러자 너한테 잘못한 것들이 생각났어. 네 점퍼를 빼앗은 것이 가장 후회스러워. 과학실에 가둔 일도 미안해. 나는 네가 나를 자꾸 단짝이라고 부르는 게 싫었어, 미웠어, 화가 났어. 너는 우리 학교 왕따, 바보, 미친년이잖아, 네 애인이라는 사람도 네가 애인이라 부르는 게 끔찍하게 싫었을 거야. 그런데 내가 이렇게 울고 있다니, 네가 죽었을까봐 이렇게 무섭다니…… 답장은 쓸 수 없었다. 답장을 쓰면 난 죽지 않은 것이 되고 그러면 누구도 날 위해 울어주지 않을 테니까.

섬을 떠나기 하루 전날, 이모가 해수욕을 가자고 했다. 등은 어쩌고요? 등은 다 나았어, 네가 모를 뿐이지. 이모는 화상 걱정 없게 네시 정도에 바다로 가자고 했다. 이모와 나는 왜건을 타고 해변으로 나갔다. 이모는 책을 읽고 나는 편지를 썼다. 누구에게 쓰지? 아무한테도요. 이모는 잠깐 책을 덮었고 뭔가를 생각하다 고개를 끄덕였다. 바람이 파라솔 안으로 불어오자 간식을 담아온 비닐봉지들이 타타타타, 하며 흔들렸다. 나는 나는 몇 살이지? 하고 첫 문장을 썼다. 아주 지루한 시간들이네, 라고. 그리고 잠이 들었다 깨어나보니 매점 남자가 우리를 내려다보고 있었다. 모자를 벗지 않은 채였다. 이모가 짐을 들고 나는 튜브를 들었다. 남자는 백사장 끝까지 우리를 쫓아왔다.

"안 아픈 데가 없습니다. 아주 망가졌지요. 요즘도 바다를 보며 *왜*, 하고 생각합니다. 선생님, 안 그렇겠습니까. *왜* 나한테 이런 일이 생겼나 생각합니다. 나는 대학도 다녔어요. 집도 샀습니다. 사람들이 만만하게 보고 무시할 만큼 살지는 않았다 이 말입니다. 그런데 *왜* 이런 일이 생겼습니까. *왜*, 무엇 때문에?"

이모와 나는 있는 힘을 다해 뛰어보기도 했지만 남자를 떼어놓을 수는 없었다. 백사장이 끝난 뒤에는 굴 껍데기들로 뒤덮인 바윗가였다. 남자는 인적이 드물어지자 노골적으로 우리를 위협했다. 슬리퍼가 미끄러지면서 굴 껍데기에 발바닥이 베였다. 이모가 손수건으로 내 발바닥을 감쌌다. 아이가 다쳐서 가야겠다고 하자 남자는 못 갑니다, 못 가요, 했다. "한 대 뇌주기 전까진 못 가. 지금 얘 발바닥 아픈 게 문제가 아니야, 내가 이렇게 아픈데." 남자는 울분이 차오르는지 숨을 거칠게 쉬었다. "안 뇌줄 거면 차라리 셋이 다 죽어요. 나 지금 헛말 아니야."

　이모는 발걸음을 멈추고 남자를 바라보았다. 남자의 흉터와 충혈된 눈, 걷어붙인 팔목에 있는 흐릿한 문신과 주사 자국들을. 그리고 바위를 건너 바다로 들어갔다. 이내 깊어졌는지 팔다리를 움직이며 수영을 시작했다. 나도 튜브를 끼고 바다로 들어갔다. 파도는 낮았지만 발이 닿지 않자 겁이 났다. 남자는 자기가 우리를 바다로 몰았으면서 걱정이 드는 모양이었다. 나오라고, 그러다가 먼바다로 밀려난다고 소리치다가 사람을 불러오겠다며 어디론가 달려갔다.

　밤바다가 우리를 자꾸 섬에서, 섬에서 멀어지게 했다. 힘이 드는지 이모가 내 튜브에 매달렸다. 파도가 칠 때마다 이모 얼굴이 지워졌다가 나타났다. 이모의 얼굴은 섬을 향할 때는 우는 듯 보였고 바다를 향할 때는 웃는 듯 보였다. 이모, 이모는 왜 이모부와 살지 않았어요. 이모가 울면서 말했다. 사랑의 맹세는 나약했지. 정말 사람들이 오는지 손전등 불빛이 보였다. 이모, 이모는 왜 섬에서 나오지 않아요. 언젠간 바다를 건너겠지. 이모가 웃으면서 말했다. 그리고 물장구를 쳐서 나를 천천히 바위 쪽으로 밀었다. 하지만 소용없었다. 파도가 다시 우리를 저멀리로 보냈다. 누군가가 긴 줄에 매인 튜브를 바다로 던졌다. 어둠 속에서 누군가는 분명 우리를 구할 준비를 하고 있었다. 이모의 긴 머리칼이 파도를 탔다. 나를 미는 힘은 주기적으로 들어왔다 나갔다를 반복했다. 어쨌든 우리는 떠 있었다, 견디고 있었다. 이모, 우리는 어디로 가고 있어요? 라고 물었을 때 해변 어딘가에서 불꽃이 터졌다. 마치 토끼 수염처럼 양옆으로 갈라진 불꽃들이 반달을 향했다. 그때까지 본 것 가운데 가장 화려하고 눈부신 해변의 불꽃놀이였다.

고기

"사모님, 또 왔습니다."

아이를 교습소에 데려다준 그녀가 카페에 앉아 커피를 마시려는 참이었다. 남자는 왜 언제나 저 옷을 입을까? 국제마트라는 상호가 노랗게 수놓인 청색 점퍼. 카페와 문화센터가 있는 여기 마트는 남자가 일하는 마트와는 경쟁관계이고 그러면 저런 유니폼은 곤란하지 않을까. 아니, 어쩌면 남자는 그 상호가 그녀에게 위압감을 줄 수 있으리라 기대하는지도 모른다. 그녀는 남자에게 대답하지 않고 커피를 한 모금 마셨다.

"아침부터 죄송합니다만 사모님, 선처 좀 해주시면 안 될까요. 지금 그 직원과 제가 아주 곤란하게 되었어요."

남자가 늘 가지고 다니는 손수건을 비틀어 짜면서 말했다. 처음 그녀가 그 문제로 마트에 전화 걸었을 때와는 다른 태도였다.

"제가 할 말은 다 했는데요."

남편에게서 전화가 왔고 그녀는 전화를 받으면서 자리를 비켜달라고 했다. 남자가 카운터로 가더니 찬물을 한 컵 청했다. 그리고 마치 촛불을 든 소년처럼 컵을 들고 홀에 어정쩡하게 서 있었다.

"어디야?"

"수금중이야."

"어제는 왜 늦었어?"

"현정 고모 때문에."

"무슨 일이었는데?"

"식탁 봤어? 돈 두고 나왔는데."

"봤어, 토슈즈를 살까 해."

"저번에 샀잖아."

"벌써 작대. 애가 세 달이면 발 크기가 달라져."

"우리 애는 왜 그렇게 발이 빨리 크지?"

가라앉아 있던 남편의 목소리가 조금 은근해졌다.

"날 닮았나…… 이번에는 어떤 일이었어?"

"쉬운 일이었어. 나 용산이야, 내려야 해."

그녀는 휴대전화를 내려놓고 스틱으로 커피를 천천히 저었다. 현정 고모는 왜 자꾸 남편을 부를까. 고모가 시키는 심부름은 잦아져 이제는 한밤중에도 불려나가곤 했다. 그 밤에 해야 할 심부름이란 무엇일까.

고모는 지방에서 대규모 농장을 운영하지만 일 년 중 반은 서울에서 지냈다. 때때로 남편에게 잔심부름을 시키고는 두둑한 보수를 쥐여주었다. 기관에 서류를 내거나 누군가에게 물건을 전달하는, 꼭 남편이 해야 할 이유는 없는 일들이었다. 자기를 도와주려는 마음에서 그러는 것이라고 남편은 말했다. 자기뿐 아니라 다른 친척들에게도 그런 선의를 베푼다고 했다. 직업이 없던 큰댁 조카가 얼마 전 농장에 취직했고 암 선고를 받은 친척이 병원비를 지원받았다. 남편은 어떤 일이 있어 한동안 고모와 소원한 사이였는데 왕래를 시작하면서 부쩍 고모에 대해, 고모의 그 선의에 대해 자주 이야기하곤 했다. 지금이 경제적으로 어려운 터라 고마움이 더 큰 것 같았다.

남편이 일하는 오퍼상은 이제 문 닫은 것이나 마찬가지였다. 사장은 도박인가, 알코올인가, 여자인가, 아니면 그 모두인가에 빠져 회사를 운영할 마음이 없었다. 남편은 회사 물건을 빼돌려 팔다가 지금은 수금한 돈에도 손을 댔다. 아무리 월급을 못 받았어도 나중에 문제가 되지 않을까, 그녀가 물었을 때 남편은 언놈이 뭐라 그래, 하고 화를 냈다.

"어느 놈이든 가만두지 않을 거야. 못 받을 퇴직금을 생각하면 사장 놈을 파묻어도 시원치 않아."

하지만 이미 소문이 퍼져서 거래처에서도 대금을 지불하지 않으려 했다. 수금한 돈이 회사가 아닌 자기 주머니로 들어가면서 남편은 더 악착같아졌다. 매장에서 진을 치고 욕설을 퍼붓고 한밤중에도 전화를 걸거나 찾아간다고 했다. 그가 누군가에게 험하게 구는 게 상상은 안 됐다. 대학 때부터 연인 사이였던 남편은 그녀에게 늘 친절했으니까. 그녀가 목격한 남편의 거친 행동은 운전을 할 때뿐이었다. 누군가가 끼어들면 도로를 위험하게 오가며 기어코 따라잡았다. 하지만 그마저도 아이가 "무서워!" 소리지르면 순순히 속도를 늦췄다.

"작은 성의네요. 죄송합니다."

남자가 언제 나갔다 왔는지 과일바구니를 내밀었다. 망고와 바나나, 멜론 따위가 꽃바구니처럼 화려했다. 안면 있는 같은 아파트 여자들이 문화센터 입구를 서성이기 시작했다. 그녀는 콤팩트를 꺼내 잠깐 얼굴을 살폈고 남자를 밀치듯 지나면서 "기관에 의뢰했으니까 결과가 나오면 순리대로 처리해요" 했다.

"어이쿠, 사모님."

남자가 팔을 잡는 순간 그녀가 비명을 질렀다.

"이봐요!"

남자가 그 비틀어 짜던 손수건으로 자기 얼굴을 닦으면서—어떤 표정들도 함께 지우려 애쓰면서—말을 이었다. "그러니까 사과를…… 직원 놈 실수로…… 조치를 이미 했단 말씀을 드렸고…… 담당 팀장으로서…… 고객님께……" 아이가 발레복을 입은 채 문화센터에서 나왔다. "괜한 소리 마세요." 그녀가 카페를 나갔다.

아이는 그녀의 손을 잡고 한동안 클라라 이야기를 했다. 클라라는 〈호두까기 인형〉의 주인공이었고 수업시간에는 모든 아이들이 클라라였다. 가르치는 선생이 호두까기 인형도 되고 생쥐도 되고 하면서 발레극의 동작을 연습한다고 했다. 아무도 못생긴 호두까기 인형이나 생쥐가 되려 하지 않으니까 그냥 다들 클라라를 하면 된다고 했다. "싫다는데 뭐하러 배역을 나눠. 그냥 모두 예쁜 클라라 하면 되지."

주차장으로 내려가 시동을 거는데 남자가 차 앞을 막아섰다. 그리고 차문을 열어 조수석에 과일바구니를 얹어놓았다. "성의 표시니까 부담은 갖지 마시고요. 선처 부탁드립니다." 남자는 그녀의 차가 주차장을 빠져나갈 때까지 마치 배웅하듯 서 있었다. 그녀는 아파트에다 와서야 토슈즈를 사지 않았다는 것을 깨달았다. 고모가 준 이십만원이 지갑에 들어 있는데 그걸 까먹다니. 아이는 내일도 맞지 않는 신을 신고 발레 연습을 해야 할지도 몰랐다. 이게 다 남자가 나타나 정신 사납게 했기 때문이다. 맹렬한 적개심으로 그녀의 표정이 일그러졌다. 팔을 붙들던 남자의 아귀힘이 떠올랐다. 굽실거리는 태도와 다르게 아주 강하고 묵직한 힘이었다. 그렇겠지, 그녀가 생각했다. 그런 유의 사람들은 겉과 속이 다르니까. 여기서 그런 유의 사람들이란 곤경에 빠진 사람들이었다.

문제의 고기도 현정 고모가 준 돈으로 산 것이었다. 남편은 일박 이일로 출장을 갔었는데 수금하러 갔었는지, 고모가 시킨 일 때문이었는지는 확실하지 않았다. 그녀는 마트에서 그 국거리용 양지를 사서 친정에 갔다. 포장을 뜯어보니 고기 빛이 거무튀튀하고 냄새가 시큼했다.

"이게 무슨 냄새야?"

그녀와 엄마가 그 축축하고 두툼한 고기에 얼굴을 바짝 가져다 댔다. 상한 것이 분명했다.

"무슨 일이야? 왜 그래?"

아버지가 팔을 휘휘 저으며 엄마인지 그녀인지를 불렀지만 그녀와 엄마는 고기만 골똘히 들여다보았다. 아버지는 겨울의 다디단 무와 소고기를 썰어넣은 뭇국을, 늘 그렇듯 참을 수 없이 먹고 싶어했고 그녀가 고기를 사들고 온 것을 보고 반색하던 차였다. 그녀가 쓰레기통에서 벗겨냈던 포장 랩을 집어와 폈다. 라벨 두 개가 겹쳐져 붙어 있었다. 그녀는 젖어 있는 라벨들을 손가락으로 조심조심 분리했다. 그리고 유통기한이 지난 라벨 위에 날짜를 연장한 라벨을 붙여놓았다는 걸 알게 됐다.

그녀가 전화를 걸었을 때 마트 직원은 "이동중에 상한 것은 아닌가요?" 했다. 오전의 그 남자, 정육팀장은 "우리 마트에서 산 거 맞습니까?" 물었다. 그녀는 라벨이 있다는 얘기는 하지 않았다. 뭐랄까, 그들의 양심 같은 것을 시험해볼 생각이었다. 통화가 길어질수록 남자는 귀찮은 것이 분명한, 그리고 그녀를 노골적으로 무시하는 태도로 부정했다. 그럴 리가 없습니다, 저희가 양심을 팔겠습니까, 어떤 의도로 그러는 것인지요, 보상 절차가 그렇게 간단하지는 않습니다. "아니, 아니, 아니요." 그녀가 소리지르자 아버지가 가구들을 짚으며 건너오면서 "무슨 일이냐?" 했다. "들어가 있어. 뵈는 것도 없으면서 왜 나서, 나서길." 엄마가 소리지르자 아버지는 좀 당황해하다가 방으로 돌아갔다. 화병에 걸려 한 번, 성경에 걸려 한 번 넘어질 뻔했다.

아버지는 당뇨 때문에 시력을 거의 잃은 상태였다. 의사가 이러다 몸의 다른 기능도 잃으리라 경고했지만 식습관은 고쳐지지 않았다. 여전히 엄마는 끼니때마다 고기를 사다 요리했고 식사 후에는 인스턴트커피를 탔다. 눈이 어두워지면서 아버지는 더이상 엄마를 때리지는 않았다. 막말은 여전했지만 손찌검을 할 수는 없었다. 그러면 엄마는 집을 나가서 며칠이고 들어오지 않았으니까. 그때마다 아버지는 먹을 반찬이 없다며 그녀에게 전화 걸어 하소연했지만 아버지를 두려워하는 그녀는 아버지만 있는 집에는 절대 발을 들이려 하지 않았다.

아버지가 전보다 온순하고 조용해진 반면 엄마는 거칠고 위태로워 보였다. 그건 무언가를 잃은 사람의 모습이라고 그녀는 생각했다. 엄마가 무엇을 잃었을까 떠올려보다가 그녀는 좀 엉뚱하게도 아버지 공장이 잘 굴러갈 때 그 폭력이란 아주 생산적인 것이 아니었을까, 생각했다. 아버지가 화가 나고 손을 쳐들고 엄마를 때리고 엄마가 울고 그녀가 울고 아버지가 한숨 자거나 술을 한잔하고 다시 기분이 좋아져서 다음날 조간신문을 보며 갓 지은 아침을 먹고 출근하는 그 과정은, 아버지가 나가서 했던 일들, 직원을 부리고 물건을 주문하고 팔고 거래를 성사시키고 잔금을 치르는 것들에 필연적으로 딸려오는 것들이 아니었을까. 그 사이클과 함께 엄마의 인생이 흘러갔는데 부도로 회전축이 사라지자 삶 전체가 공회전하는 것이다.

그날 그녀는 고기를 가지고 집으로 돌아왔다. 그리고 주부들이 즐겨 찾는 인터넷 카페에 사연을 올렸다. 본사 게시판에 항의 글을 쓰라는 댓글이 가장 많았다. 그녀는 마트 본사 홈페이지에 라벨을 찍은 사진과 글을 게시했다. 그리고 다음날부터 남자가 찾아오기 시작했다.

용산이라던 남편은 이제 지방으로 내려간다고 했다. 무슨 일인지는 말하지 않았다. 남편은 평소에도 자기 일에 대해 자세히 알려주지 않았다. 돈 버는 일은 모두 치사하고 더럽고 그렇고 그런 일들이기 때문이라고 했다. 그녀처럼 지혜롭고 아름다운 여자에게는 어울리지 않는 일들이라고 했다. 빠듯한 살림에도 그녀가 맞벌이하지 않는 건 그런 이유에서였다. 남편은 능력 있는 남자들은 결코 여자를 밖으로 내돌리지 않는다고, 자기 어머니처럼 시장 좌판에서 생선을 팔거나 자기 누나처럼 보험철을 들고 무슨 꿍꿍이인지 알 수 없는 남자들을 만나러 다니는 건 다 병신 같은 남자들이나 시키는 일이라고 말했다. 그녀는 대학에서의 전공을 살리기 위해 임용고사를 보거나 학원 강사라도 하고 싶었지만 남편이 반대하자 마음을 접었다. 남편은 그녀에게 나른함과 교양이면 충분하다고 했다. 교양과 나른함이라니, 처음에는 그런 걸 어떻게 가질 수 있는지 몰랐지만 결혼생활이 지속되자 그건 저절로 갖춰졌다.

그녀는 발레교습소, 유치원, 수영장, 두 군데의 학원에 아이를 데려다줄 때를 제외하고는 거의 외출하지 않았다. 집안일을 하다가 틈이 나면 운동을 했고 나머지 시간에는 낮잠을 자거나 여행에 관한 다큐멘터리를 봤다. 남편은 그녀가 가보지 않은 나라에 대해 말하는 것을 좋아했다. 크로아티아 호수나 몽골의 초원, 프라하의 골목들에 관한 이야기였다. 남편은 그녀가 그런 나라들에 대해 말할 때 표정이 아주 아름다워진다고 했다. 넌 여행작가가 되었어야 하는데, 남편이 기분 좋을 때 하는 말이었다. 그러면 그녀는 정말 그 도시들에 관한 문장들을 써보기도 했다. 친정으로 달려가 아버지에게 그 말을 전해주고 싶은 충동을 느끼기도 했다. 보세요, 아버지, 전 수학과는 맞지 않는 애였다니까요. 어려서 암산왕이 되었다고 그걸 좋아했던 건 아니었다고요. 전 여행작가가 되면 좋을 애였다고요. 하지만 그런 말을 한 적은 없었고 그녀는 그 낡고 어두운 임대아파트를 찾아갈 때마다 점점 비만해지는 아버지 눈치를 보며 상이나 차리다 돌아오곤 했다.

아이는 윗옷을 다 걷어올린 채 잠이 들어 있었다. 텔레비전의 음영이 아이에게 드리워지면서 어떤 형상들이 만들어졌다. 마치 그림자

연극처럼 형상들은 갈매기가 되었다가 나무가 되었다가 자갈이나 파도가 되기도 했다. 아이가 지금보다 더 어릴 때 그녀는 자신의 실수로 아이가 죽을지 모른다는 불안에 시달렸다. 가시가 있는 화분이나 목구멍을 막기에 딱 알맞은 드롭스, 안에서는 열리지 않는 세탁기나 숨을 틀어막을지 모를 담요 때문에. 그녀의 상상 속에서 아이는 자꾸자꾸 죽었지만 현실에서 그런 사고는 일어나지 않았고 아이는 별 탈 없이 자라 일곱 살이 되었다.

그녀는 천장을 보다가 한 팔을 접고 옆으로 누웠다. 그래, 모든 게 괜찮아질 것이다. 경제적으로 어렵지만 남편이 해결할 것이다. 남편은 늘 자기 사업을 해보고 싶다고 말했으니까. 맞아, 그이는 누구 밑에서 일할 사람이 아니야. 대학 때 남편은 학생회 대표였고 총학생회에서는 정책부장이었다. 동창회를 하든 계모임을 하든 아파트 재건축 추진 위원회를 하든, 하다못해 몇몇이 모여 밤낚시나 스키장을 갈 때에도 남편은 언제나 주동자의 자리에 있었다. 그러니 회사라고 다를 게 없겠지, 왜 그 생각을 못했을까. 남편은 여러 번 직장을 옮겼지만 그의 잘못은 결코 아니었다. 무능한 팀장과 무기력한 후배들, 무가치한 일에만 열을 올리는 사장들 때문이었다.

텔레비전 화면이 바뀌면서 유럽의 토마토 축제가 등장했다. 골목을 메운 인파 속으로 토마토가 툭툭 떨어졌다. 음을 소거해놓았지만 그녀는 소리가 들리는 것 같다고 생각했다. 그렇게 토마토들이 터지는 동안 저녁은 밤이 되었다. 남편에게서 다시 전화가 온 건 새벽 두시 무렵이었다. 말소리는 들리지 않고 옷감이 스치는 소리와, 종이 같은 것이 구겨지는 소리만 들렸다. 움직이는 중인지 소리들은 계속 변했고 누군가와 대화하는 소리가 끼어들기도 했다. 주머니에 넣어두었던 휴대전화 버튼이 눌러진 모양이었다. 어디로, 라고 남편이 말한 것 같았다. 잡아야지, 라고도 한 것 같았다. 쫓아서, 라는 말은 그녀가 잘 못 들은 것인지도 모른다고 생각했다. 그녀는 여보세요, 여보세요, 하다가 통화를 종료했다. 남편은 지금 수금중인 건가, 현정 고모가 시킨 심부름을 하고 있는 건가. 어느 쪽이건 새벽 두시에 해야 할 일이란 대체 무엇일까. 그건 좀 불길한 것이 아닐까.

"사모님, 또 뵙겠습니다."

그녀가 현관문을 열자 아파트 복도에 남자가 서 있었다. 아이가 "과일 아저씨다" 하면서 알은체했다. 아직 바람이 찬데도 남자는 손수건으로 땀을 닦고 있었다. 얼굴이 붉었고 숨을 헐떡이고 있어서 그녀가 나올 시간에 맞춰 서둘렀다는 걸 알 수 있었다.

"왜 자꾸 이러실까."

그녀는 실랑이하는 것도 귀찮아서 아이 손만 잡아끌었다. 잠을 설쳐서 두통이 일고 있었다. 셋은 엘리베이터에 올랐다.

"과일 좋아하니? 아저씨가 다음에는 더 맛있는 걸 갖다줄 수도 있다." "아저씨는 농부예요? 과일 많아요?" "아니, 아저씨는 고기를 판단다, 커다란 돼지를 어깨에 메고 나른단다." "무겁지 않아요?" "하나도 무겁지 않지. 아저씨처럼 고기를 잘 발라내려면 삼십 년은 기술을 익혀야 해. 아저씨가 돼지 한 마리를 발라내는 데는 한 시간도 안 걸리지." 그녀가 듣고 있다가 인상을 찌푸리며 "애한테 쓸데없는 소리 하지 말아요" 했다. "쓸데없는 소리라뇨, 남 먹고사는 일에." 남자가 좀 거칠게 나와서 그녀는 멈칫했다. 엘리베이터는 삼십층에서부터 멈추지 않고 내려가고 있고 이 공간에는 그녀와 아이밖에 없다.

"이보세요, 사모님, 저는 그 기술을 익히느라 열여덟 살서부터 마장동에 나가서 고기를 만졌어요. 거기는 백 명도 넘는 남자들이 새벽부터 일해요. 내가 내일모레면 오십인데 그 지겨운 도축장에서 가공공장을 거쳐 그나마 우리 애들이 덜 부끄러워하는 이 직장 잡는 데 자그마치 삼십 년이 걸렸단 말입니다. 우리 애들은 우리 아빠 국제마트에 다닌다고 하지, 정육점에서 일한다고 안 해요. 시설도 깨끗하고 골발할 일도 별로 없어서 몸에 냄새도 안 배고 동상 걸리는 것 빼고는 천국이나 다름없단 말입니다. 그런데 사모님이 그 일을 본사에 올려서 지금 직원이랑 나랑 모가지가 날아가게 생겼다고요. 사모님이 아니다, 오해였다, 말해주셔야 한단 말입니다."

남자는 버릇처럼 허리를 굽실거렸지만 말투에는 날이 서 있었다. 엘리베이터 문이 열리자마자 그녀는 아이의 손을 끌고 나왔고 남자가 그 뒤를 쫓았다. 돈봉투를 내밀었다. "삼십만원이에요. 내가 마련했어요. 어떻게 안 될까, 사모님?" 그녀는 차문을 탁 닫고 아이의 안전벨트를 맸다. 그리고 커브를 돌아 지하주차장을 빠져나왔다.

아이를 수영장에 데려다주고 장을 볼 생각이었지만 지갑이 없었다. 그녀는 다시 아파트로 돌아왔다. 혹시나 해서 둘러봤지만 남자는 없었다. 절대 그냥 넘어가지 않으리라 그녀는 생각했다. 어느새 귀가한 남편은 침대에서 자고 있었다. 아침부터 자신과 아이가 어떤 일을 겪었는데 이렇게 잠만 자는 걸까. 화가 났지만 한편으론 남편이 일을 끝내고 돌아왔다는 사실에 안도감을 느꼈다. 남편이 일어나면 그 마트 남자가 얼마나 자기를 불쾌하게 했는지—두렵다고 말하고 싶지는 않았다—말해줄 생각이었다. 그러면 남편이 참지 않을 거라고 그녀는 생각했다. 남자가 뭐라고 했더라. 마장동, 그래, 마장동 이야기를 했었어. 마장동에서는 엄청난 수의 소돼지들이 새벽부터 죽어나가는데 칼을 든 백 명의 남자들이 고기를 바르고 자르고 헤집는다고. 애 앞에서 그런 얘기를 뭣하러 해. 수영하러 가는 애 앞에서. 베란다로 향하던 그녀 발길에 무언가가 툭 채었다. 자루였다. 그 옆에는 아무렇게나 벗은 작업복이, 상의와 하의가 모두 안감이 보이게 뒤집혀 있었다. 그녀가 자루를 발로 툭 쳤다. 철거덕 소리가 나서 풀어보니 공기총이었다. 그녀가 악, 소리를 질렀다.

남편은 그녀가 몇 번을 흔들어서야 깨어났다.

"총이야, 총."

"그래, 총이야."

남편이 손바닥으로 얼굴을 쓸면서 대답했다. 눈이 아주 충혈되어 있었다. 그녀는 남편의 손톱 끝에 발갛게 흙물인지 무엇인지 모를 흔적이 남아 있는 것을 발견했다.

"대체 무슨 일을 하고 다니는 거야?"

"뭘 하긴, 돈을 벌어야지. 왜 그래, 밤새 고생하고 온 사람한테."

남편이 고개를 외로 돌리면서 짜증을 냈다.

"농장에 멧돼지가 나온다고 해서 갔었어. 큰조카가 혼자 끙끙대고 있다고 해서."

"왜 말하지 않았어, 그럼?"

"그런 일을 알아서 뭐하게, 자기는 애나 잘 돌보고 걱정 말고 있어."

"카드가 정지됐어."

"곧 풀어놓을게."

"멧돼지는 잡았어?"

남편은 피곤해, 하면서 침대 헤드보드에 기댔고 그녀는 그런 남편을 두 팔을 내밀어 안았다. "우리 아주 가난해지고 있는 거지?" "무슨 소리야?" "얼마나 가난해질까?" 남편이 한 손으로는 이마를 짚으면서 다른 하나로 그녀의 어깨를 가만가만 쓸었다. "피곤하다, 나 한숨도 못 잤거든." "멧돼지는 못 잡았지?" "……못 잡았지. 어제는 그랬지, 하지만 곧 잡을 거야." 그녀는 아무것도 아닌 일로 예민하게 군 것 같아서 미안해졌다.

그들은 침대에 나란히 누워서 베란다에서 자라는 아이비와 홍콩야자, 보스턴 고사리와 로즈메리 같은 화초들을 보았다. 더러 시든 잎들이 있기는 했지만 아직 죽어버린 것들은 없다고 그녀는 생각했다. 그러자 기분이 나아졌다. 아파트 대출금이 밀리고 몇몇 카드가 정지됐지만 아이와 남편이 있고 그녀가 가꾼 베란다의 작은 정원과 커튼과 오븐과 백색 소파가 있다. 어쩌면 그녀의 걱정들은 깨어나면 그만인 악몽 정도일지도 몰랐다. 그녀가 갑자기 명랑해져서 까르륵, 웃었다.

어린 시절 그녀는 엄마가 아버지한테 맞는 것이 너무 두려웠는데 한참 때리던 아버지가 잠시 쉴 요량으로 소파에 앉아 텔레비전을 틀면 거기서 나오는 시시한 농담이나 우스갯소리에도 별안간 웃음이 터지곤 했다. 지구를 떠나거라, 그런 유행어가 있었다. 척 보면 압니다, 그래, 그런 것도 있었다. 방에 숨어 있던 그녀가 거실에 나와 그렇게 웃으면 운좋은 날이면 아버지가 머쓱해져 더는 매질하지 않을 때도 있었고 운이 나쁠 때는 엄마와 함께 머리채를 잡히기도 했었다. 그러면 그녀는 무서웠지만 이상하게 웃음이 그치지 않았다. 갑자기 마음이 붕 뜨고 즐거워져서 캑캑거리며 방바닥을 구르기도 했다. 지금도 그녀는 쉽게 긴장하고 쉽게 긴장이 풀어졌으며 그 간극에서는 항상 웃음이 터졌다. 그것이 웃음일 필요는 없었지만 아닐 이유도 없었다.

남편이 어깨를 쓰다듬던 손을 내려 그녀의 가슴을, 허리를, 다리 안쪽을, 마치 그녀의 몸을 처음 만져보는 사람처럼 꼼꼼하게 쓸었다. 그리고 멧돼지를 잡아야 했던 밤에 대해서 설명했다.

"처음에는 두려웠지, 할 수 있을까 걱정했지. 하지만 처음 만져본 공기총에는 얼마 지나지 않아 익숙해졌어. 고모가 배우지 않아도, 총 같은 것에는 금방 익숙해질 거라고 했거든. 익숙해지지 않는 건 어두운 숲이었어. 숲에는 뭐랄까, 내가 예상할 수 없을 정도로 많은 것들이 있는 것 같았거든. 이상하게 보이지 않으니까 그 움직임을 다 알아챌 수 있을 것 같더라고. 그래, 긴장해서 그럴 수도 있을 거야. 그런 일, 뭔가를 잡는 일은 한 번도 해보지 않았으니 말이야. 왜 그런 일은 여태껏 해본 적이 없냐고, 고모가 핀잔을 주더라고. 뭐가 어려운 일이라고 그런 일을 해보지 않았어. 그런 새끼가 어떻게 처자식을 먹여 살려. 조금만 다리를 더 벌려봐, 내가 허리를 세우면 아플까? 너는 왜 아직도 아플까. 아이도 낳았고 우리는 이십 년 가까이 섹스했는데."

그녀는 이제 아프다고는 하지 않겠다고 생각했다. 그래서 "현정 고모가 자기한테 그런 소리를 다 했어?" 하며 화제를 돌렸다. "교양 있는 사모님인 줄 알았는데 못쓰겠네." 남편이 티슈를 뽑아 자기 몸을 닦았다. 그녀는 예전에 남편이 고모랑 한동안 연락을 끊고 살았던 게 생각났다. "그때는 무슨 일로 그랬어?" "별일은 아니었어." "오랫동안 고모네를 가지 않았잖아, 별일이 아닌데 왜 그랬어?"

졸음이 밀려와서 그녀는 아이 마중을 나가야 할 텐데 생각하면서도 몸을 움직이지 못했다. 누가 꽉 누르고 있는 것처럼 몸이 무거웠다. 남편은 대학 들어가고 방학마다 농장에서 일했다고 했다. 농장은 해마다 증축공사를 할 정도로 활황이었고 일손이 많이 필요했다. "농장에서 축사 고치고 지붕 올리고 우물 파는 일도 도왔지." "우물을?" "고모가 원해서 팠어. 집은 해마다 손봐야 했어. 고모부는 그때도 다른 여자랑 살면서 집에는 거의 없었지만 고모는 언제나 집을 손보고 싶어했으니깐."

어느 여름의 날에도, 남편은 농장으로 내려가 일을 하고 있었다고 했다. 그때 남편을 괴롭게 한 건 노동의 강도가 아니라 고모의 태도였다. 남편이 집안을 드나드는데도 고모는 늘 잠옷 차림이었다. 온몸이 비칠 정도로 얇은 실크 재질의 잠옷이었다. 고모는 아주 말라서 갈비뼈가 다 드러났고 제왕절개한 수술 자국까지 훤히 보였다. 늘 두통약을 먹고 나른하게 침대에 누워 있었는데 바람이 불면 잠옷이 아예 말려올라가기도 했다. 조카라도 너무하지 않나 싶었지만 무슨 상관이랴 하면서 남편은 묵묵히 일했다.

그런데 어느 날 보니 남편뿐 아니라 거기 일꾼들이—개중에는 한철만 고용된 뜨내기 일꾼들도 있었는데—드나들 때도 고모는 같은 차림이었다. 아 씨발, 고모는 변태인가, 고모부가 너무 바람을 피워서 미쳐버렸나, 남편은 생각했다. 그런데 가만 보니 늘 그런 건 아니었다. 가끔 이웃이나 친구가 찾아오면 완전히 달라졌다. 서울의 자기 아이들이 내려올 때도 마찬가지였다. 긴 홈드레스를 입고 카디건을 목까지 채웠다.

"그 농장에서 오랫동안 일한 아저씨가 있었거든, 장씨 아저씨라고. 아저씨가 그러더라고, 그건 사모님이 우릴 사람 취급 안 해서 그러는 거라고. 농장의 소돼지 지나간다고 옷 고쳐 입는 사람 봤냐고. 우리 앞에선 수치심이 없는 거라고. 일꾼들이야 그럴 수 있지만 내 앞에서도? 빡 돌더라고, 이십대였으니까. 기분 나빠서 안 봤지." "……자기 마장동에 가본 적 있어?" "어디라고?" "아니, 아니야…… 그런데 그때 우리 정말 젊었지?" 그녀가 말하자 "그래, 젊었지" 하며 남편이 동의했다. "젊었으니까 그랬지." "그러면 고모는 요즘도 그래?" "글쎄…… 모르겠다. 주로 전화로만 이야기하니까. 그렇게 심부름을 다니면서도 고모 얼굴은 한 번도 본 적이 없어."

그녀가 잠에서 깨어났을 때 시간은 이미 다섯시를 향하고 있었다. 남편은 다시 일을 나갔는지 없었다. 그녀가 비명을 지르고 자책하며 휴대전화를 찾았지만 보이지 않았다. 집전화로 수영장에 연락하는 동안 속옷도 입지 않은 그녀의 몸이 후들후들 떨렸다. 수영장에서는 미아 신고는 들어오지 않았다고 했다.

그녀가 잡히는 대로 옷을 주워 입고 지하주차장에서 차를 빼서 달렸다. 수영장에는 어린아이들은 없고 성인들이 레인을 오가고 있었다. 첨벙일 때마다 수면이 풀 밖으로 너울졌다. 카운터 여자는 아이를 전혀 기억하지 못했다. 사물함 열쇠 밴드를 손가락으로 배배 꼬면서 모르겠네, 정말 모르겠네, 라는 말만 되풀이했다. 그건 자신의 고통에 전혀 관심 없는 태도처럼 보여서 그녀는 분노했다. 아이가 사라진 것이 열쇠를 주고받는 일밖에는 할 줄 아는 것이 없는, 엄마를 만나지 못한 채 서성였을 아이에게 최소한의 관심도 두지 않은 이 멍청이 같은 여자 때문인 것 같았다.

그녀는 체육관 위층의 강당과 농구장과 게이트볼 코트를 미친듯이 돌아다녔다. 유니폼을 맞춰 입은 노인들이 기합소리에 맞춰 볼을 주고받고 있었고 그녀는 저 늙은것들이, 얼마나 오래 살아서 저들이 경험한 속물적이고 폭력적이고 돼먹지 않은 세계를 언제까지 반복하고 우려먹으려고 저렇게 오래 사나, 하고 경멸했다. 그리고 지하 매점으로 내려갔을 때 정육팀장인 그 남자와 함께 앉아 있는 아이를 발견했다. 아이는 비스킷을 먹고 우유를 마시면서 남자의 것임이 분명한 휴대전화로 게임을 하고 있었다.

남자의 변명은 이랬다. 그녀의 확답을 받아오지 않으면 오늘 해고가 있을 거라고 본사에서 통보했고 마음이 다급한 나머지 체육관까지 미행했으며 정문에서 기다리다가 아이를 발견했다는 것이었다. "왜 집으로 데려다주지 않았어요?" "휴대전화로 전화했지만 받지 않으시던데요. 집으로 데려갈까 해도 사모님이랑 길이라도 엇갈리면 유괴나 그런 것으로 오해할 거 아닙니까? 사모님은 지금도 저희가 일부러 유통기한을 연장했다고 오해하고 있지 않아요? 그건 단지 직원 놈의 실수일 뿐이었고 재포장 같은 위반행위는 없었는데 말입니다. 그러니 여기서 기다릴 수밖에요. 믿기지 않으시면 CCTV를 확인하셔도 좋아요. 나는 여기 앉아 있었고 아이는 털끝 하나 건들지 않았으니까."

아이는 좀 졸린 듯한 얼굴로 과자 부스러기를 치마에 잔뜩 흘린 채

앉아 있었다. 평소와 다른 것 같지 않았다. 매점 여자도 두 시간은 넘게 앉아 있었을 거예요, 하면서 고개를 끄덕였다. 그녀는 내키지 않았지만 남자에게 고맙다고 말하고 아이를 데리고 나왔다. 주차장으로 가는데 이미 해가 져서 어두웠고 또 추워서 아이는 왜 이제야 데리러 왔느냐고 짜증을 내기 시작했다. "엄마가 왜 늦게 왔는지 알아." "미안하다, 잠이 들었어." "나만 빼놓고 아빠랑 놀러갔었지? 나 할머니네 맡기고 놀러 다니잖아, 나만 빼고." "아냐." "할머니네 싫어, 가면 냄새나. 할아버지가 그래, 발가락이 썩고 있다고 내 다리 좀 보라고. 할아버지 발 봤어? 가지 같아. 가지 색깔이야. 냄새가 나. 냄새나니까 나 할머니네 맡기지 마. 놀러가지 마, 둘이."

"저 사모님, 이것 받으시고." 뒤돌아보니 남자가 아침에도 봤던 봉투를 내밀었다. "왜 이러세요." 그녀가 남자의 손을 힘없이 하지만 여전히 물리쳤다. "아저씨, 그 고기는 상한 게 분명했어요. 저는 이런 보상을 바라고 전화하지도 않았고요. 그냥 뭐랄까, 소비자의 권리 같은 것, 그 큰 대기업에서 이러면 안 되지 않나 싶어서 전화한 거예요. 바로잡고 싶었던 거예요. 그래야 하잖아요. 나만 똥 밟았다 생각하고 참아버리면 안 되는 거잖아요. 아무것도 하지 않으면 세상은 바뀌지 않는 거잖아요." "이렇게 사과드립니다. 아침에도 말했듯이 내 큰애가 고등학생이에요. 공부도 잘한단 말입니다. 그냥 그깟 소고기인데 넘어가주면 되는 거잖아, 사모님이. 죄송합니다. 무슨 말을 하겠어요, 죄송해요." "아저씨도 위에서 그래라 해서 라벨을 붙인 거잖아요. 왜 아저씨가 사과해요? 사과하지 마세요. 아저씨도 사과하는 거 쪽팔리잖아요." 남자가 얼굴을 굳히더니 봉투 든 손을 천천히 내렸다.

그녀는 갑자기 웃음이 나서 아이를 차에 태우면서 어깨를 들썩였다. "아니, 애까지 찾아다 줬는데 뭐 이런 경우가 다 있어?" "그게 아니라…… 다른 생각이 나서……" "이렇게 애원하니까 사람 우습게 보는 거야, 뭐야?" 주차장을 빠져나간 그녀는 운전대를 제대로 잡을 수 없을 정도로 몸을 비틀며 웃었다. 무엇 때문에 그러는지 모르면서 아이도 그녀를 따라 까르르르 웃었다.

남자는 더이상 찾아오지 않았다. 그녀가 신고한 기관에서는 변질이 확실히 의심된다는 소견서를 보내왔다. 손해배상 절차에 관해 조언하겠다고 했지만 그녀는 잠시 미뤄두었다. 일상은 그대로 흘러갔다. 회전하는 목마들처럼 남편은 일을 나갔다 들어왔고 돈은 들어왔다 빠져나갔다. 아이는 턴 턴 턴, 하면서 클라라를 연기했고 그녀는 집안일을 하다가 생각나면 어떤 문장들을 써보곤 했다. 누군가가 찾아온 건 저녁 무렵이었다. 인터폰으로 확인해보니 점퍼 차림의 낯선 남자가 서 있었다. 누구냐고 묻자 문을 열고 이야기하시죠, 했다. 혹시 문제가 된 고기 때문에 그러는 걸까. 정육팀장 대신 다른 직원을 보낸 건가. 그녀가 문은 열지 않겠다고 하자 남자는 "네, 아무래도 열기는 그러시겠죠," 하면서 잠시 무언가를 생각했다. 그리고 마트의 고기가 아니라 남편에 대해 물었다. "선생님은 들어오셨나요?" "아니, 아직인데요." "남편은 어디로 일을 다니십니까?" 남편은 어디로 일하러 갔는가, 그녀도 궁금한 것이었다. 누구에게서 수금을 해오는 걸까, 어디를 헤매는 걸까. 그녀가 들릴락 말락 한 소리로 "용산이요"라고 말하자 남자는 "용산" 하면서 고개를 끄덕였다. 그리고 안녕히 계십시오,

하고는 뒤돌아 사라졌다.

그녀가 놀라 남편에게 전화를 걸었지만 전화기는 아예 꺼져 있었다. 남편은 사흘 동안 외박했다가 어젯밤에 잠깐 들어왔었다. 이번에도 자루와 작업복 차림이었는데, 아 참, 자루가 있었지, 하고 그녀는 베란다로 가보았다. 자루는 입구가 꽉 매어져 있었다. 눌러보았다. 물컹했고 꽤 무게감 있는 물체가 들어 있는 것 같았다. 어젯밤 남편이 식탁에 놓고 간 돈은 천만원이나 됐다. 모두 만원짜리 지폐였다. 그녀가 그 돈을 써도 되는지 묻자 남편은 그럼, 하고 대답했다. 그런데 그렇게 대답하는 남편의 눈이 이상하리만치 고요했다. 아주 평안해 보이기도 하고 무언가가 빠져나가 되돌아오지 않은 것 같기도 했다. 그녀는 그 돈으로 아이를 데리고 패밀리 레스토랑에 가서 뷔페를 사먹였다. 아이는 그러지 말라고 해도 자꾸 포도알을 바닥에 툭툭 던져댔다. 토슈즈와 새 발레복도 사주었다. 아주 하얗고 누군가 마술을 걸어놓은 것처럼 반짝반짝 빛나는 옷이었다. 자루를 풀어볼까 싶어서 허리를 숙였다가 그녀는 핏물이 배어나와 있는 걸 발견했다. 두려웠고 눈물이 날 것 같았다. 남편은 여전히 전화를 받지 않았지만 그녀는 자루를 집안에 둘 수 없다고 생각했다.

아이를 데리고 자루는 핸드 카트에 실어 집밖으로 나왔다. 어딘가에서 자루를 풀어봐야 한다고 생각했다. 자루를 열어보지 않으면 남편의 행방을 알 수 없고 행방을 모르면 남편이 무엇 때문에 밤을 지새우는지, 어디서 어두운 숲을 헤매는지, 무엇을 쫓는지 알 수가 없다. 하지만 혼자서는 못할 것 같았다.

그녀는 친정에 도착해, 자는 아이를 차에 두고 계단을 뛰어올랐다.

안은 조용했다. 아버지는 안방에서 이불을 뒤집어쓰고 누워 있었다.
"누가 왔어?" 고개를 조금 들고 아버지가 물었다. 허공에 시선을 둔 채
였다. "사왔어? 사왔냐고? 누구 덕에 여태까지 살아왔는데 내가 눈멀
었다고 날 괄시해? 창자를 씹어 먹을 년, 태워 죽여도 모자랄 년." 아
버지는 다시 누워 이불을 머리까지 올려 덮었다. 이불이 올라가면서
아버지의 발가락들이, 까맣게 곪아가고 있는 발가락들이 나타났다. 그
녀가 손을 내밀어 만져보았다. 거칠고 차갑고 진득진득했다. 왜 이래,
이년아, 아버지가 발을 버둥거리다가 흐엉, 하고 울음을 터뜨렸다.

　그녀는 차로 돌아와 운전대를 잡았다. 내장처럼 구불구불하게 이
도시를 흘러가는 강을 따라 달리다가 축축한 강변을 지났고 어디선가
나는 날풀 냄새를 맡았다. 여행작가가 되었다면 이 밤의 드라이브에
대해서 어떻게 적을지 생각했다. 아무 문장도 떠오르지 않았고 결국
남편의 모든 찬사들은 거짓에 지나지 않았다는 생각이 들었다. 결국
그녀는 아파트 주차장으로 돌아왔다. 자루는 혼자서 열어야겠다고 생
각했다. 하기는 그동안 혼자 해온 일들이 너무 없었다. 그래서 이렇게
됐을까. 지하주차장 가장 안쪽, 어두운 편에 차를 세웠다. 아이가 일
어나기 전에 재빨리 해치워야 한다고 그녀는 생각했다.

　"사모님,"

　그녀가 차문을 열고 나왔을 때 어디선가 익숙한 목소리가 들렸다.
그녀가 고개를 돌려 그 남자, 마트의 정육팀장을 바라보았다. 남자는
유니폼을 입고 있지 않았고 바보처럼 손수건을 비틀어 짜지도 않았
다. 다만 수상쩍게 한쪽 손을 점퍼 주머니에 넣고 있었다. 그녀는 자
신도 모르게 한 발 뒤로 물러섰다.

"종일 기다렸는데 이제 오네요."

그녀는 남자의 표정이 이전과는 다르다고 생각했다. 아주 홀가분해 보였다. 남자가 다시 무슨 말인가 하려 할 때 그녀가 먼저 남자를 불렀다. 그리고 뒷좌석의 자루를 가리켰다. 남자는 순순히 그쪽을 들여다봤고 묻는 눈을 하며 여자를 바라봤다.

"풀어보란 말인가요?"

그녀가 고개를 끄덕이자 남자는 여전히 주머니에서 손을 빼지 않은 채 다른 한 손으로 노끈을 풀었다. 신중한 태도였다. 주차장은 아주 어두워서 남자는 어둠과 거의 하나가 된 듯 보였다. 이윽고 남자의 동작이 멈췄다. 그리고 한참이 지나 남자가 "고기네요, 사모님," 했다. "그냥 고기일 뿐이에요."

개를
기다리는
일

모녀는 개가 사라진 공원 앞에 미니 쿠퍼를 세워놓고 개를 기다렸다. 기다리지 않을 수는 없었다. 그 개, 늙은 스피츠종은 모녀에게 전부였으니까. 너무 소중해서 그 개는 다른 이름 대신 그저 개라고 불렸다. 거의 모든 밤 취해서 귀가한 그녀가 개야, 개야, 부르면 개는 종일 늘어져 있다가도 비틀비틀 걸어왔고 축축한 혓바닥으로 그녀의 손바닥을 핥았다. 백내장으로 오른편 눈을 잃은 개는 편향적인 움직임을 보였다. 확실히 몸이 왼편으로 기울었고 사물의 위치를 왼쪽에 가깝게 인식했다. 개는 똑바로 걷지 않고 물결무늬를 연이어 그리는 듯한 비칠거림으로 목적지에 도달했다. 그마저 정확하지는 않아서 개는 도착하고 나서도 멀뚱히 허공을 보곤 했다.

　그녀는 피아노 레슨을 그만둔 날 충동적으로 그 개를 샀다. 개는 생후 팔 개월이 지나 팔려가기는 다 틀려서 매장 한편에 매여 있었다. 그녀가 펫숍으로 들어갔을 때 개는 꼬리를 흔들지 않았고 불쌍한 몸

짓을 하지도 않았다. 다만 조용히 지켜봤고 그녀가 구입을 결정하자 거미줄이라도 털어내듯 몸을 흔들었다. 품위가 있는 개라고 생각했다. 자존심이 무엇인지 아는 개라고 생각했다. 마치 자기가 개가 아닌 듯 하잖아. 그런 개에게 개라고 이름 붙인 것이 불행의 시작이었을까. 그녀는 개를 잃어버리고 나서 여러 번 생각했다. 하지만 그건 그녀가 붙여줄 수 있는 최선의 이름이었는데. 뽀삐, 바둑이, 복슬이, 메리 같은 흔한 이름은 개를 담아내지 못했다. 오직 개라는 이름만이, 특징적인 형상과 품성을 암시하지 않는 그 불친절하고 표정 없는 단어만이 개에게는 어울렸다. 그런 개를 잃어버리다니. 그녀는 차 쪽으로 걸으면서 눈물을 닦았다. 엄밀히 말하면 그녀가 잃어버린 것이 아니지만.

개는 그녀의 엄마가 잃어버린 것이었다. 디자인 스쿨에 다녀볼까 해서 그녀가 외국에 나가 있을 때였다. 엄마는 혼자서 개를 찾아보려다가 한 달이나 넘겨서 그녀에게 개를 잃어버렸다고 고백했다. 무엇을? 개를? 개를 어쩌다? 거짓말! 그녀가 소리질렀다. 그럴 리가 없어, 다 거짓말이지! 급하게 비행기 좌석을 구해 그녀는 귀국편에 올랐다. 비행기에서 그녀는 초조함을 잊어보려는 생각으로 영어와 프랑스어, 중국어와 인도어로 된 영화들을 보았다. 그녀가 지금 맞닥뜨린 불행만큼이나 외국어들은 난해하고 낯설었다.

공원 앞에 노상 서 있는 외제 차란 누구에게나 이상한 것이었다. 창에는 선팅이 짙게 되어 있고 와이퍼를 작동하거나 라이트를 밝힐 때를 제외하고는 차에는 통 움직임이 없다. 사이드미러를 접은 채로, 온순한 동물처럼 조용히 공원 정문을 지키고 있다. 버려진 차가 아닌가, 누가 있기는 한 건가. 조깅복 차림의 남자들, 드물게는 여자들, 자주는 청소부들이, 폐품을 모으는 노인들과 전도에 나선 종교인들이 차에 접근했다. 오래 머물면 차창이 조금 내려가고 "무슨 일이시죠?" 하고 그녀가 물었다. 사실 상대방이 그렇게 묻고 싶을 테지만 일단 그녀가 먼저 물으면 아무도 되묻지 않았다.

그녀가 차문을 열자 "없었니?" 하고 엄마가 묻는다. "없어." "왜 없을까?" "모르지." 그녀는 어제 제보받은 동영상을 떠올리며 이상하다고 생각했다. 거리가 좀 멀긴 하지만 이 공원에서 촬영한 영상이었고 개를 꼭 닮은 개가 있었다. "배고프니까 우선 밥 먹자." 엄마가 보스턴백에서 찬합을 꺼냈고 운전석과 조수석 사이에 빈 종이박스를 올렸다. 그녀는 엄마가 준비한 구운 생선이나 장조림, 샐러드에는 손도 대지 않고 콩자반만 집어서 밥을 먹는다. 시선은 창밖에 둔 채 젓가락으로 밥을 마구 헤집으면서.

어쩌면 바보 같은 일일지도 몰랐다. 개를 기다린다는 것은. 개가 길을 잃은 장소로 돌아올 가능성은 얼마나 될까. 알 수 없지만 그녀는 현수막, 동물병원, 유기동물 사이트, SNS, 블로그에 개를 찾는 광고를 내고 기다렸다. 어제의 동영상은 지금까지 제보받은 것 중 가장 신빙성 있는 것이었다. 개인 듯한 물체가 공원에서 등산로로 올라가고 있었다. 바람에 쓰레기 같은 것이 스르르 자리를 옮기는 듯한, 개치고는 좀 가벼운 움직임이었지만 그녀는 분명 개라고 생각했다. 나무 그림자 쪽으로 쏠렸다가 반대편으로 빠져나갔다가 비틀비틀했으니까. 개가 맞죠? 동영상을 보낸 사람에게 문자메시지로 물었지만 답은 없었다. 전화를 걸어도 받지 않았다.

언덕 아래에서 경찰이 올라오는 것이 보였다. 경찰과는 취객을 쫓으려고 신고를 했다가 알게 된 사이였다. "수고하십니다." 경찰이 오토바이를 세우고 헬멧을 벗는다. '정지선 준수 특별 계도 기간'이라고 쓴 어깨띠가 허리까지 내려와 있다. 그녀가 차창을 조금 내리자 경찰은 그 틈으로 손을 넣어 "얼굴 좀 보여줘요, 서운하네" 한다. 그녀가 도시락 뚜껑을 덮고 차창을 다 열어준다. 개를 잃어버렸으므로 그녀는 자주 울었고 부은 눈을 감추기 위해 늘 선글라스를 꼈다. 화장도 하지 않고 언제나 트레이닝복과 운동화 차림이었지만 그녀의 얼굴에는 윤기랄까, 반복된 소비에 노출되어본 사람만이 가지는 단정함이랄까, 하는 것이 있었다. 경찰은 감상하듯 뒤로 좀 물러나 그녀와 미니 쿠퍼를 지켜본다. "어제도 밤까지 차에 있는 것 같더라고요? 그러지 말라니깐." 시동을 걸까, 여기를 떠날까, 사람들이 성가시게 굴 때마다 그녀는 생각하지만 실행에 옮긴 적은 없다. 개를 찾아야 하니까, 개를 잃어버렸으니까.

"괜히 하는 말이 아니라, 밤에는 다른 사람이랑 교대하시죠. 아시겠지만 공원은 넓고 뒤가 산이라서 치안도 통제가 안 되고 조명 시설도 부족하고. 겁주는 건 아니고요, 걱정이 돼서. 폭력사건도 잦고 여성분들이 밤을 지새울 장소는 아니에요. 정 개를 찾아야 한다면 아버지나 동생을 불러요. 남자친구 없어요?" 아빠를 부르다니, 아직 귀국했다는 말도 못했는데. 만약 그녀가 이번에도 이룬 것 없이 돌아왔다는 것을 알면 아빠는 서울로 올라와 아파트 문을 잠그고 베란다 창을 닫고 손에 잡히는 대로 아무 음악이나 틀고 혹시 모르니까 텔레비전도 켠 다음 그녀와 엄마를 때릴 것이었다. "남자친구 있어요? 없어요?" "저희가 알아서 할게요. 곧 찾을 테니까요. 그냥 시간이 좀 걸릴 뿐이고요." 엄마가 경찰을 돌려보낼 생각에서인지, 그녀가 너무 대답이 없다고 느꼈는지 끼어들었다. "그냥 둘 수가 없는 것이, 여사님, 제가 말씀드렸죠? 여기가 한적해도 도로라 주차가 안 돼요. 여기는 주정차 금지 구역이거든요." "아무 표시도 없잖아요?" 그녀가 무표정하게 응시하며 대꾸했다. "표시는 없어도 도로는 달리라고 있는 거지, 세워놓으라고 있는 게 아니에요. 그런 건 법으로 다 정해져 있잖아요." "네, 네, 법으로 정해져 있겠죠. 근데 우리가 어떻게 그걸 일일이 알겠어요?" 엄마가 여러 번 고개를 끄덕이며 동의하자 경찰은 만족한 듯 자, 하면서 오토바이에 올라탔다. "혹시 모르니까 제 전화번호 저장하셨죠?" 그녀가 그렇다고 하자 경찰은 "정말 했어요? 이름은 뭐라고 해놨어요. 내 이름 이수종인데 말했던가?" 물었다.

"돈을 좀 쥐여주어야 하는 거 아닐까?" 경찰이 가고 나자 엄마가 말한다. 정말 돈을 원하는 걸까? 그럴지도 모르지. 개를 기다리며 만난 사람들 대부분 돈을 원했으니까. 사람들은 괜히 전화를 걸어 제보할 것도 없는 얘기를 하다가 그녀가 그런 것으론 사례금을 줄 수 없다고 하면 그녀를 비난했다. 정신 나간 년, 된장 같은 년, 개를 찾겠다고 그깟 개를 찾겠다고 사례금을 오백씩이나 걸고 기껏 전화해주었더니 돈은 주지도 않아? 나 네년이 어디서 개를 기다리는지 다 알아. 가서 가만두지 않을 거야. 물정 모르는 년, 얼빠진 년. 그전까지 그녀는 그렇게 다양한 사람들과 얽혀본 적이 없었다. 그녀는 한동네에서 아파트만 바꿔 이사 다녔고 대학 때도 동네 친구들과만 어울렸으며 직장 생활을 해본 적도 없었다. 주변 사람들의 계층이랄까, 성향이랄까 하는 게 한정되어 있었다. 그런데 개는 그녀의 아파트가 아니라 이 도시를 떠돌고 있으니까 아주 많은 사람들 곁을 지나야 할 것이다. 그녀가 만나본 적도 없고 헤아릴 수도 없는 사람들 곁을.

"그런데 이상하지." 해가 져서 차 안이 어두워지자 그녀가 말했다. 옆에서 졸던 엄마가 고개를 들며 깨어났다. "엄마는 왜 이렇게 먼 곳까지 산책을 온 거야? 여기는 두 시간은 넘게 걸어야 하는 거리잖아." 그 질문은 오늘만 아니라 어제도, 한 주 전에도, 보름달이 뜨던 날에도, 그 달이 줄어 상현이던 날에도 상현이 말라가 초승달이 되던 날에도 한 것이었다. 그래도 엄마는 지겨워하지 않고 그녀가 말 걸어준 것에 반색하면서 개를 잃어버린 날에 대해 반복해 얘기했다.

그러니까 지영이, 네가 아는 것처럼 내가 자궁 수술을 받고 나서는 살이 찌지 않았니. 의사 말대로 호르몬제를 먹어도 살이 찌는 건 어쩔 수가 없더라고. 배에 말이야. 그렇게 살찐 몸은 얼마나 부끄러운 일이야. 그날 아침에도 생각했어, 안 되겠다, 살을 좀 빼야겠다. 엄마는 충분히 말랐어. 엄마는 사십 킬로그램이 조금 넘을 뿐이잖아. 사십 킬로그램이 조금 넘을 뿐이지, 물론. 그녀의 엄마가 박수를 치려는 듯 양손을 들었다가 기도하듯 맞잡았다. 하지만 네 아빠가 말하듯 작은 균열이랄까, 순간의 방심이랄까, 부지불식간의 한눈팖이랄까, 하는 것이 엄청난 불운을 가져오니까. 지겹도록 들어보지 않았니? 외국의 그 거대한 현수교가 어떻게 무너졌는지 말이야. 그건 건축에서도 중요한 사건이라 전공 시험문제로도 자주 출제되었다고. 네 아빠는 그 문제를 틀렸을 거다, 그러니까 졸업도 못했지. 자격증이 없으니까 지금 하는 사무실도 김소장 명의야. 회사일이 어떻게 돌아가는지 네 아빠는 전혀 몰라. 현수교 이야기는 정말 지겨워. 지겹지 그럼, 엄마는 뭐가 우스운지 한참 웃었다. 그 현수교는 세상에서 가장 아름다운 해협에 놓여 있었다고 하잖아. 그런데 옷깃을 좀 여미게 할 정도의 바람으로 무너져버렸다고. 처음에 바람은 현수교를 아주 미미하게 건드렸지만 그렇게 생겨난 현수교의 진동과 바람의 진동이 공명하면서 진동이 커지고 다리가 출렁이고 꺾이고 엿가락처럼 휘어지다 어이없게 무너지고 말았다고. 무너졌다고 하잖니, 고작 한줌으로 시작한 바람 때문에. 그러니까 정신 차렷, 술에 취하면 유난히 자기 아버지처럼 군인 흉내를 내면서 네 아빠가 그렇게 말하잖니. 할아버지가 남겼다는 일본도를 휘두르면서. 할아버지가 무슨 군인이야, 할아버지는 스님이지. 할아버지는 원래 군인이었대, 중좌로 만주에 있었다는데 그 얘기는 잘 안 했지. 광복하고 재산을 지키고 신분을 감출 생각에 출가를 했대. 할아버지의 얼굴은 생각나지 않지만 포천의 어느 산에 있던 사찰을 그녀는 기억했다. 단청 색이 유난히 울긋불긋하던 사찰이었다. 세월의 흔적이랄까, 기품이랄까 하는 것 없이 레고 블록처럼 인공적이고 비현실적인 인상이었다.

개를 잃어버리던 날에는 네 아빠가 광양에서 올라오기로 되어 있었어. 그렇게 용건 없이 올라오는 날에는 늘 나쁜 일들이 생기니까 긴장해 있었지. 정신 차렷, 하는 아빠 말이 생각나고 살이 찌면 안 되겠다 싶어 걸었지. 아파트에서 이 공원까지. 내가 걸어올 수 있는 가장 먼 곳이니까. 개를 데리고? 그렇지, 개는 늙으면서 이제 혼자 있으려고 하지 않는다. 너는 몰랐지. 너는 늘 밖에 나가 있지만 난 집에 있잖아. 개는 내가 어디를 가면 불안해서 오줌을 싸곤 했어. 카펫에 얼룩이 지금도 남아 있어. 아빠가 올라오는데 집이 더러우면 안 되잖아. 그래서 데리고 나갔지. 개는 잘 걸었어. 맹세코 여기 도착하기 전까지는 목줄을 풀어주지 않았어. 물도 목줄을 한 채로 먹였지. 개는 비스킷을 씹기도 했는데…… 몇 개나 먹었어? 세 개인가, 네 개인가? 낯선 동네에 오니까 개는 겁을 좀 먹었지. 공원까지 왔는데 개의 목이 답답해 보여서, 실제로 그렇기도 했고 알듯이 그날은 좀 쌀쌀해서 티셔츠를 입혔으니까.

"티셔츠를 입혔어?" 그녀가 조수석 쪽으로 돌아앉았다. "그 말을 왜 이제 해?" 엄마는 자기 말에 취해 있다가 얼떨떨하게 "내가 말하지 않았나?" 물었다. "말하지 않았어." 그녀가 활기를 띠었다. 흰 털의 개보다는 특정한 티셔츠를 입은 개가 눈에 더 띌 테니까. "티셔츠 색이 뭐였어? 노랑이야 빨강이야 푸른색? 흰색? 무늬는, 상표는?" "……노란색이었던가?" 기억이 나지 않는 모양이었다. 그녀의 표정이 와르르 무너졌다. "기억이 안 나? 기억이 안 나구?" "미안하다, 애야." 엄마가 사과했다. 그녀가 화를 내며 두 발로 차 바닥을 찼다. "그 얘기를 왜 이제야 해? 그렇게 중요한 걸 왜 기억 못해? 왜 개를 잃어버렸어, 왜 그랬어, 누가 그러랬어?" 개를 잃어버렸으므로, 그녀가 그렇게 사랑하던 개를 잃어버렸으므로 엄마는 애처로울 정도로 몸을 낮췄다. "언제부터 잘못되었는지 모르겠어. 그때 내가 왜 목줄을 풀었을까. 갑자기 어디서 그 큰 셰퍼드가 나타났을까. 무엇이 무서워서 개가 뛰었을까. 불러도 돌아오지 않았을까. 미안하다, 미안해, 엄마가 미안하다. 엄마는 늘 너에게 미안했지. 널 낳아놓고는 제대로 해준 것이 없어서 대학도 그렇게 가고 피아노도 그만두고. 그때도 나로서는 최선을 다해서 널 여섯 군데의 학원으로 옮기고 독서실 앞에서 새벽까지 기다리면서 어떻게든 너에게 잘해보려고 했는데, 결국 이렇게 개나 기다리게 했구나."

개를 기다리는 일에도 규칙이 있었다. 그녀가 집에 가면 엄마가 남았다. 엄마가 차를 떠나면 그녀가 남았다. 그렇게 교대하더라도 둘 다 차를 떠나야 하는 순간은 생겼다. 그때는 차에 달린 세 대의 블랙박스가 공원을 지켜봤다. 오늘은 그녀가 집으로 가는 날이다. 가방과 모자를 챙겨 일어서자 엄마가 쉬어라, 한다. 집으로 오는 전화는 받지 말고. 개를 잃어버리고 나서는 아무도 만나기 싫은데 여자들이 자꾸 전화를 한다고. 그런 여자들은 나쁜 일, 속상한 일, 불행한 일, 개를 기다리는 모녀 같은 추문들에 대해서는 유난히 관심이 많으니까 아예 받지 말라고 당부한다. 그녀가 차에서 내리자 엄마도 따라 내리려다가 눈치를 보며 다시 앉는다. 언덕을 내려가다 그녀가 뒤를 돌아본다. 엄마는 운전석 차창을 내리고 그녀를 지켜보고 있다. 엄마도 저기에 남고 싶지 않을 것이다, 그녀는 생각했다. 하지만 엄마를 꺼내주고 싶지는 않다. 그녀는 나쁜 일을 겪을 때마다 엄마를 탓해왔고 이번 일은 정말 엄마가 저질렀으니까 도저히 용서할 수 없다. 하기는 그동안 어떤 것도 용서하지 않았지. 아침에 마시는 사과주스처럼 그건 오래된 습관 같은 거였다.

아파트로 돌아간 그녀는 욕조에서 스스바라는 말을 떠올렸다. 엄마의 전화를 받던 날 지역신문 기사에서 읽은 단어였다. 그 도시 말을 잘 몰라서 그녀는 아주 더듬더듬 신문을 보고 있었다. 유학생과 현지인, 경찰이라는 단어를 읽었고 그녀는 그것이 유학생들 사이에서 소문으로 돌던 살인사건에 관한 기사라고 생각했다. 자세히 읽고 싶었지만 모르는 단어가 많아서 문장은 성긴 그물을 통과하는 물고기처럼 이리저리 빠져나갔다. 그녀는 룸메이트와 섹스를 하고 좀 나른한 기분이라서 사전까지 찾아보고 싶지는 않았다. 다만 현지어에서는 대상의 성별에 따라 동사가 달라지는데, 여기서는 그런 것들이 왜 정확히 밝혀지지 않을까, 생각했다. 대부분의 문장들이 왜 동물이나 물건에 붙는 동사 형태로 서술될까. 다운타운, 욕실, 비명 그리고 읽을 수 없는 단어 뒤에 스스바Tstszba라는 단어가 괄호로 붙어 있었다. 무슨 뜻일까 상상하다가 그녀는 전화를 받았고 개를 잃어버렸다는 것을 알게 됐다. 무슨 뜻이었을까. 그녀는 무심코 샤워 커튼을 올려다보다가 프린트된 꽃무늬가 흐릿하게 지워진 부분을 발견했다. 무늬가 바랠 정도로 샤워 커튼이 오래되었던가. 그럴 리가 없었다. 엄마는 물건을 오래 쓰지 않으니까. 가구도 이태를 넘기지 않고 대부분 바꾸었다. 백색 소파가 검정 가죽소파로, 베이지색 천소파로, 아예 없어졌다가 고급스러운 보료들로 교체되었다. 식탁은 어떻고, 몇 번의 식사를 했을 뿐인데 마치 냅킨 버리듯 버려버리곤 했다.

거실에는 개가 사용하던 자동 급식기와 물통이 그대로 있었다. 버튼을 누르자 윙 모터가 돌면서 사료가 떨어졌다. 겨우 이만큼만 개에게 먹였다니. 어린 그녀에게 그랬듯 개에게도 충분한 음식을 허락하지 않았다니. 그녀는 장식장에서 술을 꺼내 마셨다. 스스바의 뜻이 뭐지? 누가 누구를 죽였지? 죽은 건 남자였어, 여자였어? 거실 전화기를 들었다. 코드가 뽑혀 있었다. 코드를 꽂고 룸메이트에게 전화를 걸었지만 받지 않았다. 이미 다른 데이트 상대를 만났겠지, 그녀가 생각했다. 개를 찾으면 돌아오겠다고 했지만 믿지 않았을 것이다. 그녀가 동거를 위해 룸메이트 방에 들어갔을 때 최근까지 다른 여자가 살았다는 것을 확실히 느낄 수 있었다. 전 애인에 대해 묻자 룸메이트는 영어를 써서 요리를 잘했지, 했다. "마치 어머니 같았어." "나는?" "너는 내 여동생 같고. 우리는 사이좋은 자매였어." "아버지는?" "그 인간은 개였지." 그녀와 룸메이트는 발을 까불면서 마구 웃었다. 그녀는 룸메이트와 누군가가 베드에 함께 누워 있는 장면을 상상했다. 룸메이트가 팔을 내어주면서 "너는 나의 어머니, 여동생 같은 존재야" 하고 말하는 것을. 그때도 자기 아버지를 흉볼까. 그녀는 룸메이트가 자신에게 거짓말을 했을지도 모른다고 생각했다. 룸메이트는 그냥 클럽에서 흔한 성중독자이고.

그때 전화벨이 울렸다. 여보세요. 지영이니? 지영이예요. 지영이가 맞아? 왜 한국에 있니? 잃어버려서요. 잃어버렸다고? 무슨 일 있니? 나한테는 말해도 된다. 개를 잃어버렸어요. 집에 별일 없던? 누군데요? 아저씨 김소장이야. 너 출국할 때 배웅도 갔었지? 아…… 그날 엄마가 공항에서 만났던 남자, 출장 겸해서 그녀를 배웅 나왔다고 했다. 그런데 왜 반말을 할까. 그날은 아가씨, 지영씨, 하지 않았나. 엄마는 어디 있니? 아빠는? 아빠는 왜요? 그녀가 카펫의 얼룩들을 발가락으로 문지르면서 물었다. 아빠를 왜 서울 집에서 찾아요. 아저씨, 개를 잃어버렸다고요. 엄마와 나는 개를 기다리고요. 우리 개의 행방을 알아요? 개? 무슨 개를 말하니? 모르면 전화 끊을래요. 지영아, 아빠는 어디 있니? 왜 반말이야? 언제 봤다고 반말이야? 차비가 없으면 걸어서 가. 왜 차비 없는 사람이 이렇게 많아. 그러면 가족한테 전화를 걸어야지. 개에 대해 떠들 것이 아니라!

그녀는 다음날 아침 일어나 김소장의 전화를 기억해냈다. 아빠가 연락이 안 된다고? 그녀는 아빠에게 전화를 해보려다가 말았다. 아빠는 어디서 무얼 하는지 일일이 보고하는 사람이 아니다. 그리고 떠난 지 반년도 안 돼서 돌아왔다고 말했다간 가만있지 않을 것이다. 김소장 말도 다 믿을 순 없는 게 아빠가 일부러 피하는지도 몰랐다. 아빠에게는 그런 사람들이 많았고 특히 여자들, 아빠와 연락이 끊긴 여자들은 서울 집까지 찾아오곤 했다. 그러면 엄마는 아가씨 몇 살이라고 했지, 어느 학교라고 했지, 이름이 뭐라고 했지, 물었고 잊지 않겠다는 듯 메모지에 받아 적었다. 돌아가고 나면 엄마는 여자들이 사들고 온 주스나 비타민 음료, 두유 등을 개수대에 버렸다. 종이팩을 가위로 잘라 하나하나씩, 그것을 그렇게 버리는 과정이 아주 중요하다는 듯이. 그녀는 자기 방으로 들어가려다가 안방 문 앞에 섰다. 몇 년간 들어간 적 없던 방이다. 엄마도 아빠가 올라오는 때가 아니면 닫아놓고 살았다. 집에 별일 없냐고? 손잡이를 돌려 문을 열었다. 방은 그녀의 기억과 같았다. 일본도가 걸려 있고 장롱이 놓인 한 면을 제외한 벽 전체에 거울들이 붙어 있었다. 그 거울들은 아빠가 원한 것이었다. 그녀가 방에서 나가려는데 도르르 말린 개의 털이 보였다. 개는 이 방에 들여보내지 않는데 이상했다. 그녀는 가만히 생각하다가 엎드려 침대 아래를 살폈다. 거기도 개의 털이 떨어져 먼지들과 함께 말려 있었다.

동영상을 보낸 사람은 사흘 뒤에야 연락을 해왔다. 앳된 목소리의

여학생이었고 공원 안 인라인스케이트장에서 만나자고 했다. 약속시
간까지는 한 시간이나 남았지만 그녀는 스케이트장까지 바로 뛰어갔
다. 여학생은 그간의 제보자들과 달랐다. 돈 얘기부터 하지 않았고 개
의 생김새에 대해서도 정확히 알고 있었다. "흰색이지만 머리에 좀
거뭇거뭇한 털도 있는 개잖아요. 블루 티셔츠를 입었고요." 여학생은
찬찬히 무언가를 따져보는 듯한 말투였다. "티셔츠?" 그녀가 놀라서
묻자 여학생이 되물었다. "체크무늬 블루 티셔츠 아니었어요?" 통화
를 끝내고 그녀는 엄마에게 전화를 걸어 개에 대해 중요한 얘기를 듣
게 될 거라고 했다. "잘됐네, 이번에는 정말 개를 본 사람이라면 좋을
텐데." "확실해, 티셔츠 이야기를 하더라고. 블루라던데?" 엄마가 블
루? 하더니 오랫동안 말이 없었다. 그녀는 여보세요, 여보세요, 하고
엄마를 불렀다. 으흐응, 엄마는 좋아서 웃는 건지, 억지로 웃는 건지
알 수 없는 소리를 냈다.

　뭐하고 있어? 으흐응, 백화점 나왔어. 백화점은 왜? 네가 샤워 커튼
얘기했잖아, 침대도 오래되었고. 침대는 작년에 바꿨잖아. 으흐응, 그
렇긴 해. 지영이 너, 김소장 전화 받았었니? 그 사람, 아빠랑 연락이
안 된다던데? 아빠랑 연락 안 되는 사람이 한둘이니, 내 전화도 받질
않는데. 엄마가 다시 으흐응, 웃었다. 모르지, 카드 결제하면 득달같
이 전화할지. 엄마가 결제를 하는지 저 세트랑 이 세트 주세요, 하고
옆 사람에게 말했다. 그러고는 다시 좀 들뜬 목소리로 미안하다, 했
다. 개도 같이 기다려주지 못하고 저녁에 엄마가 스시 사갈게. 너 요
즘 너무 말랐어. 그렇게 마르면 남자들이 싫어해. 너무 쪄도 안 되지
만 빠져서도 안 돼.

네시가 넘었지만 여학생은 오지 않았다. 그녀는 귀가 발갛게 얼어서 캐비닛 앞에 쪼그리고 앉았다. 주인을 잃은 개가 길에서 살 수 있는 기간은 얼마나 될까. 개는 자동차와 도로, 신호등, 들고양이, 개를 싫어하는 사람들의 적의, 굶주림, 추위를 경험한 적이 없다. 개는 하늘에서 눈이 온다는 건 알고 있을까. 아주 작은 입자들이 모여서 결국엔 세상을 온통 덮어버린다는 것을. 그러면 도시가 아예 다른 얼굴을 한다는 것을. 눈 오는 날 데리고 나간 적이 없으니 하늘에서 그런 게 떨어진다는 것도 모를 것이다. 아무도 사료를 주지 않는 밤들에 대해서는 어떻게 생각할까. 다른 개들에 대해서는. 개는 개에게 전혀 관심이 없었다. 산책길에서 다른 개가 냄새를 맡거나 장난을 걸면 응하지 않고 개들이 지나가기를 조용히 기다렸다. 그건 개가 자신을 사람이라고 생각하기 때문이라고 수의사는 말했다. 도그 카페 같은 곳에 가서 사회성을 기르라고, 그러지 않으면 주인에게만 의존하게 되니까.

하지만 그녀는 그런 정신 사나운 곳에 데려가는 대신 개를 더욱 사랑했다. 그녀의 아빠도 개에게는 손댈 수 없었다. 딱 한 번 개를 때렸을 때 그녀는 아빠에게 맞으면서도 개를 건드리면 가만두지 않겠다고 소리질렀다. "가만두지 않으면?" 아빠는 술에 취하고 자신이 행한 열띤 폭력에도 취해 그렇게 물었다. "신고할 거야, 떠들어댈 거야." "……뭘?" "나를 강간했잖아." 아빠가 놀랐다. "아니야." "거짓말!" "내가 그랬어?" 아빠는 좀 얼이 빠진 채로 되물었다. "그랬어!" "아니야, 그러지 않았어." "아니야, 그랬어." "그러지 않았어, 거짓말이야." 아빠는 흥분이 가시자 나약하고 겁 많은 평소의 얼굴로 돌아갔다. "아니야, 안 그랬어. 난 그런 개자식은 아니잖아." "아니야, 그랬어." 아빠는 대리석 바닥으로 주저앉았다. 그리고 무릎을 꿇고 머리를 두 팔로 감쌌다. "맞기 싫으면 싫다고 해, 난 그런 적이 없어." 아빠가 그렇게 애원할수록 그녀는 더 새침한 표정으로 아니야, 그랬어, 했다. "그러니 개를 건들기만 해봐. 세상에 다 떠들 거야. 엄마한테도 말할 거야." 그녀는 수건으로 머리의 피를 슥슥 닦아냈다. 개는 해독할 것이 없는 표정으로 그런 그들을 응시하고. 그것은 거짓말이었다. 개를 잃는 것이 두려워서 그렇게 말한 것이었다. 아니, 아주 거짓말이지는 않았다. 그녀는 사춘기 내내 그런 악몽에 시달렸으니까. 그런 꿈을 꾸는 것이 더럽고 싫은데 자꾸 그런 꿈을 꾸니까 어쩌면 자기는 손쓸 수 없이 타락한 여자애가 아닐까, 그냥 죽어버릴까 싶기도 했다. 그뒤로도 그녀는 여전히 아빠에게 맞았지만 횟수는 점차 줄어들었다. 참지 못해 주먹을 휘두르는 날에도 아빠는 무언가를 해소하기는커녕 더 큰 공포에 휩싸여가는 듯한 표정을 지었다.

여학생이 마스크와 비니를 쓰고 나타났다. 두 손을 점퍼 주머니에 넣고 추운지 다리를 동동 굴렀다. "동영상은 최근에 찍은 거니?" 그녀가 급하게 물었다. "아니요, 두 달 됐어요." 두 달…… 그녀가 눈에 띄게 실망했다. 두 달 전에 개가 이 공원에 있었다는 건 동영상이 아니라도 확인되는 사실이다. 엄마가 그때 개를 잃어버렸으니까. 그녀가 고개를 떨궜고 올이 한 줄 나가 있는 여학생의 검정 스타킹을 보았다. 여학생이 입은 바람막이 점퍼는 초겨울에 입기에 너무 얇았다. 두 달 전이라도 개가 찍힌 동영상을 손에 넣은 건 다행이 아닐까. 그녀는 여학생에게 사례를 하고 싶어졌다. "사례를 할까 하는데 번거롭겠지만 차까지 가야 지갑이 있어. 알겠지만 나는 개를 찾고 있고 개를 찾아주는 사람에게만 돈을 줄 생각이었지만 네가 찍은 동영상은 내가 간직할 것 같으니까. 차까지 가는 게 싫으면 계좌번호 있지, 은행에, 가르쳐주면 이십만원 넣어줄게." 그녀는 이렇게 어린 여자애에게 자신이 실망하고 절망했음을 들키고 싶지는 않아서 흐트러진 머리카락을 단정히 묶었다. 여학생 뒤편에 스케이트장 조명이 켜져서 여학생의 얼굴은 아주 새카맣게 보였다. 돈이 적다고 생각하는 걸까. 왜 말이 없을까. "가방에 수첩 같은 것 있지? 계좌번호를 불러줘, 이십만원이면 여기까지 온 수고값은 되겠지." 여학생이 순순히 수첩을 꺼냈고 그녀가 이름은 뭐지, 어느 은행이야, 하면서 적을 준비를 했다. "저기 언니, 있잖아요." 여학생이 한참 만에 말을 꺼냈다. "언니, 공원 입구에 차 세워놓고 있죠. 미니 쿠퍼, 친구가 그 차 비싼 거라고 하던데." 그런 걸 왜 물을까, 열다섯 살도 안 되어 보이는데 아주 닳고 닳았네, 그녀는 생각했다.

"그래, 비싼 차야. 하지만 그렇다고 네게 돈을 더 줄 수는 없어. 그건 정당하지 않다고 생각해." 여학생은 가만히 있다가 "누가 돈 달랬어요?" 했다. "받을 거잖아." "주면 받을 건데 내가 달라고 한 건 아니라고요." 그녀는 여학생과 입씨름하는 것이 싫었다. 개를 찾을 수 있으리라는 기대가 무너진데다 날이 추워서 자리를 뜨고 싶었다. "어서 계좌번호나 불러." "차에 만날 같이 타 있는 아줌마는 언니랑 어떻게 돼요? 엄마예요?" 그녀는 여학생이 그전부터 자기를 지켜봐왔다는 사실에 기분이 나빠졌다. 그러면 여학생은 뭐하러 설명도 없이 동영상만 보냈을까. 왜 여기까지 그녀를 불러냈을까. 그녀는 여학생이 자신에게 무슨 짓을 하려는 걸까 싶었다. 아무리 어린애라도 그런 짓은 얼마든지 할 수 있으니까. "계좌번호 모르면 나중에 문자메시지로 넣어줘." 그녀는 계단을 내려갔다.

"나 그날 봤거든요, 그 아줌마." 여학생이 그녀를 따라갔다. "내가 그날 그 아줌마 봤어요, 개도 보고요. 그 아줌마가 차에서 내렸고요, 개가 쫓아갔고요." "그래, 목줄을 풀었는데 운 나쁘게 셰퍼드가 나타나서 우리 개는 그런 큰 개를 본 적이 없으니까 놀라서 마구 뛰어간 거야. 그게 어딘지도 모르는 채로. 나는 한 달 동안 네가 본 그 차에서 개를 기다리고 있고." 그녀는 자꾸 따라붙는 여학생이 싫었지만 쫓아버릴 말은 생각나지 않았다. "그런데 언니, 난 딱 뭔가 이상하다는 느낌이었어요. 그래서 동영상을 찍은 거예요. 내가 그런 감이 있거든요. 좀 있다 개 집 나가겠다 싶으면 집 나가고, 곧 얘랑 얘 한판 붙겠다 싶으면 싸움이 나고요. 이쯤 해서 얘네 부모가 나 잡으러 오겠다 하면 딱 그렇고요." "그래, 네 생각에는 우리 개가 어디 있을 것 같아? 이 동네에 오래 살았어? 어디 유기견들이 모이는 데 없니, 그런 개들을 가둬두거나 하는 사람 없어?" "오래 살았죠, 그럼요. 전 이 동네를 한 번도 벗어나본 적이 없어요. 그런데 언니, 개가 어디 있는지 사실 저도 모르지만요." "그렇겠지. 그러니까 언니가 이십만원을 주겠다고 하잖아. 개가 어디 있는지 알아야 오백만원을 받는 거야. 그렇게 되어 있는 거야." 그녀가 짜증을 내자 여학생이 말을 줄였다.

그들은 겨울밤이라 인적이 더욱 드문 공원을 가로질렀다. 낡은 운동기구들은 바람에 저 혼자 움직이다가 천천히 멈췄다. 어둠 속에서 유독 화장실만 불을 밝혔다. 공원의 정문 방향으로 접어들었을 때 여학생이 "잠깐만요" 했다. 그리고 뭔가를 살피듯 살금살금 앞서더니 정문 쪽을 지켜봤다. "제가 차까지는 갈 수 없고요. 목줄이요? 셰퍼드요? 그런 것 없었어요. 그 대신 저 아줌마가 뭔가 무거운 걸 들고 등산로로 갔단 말이에요. 개는 그런 아줌마를 조용히 따라가고요. 동영상을 보시면 저 앞쪽에서 걷고 있는 아줌마를 볼 수 있을 거예요. 아, 사실 감이 안 좋아서 이런 일에 안 나서려고 했는데 언니가 그렇게 오랫동안 개를 찾고 있는 걸 보니깐, 아, 저 언니는 아줌마랑은 다른 사람이라는 생각이 들어서 말이에요. 언니, 어떻게 하실 거예요? 저 아줌마가 엄마 맞죠? 나는 본 게 그것밖에 없으니까요. 언니가 하라는 대로 할게요. 돈 받고 닥치라면 닥치고 내 얘기가 더 필요하다면 얼마든지 해줄 수 있고요. 이십만원은 좀 적기는 하지만 정당하지 않은 것 같지만 그건 언니가 알아서 해줄 것 같으니까요. 겨울이라서 사야 할 물건들이 많지만 언니가 이십만원이 딱이다, 이건 그냥 이십만원짜리다, 하면 그렇게 알게요. 찐따 붙고 안 그럴게요. 어떻게 하실래요? 언니, 나 저 아줌마는 무서워서 저기서 보자고 한 거예요. 느낌이 딱, 뭔가 좀, 그래도 언니가 닥치라면 닥치고 나불대라면 나불댈게요. 언닌 좋은 사람이죠? 난 딱 알아요. 그래서 이렇게 말하는 거예요."

그녀는 여학생을 떼어놓고 엄마가 타 있는 미니 쿠퍼로도 가지 않고 동네와 공원의 경계를 따라 혼자 걸었다. 공원은 아주 넓었다. 연립주택들이 밀집한 동네를 생각해보면 터무니없이 넓은 면적이었다. 인적이 드물어졌을 때 휴대전화에서 동영상을 재생했다. 어두웠고 개인 듯한 물체가 비틀거리며 S자로 굽은 등산로를 걷고 있었다. 아주 멀게 보였다. 그녀가 휴대전화 화면의 밝기를 높였다. 개가 향하는 방향으로 사람인지 아닌지 알 수 없는 그림자가 서 있었다. 엄마가 거짓말을 했을까. 그녀는 만약 그것이 개이고 그림자가 엄마라면 어떻게 되는 걸까 생각했다. 또 그것이 개가 아니고 그림자만 엄마라면? 죽였을까? 개든, 뭐든. 그녀는 아빠에게 전화를 걸었다. 받지 않았지만 연결음은 정상적으로 갔다. 그건 개도 아니고 엄마도 아닐 거야, 그녀가 생각을 정리했다. 그 되바라진 계집애가 되도 않는 거짓말을 하는 거야. 돈을 얻으려고, 싸구려 화장품이나 겨울 패딩 같은 것을 사려고. 그 얇은 바람막이 점퍼를 이 겨울에 입고 다니다니. 거기에 나이키 로고 하나가 그려져 있다는 이유만으로 미련하게 이 추위를 견디다니. 바보 같은 계집애, 얼빠진 계집애. 공원과 주택가 사이에는 마름모들로 이루어진 철망이 쳐져 있었다. 공원 안 수풀들이 철망 사이로 빠져나온 채 시들어 있었다. 개는 어디로 갔을까. 그녀는 쪼그려앉아 무릎에 얼굴을 묻었다. 어디를 헤매고 있을까. 휴대전화가 울렸다. 룸메이트였지만 받지 않았다. 지금 그녀에게 스스바라는 단어 따위는 중요하지 않고 떠나온 도시의 살인사건 같은 건 알 필요도 없다. 우선은 개를 찾아야 한다, 그녀는 생각했다. 개를 잃어버렸으니까.

그녀가 옆걸음으로 비탈길을 내려올 때 누군가가 그녀의 허리를 와락 안았다. 경찰이었다. 헬멧을 벗은 경찰이 평소처럼 히죽거리지도 눈치를 살피지도 않고 풀숲에 서 있다. "놀랐잖아요." 먼저 말을 건넨 건 그녀였다. 이 불안한 분위기, 나쁜 일이 벌어지기 직전, 어떤 긴장이 들끓는 순간이, 그래서 오히려 움직임도 소리도 억제되는 순간이 그녀는 싫었다. "그렇게 사람을 놀라게 하면 안 되잖아요. 순찰중이에요?" 비탈 위쪽에 서 있어서인지 경찰은 평소보다 더 위압적으로 보였다. "키가 크시네요." 경찰은 한참 만에 그렇게 말했다. "차 안에만 앉아 있어서 몰랐는데 꽤 커." 그녀가 뒤로 물러났다. 경찰은 그녀를 다시 잡으려는 듯 장갑 낀 두 손을 내밀었다. "아가씨, 알려줄 말이 있어." 그녀는 경찰의 팔을 뿌리쳤다. "잡지 마요, 잡지 마." "중요한 얘기야." "필요 없어요." 그녀는 비탈을 뛰어내려갔다. 그리고 고양이들이 우는 골목과 빈틈없이 주차된 자동차들을 지나 공원으로 뛰었다. 차 안으로 들어가 시동을 걸었다. 엄마는 누군가와 전화를 하고 있다가 "무슨 일이야?" 하고 물었다. 그녀는 차를 몰아 언덕을 재빨리 내려갔다. 라이트도 켜지 않은 채 속도를 점점 높여 이윽고 차는 강변의 도로를 탔다.

"이상해, 정말 이상하다고." 그녀는 경적을 울리며 가속페달을 밟아나갔다. "그러니까 엄마는, 엄마는 어쩌다 그 공원까지 갔던 거야?" 엄마는 통화가 끝나지 않았는지 휴대전화를 가만히 귀에 댄 채로 그녀가 아슬아슬하게 차들을 앞질러 가는 것을 바라보았다. 반대편 차선의 자동차들이 헤드라이트를 비추며 다가왔다 사라졌다. "으응, 그러니까 그게 말이야." 그녀는 엄마의 말투가 지나치게 상냥하다고 생각했다. "누구랑 전화를 하는 거야? 전화 끊어." "끊었어." 엄마는 답했다. "그러니까 지영이, 네가 알다시피 근종 때문에 제거 수술을 받지 않았니. 의사는 호르몬제를 꾸준히 복용하지 않으면," "그래, 살이 찔 거라고 경고했잖아, 그건 알아, 안다고." "알아? 지영아, 나이가 들면 여자는 그렇게 된다는 걸 아니? 그래, 그래서 개를 데리고 산책을 나섰어." "엄마는 공원에 걸어오지 않았어, 이 차를 몰고 왔잖아." 엄마는 코트 깃을 올리더니 엉덩이를 앞으로 빼 시트에 완전히 기댔다. "그랬나?" "그랬잖아, 그랬어, 누가 봤댔어." "너도 날

174

믿지 않는구나, 네 아빠도 그랬지. 이 집안 사람들은 도무지 사람을 믿지 않아. 너 네 할아버지가 네 아빠를 무지막지하게 때리던 것을 기억하지? 불상이 모셔져 있는 그 휑하니 넓고 차가운 마룻바닥에 마흔도 넘은 아빠를 엎드리게 하고는 때렸지. 그것도 믿지 못해서란다. 자기 재산이 줄어가는 것이 네 아빠 탓이라고 말이야. 그 재산이 어떤 재산이니? 머리를 깎고 숨어살아야 지킬 수 있는 재산 아니었니. 할아버지는 만주에선 누구나 쥐도 새도 모르게 죽어나가곤 했다고 네 아빠에게 겁을 주었단다. 중국인도 조선 사람도 일본인, 러시아인도 자기 명령이면 개죽음을 당했다고. 사실일까 싶지만 그런 얘기를 진짜 했다지 않니? 네 할아버지가 말이야, 그게 뭐 자랑이라고. 지영아, 개는 혼자 있으려고 하지 않아서 네 아빠가 올라온 날에도 안방까지 따라 들어오곤 했다. 네가 외국으로 가고 나서 개는 내 말을 더 듣지 않았어. 네 아빠는 그때마다 네 아빠답지 않게 완력을 쓰지 않고 신문지 같은 것을 말아 나약하게 위협하면서 가라, 개야, 제발 가, 내 옆으로 오지 마, 했지. 얼마나 우습던지. 그날도 네 아빠는 내가 바람이 났다고 말도 안 되는 의심을 하면서 나를 때리고 일본도를 휘두르면서 발광을 했는데 개가 어떻게 했는지 문을 열고 들어선 거야. 그리고 개가 짖기 시작했어. 워우워우 왈왈 왝왝 커엉커엉 으르렁대고 경계하고 위협했어. 귀가 먹먹할 정도로 시끄럽게 짖었어. 상체만 바닥에 붙이고 그르릉그르릉거리다가 자기 몸이 막 부딪히는 것도 생각하지 않고 뛰어다녔어. 개는 아주 흥분했어." "개가 왜 그렇게 흥분했어? 우리 개는 그런 개가 아니잖아. 개는 그러지 않잖아." 그녀는 무엇 때문인지는 모르지만 눈물이 나서 손등으로 훔쳤다. "우리 개는 그렇지 않았잖아. 그 정도는 아니었잖아." "그렇지 않지, 그 정도는 아니었지." 엄마가 그녀를 달래듯이 말했다.

아빠가 개에게 손을 댔어? 아니, 전혀 그러지 않았어. 술이 깨는지 벌벌 떨면서 두 손으로 머리를 감싸고 쪼다처럼 꿇어앉아 있었어. 그런데 개는 왜 그랬어? 거울 때문이었지, 거울에는 개가 있어서 아주 여러 개로, 셀 수 없이 많은 형체로, 만화경처럼 되비친 개들이 있어서 개가 움직일 때마다 따라 움직이고 따라 짖고 따라서 위협하고 자기 몸이 상하는 것도 모르고 부딪쳐서 멍이 들고. 정말 거울에 비친 개가 싫어서 그러는지 신나서 그러는지 혓바닥으로 핥기도 하고 다시 몸을 부딪치고 발톱이 쪼개져나가고 피가 나고 끼깅끼깅 아픈지 구슬프게 울면서도 기갈이 든 것처럼 멈추지는 못했던 거야. 거울에는 셀 수도 없을 만큼 개와 개들이, 개와 개들이 있었으니까. 자기랑 똑같이 흥분하고 똑같은 템포로 뛰고 똑같이 짖었으니까. 개 짖는 소리와 개 짖는 소리가 공명했지, 거울의 안과 밖에서. 지영아, 엄마가 미안하다. 그 개자식이 자정마다 네 침대로 들어가는 것을 보고도 나는 뭐가 두려운지 두려워서 나중에는 두렵다기보다는 그냥 아무런 생각도 나지 않아서, 생각해보니 또 그런 식으로 흘러가는 게 일상이라서…… 거짓말! 그녀가 운전대를 내리치면서 소리질렀다. 거짓말하지 마! ……말리지도 않고 그냥 너를 신고 피아노 학원으로, 여섯 개의 학원으로 옮겨주었는데 너는 대학도 그렇게 가고 결국 개나 기다리게 했구나. 그런데 이제 기다리지는 마. 개는 죽었지. 자기가 그렇게 될 줄 모르고 날뛰다가 죽어버렸어.

그녀는 참을 수 없을 정도로 눈물이 차올라서 얼굴을 완전히 무너뜨리면서 울었다. 개가 죽었어? 죽었지. 미안하다, 엄마가. 개만 죽었어? 개만 죽었지. 죽은 것은 개였지. 개는 이제 돌아오지 않을 테니 기다리지 마. 기다려도 개는 오지 않을 테니까. 거짓말! 그녀가 소리질렀다. 거짓말하지 마!

*

　외국의 도시에서 그녀는 어떤 길이든 걸어서 갔다. 한 시간 반이나 걸리는 디자인 스쿨에도 화첩과 화구들을 들고 걸어갔다. 가끔 룸메이트가 오토바이로 태워다주기도 했지만 바텐더인 룸메이트는 낮에는 자야 했으니까 외출할 때면 그녀는 룸메이트를 깨우지 않게 살금살금 방을 빠져나왔다. 그녀는 이제 한국 유학생들과 어울리지 않았고 한국계가 운영하는 교회에도 발걸음을 끊었다. 그녀는 말을, 지독하게 낯설고 난해한 말을 익히고 싶었다. 익숙하고 편하고 그녀의 모든 생각을 담아주는 말들은 경계하고 싶었다. 그녀는 배우고 싶었다. 새로운 말, 새로운 세계, 새로운 삶, 새로운 애착, 새로운 경계, 새로운 전망. "전망?" 룸메이트는 그녀의 말을 들으며 웃었지만 "그럴 수 있을 거야" 하고 말했다. "모든 전망은 아주 미미한 것들에서 시작하지. 결국 그것이 모든 것을 바꿀 거야. 이를테면 아침마다 네가 마시는 사과주스 같은 것." 현지어를 어느 정도 익히자 이 도시는 그녀가 떠나온 도시와 크게 다르지 않았다. 신문을 펼치면 떠나온 도시에서 경험했던 폭력, 부정, 죽음, 방기, 빈곤 같은 불행이 마치 복사한 듯 펼쳐졌다. 그녀는 스스바라는 말이 쓰여 있던 기사를 매일 조금씩 읽어내려갔다. 말을 배워나갈수록 사건의 실체도 분명해졌는데 그건 그녀의 상상과는 전혀 다른 것이었다. 목욕을 하다 쓰러진 익명의 주인을 개가 짖어서, 불길하게 끊임없이 짖어서, 이웃의 유학생과 경찰에 알리고 세상에 알려 살려냈다는 미담 기사였다. 괄호로 묶여 있던 스스바는 '흑모종'이라는 뜻이었다.

누가 거짓말을 한 것일까. 그녀는 생각해보곤 했다. 경찰이 하려던 말은 무엇이었을까. 엄마는 정말 개가 죽는 것을 봤을까. 아빠는 왜 전화를 받지 않았을까. 룸메이트는 그 이야기를 듣고 "그것이 정말 개였어?" 하고 물었다. "네가 그곳으로 떠난 것이 정말 개 때문이었어?" "그럼, 정말 개였지." "세상에," 룸메이트는 그녀의 손을 잡으며 말했다. "난 네가 거짓말을 한다고 생각했어. 옛 애인을 만나러 간다고 오해했어."

그녀는 자신에게 비틀거리며 다가와 안기던 개를 떠올렸다. 개만이, 오직 개만이 그녀를 바르게 응시하고 있었다고 생각하면 슬퍼졌다. 이 도시에도 떠도는 개들이 있어서 걷다보면 그녀를 따라오기도 했다. 그렇게 개들을 만나면 그녀는 갈 수 있는 가장 먼 곳까지 걸어가보곤 했다. 개들은 쫓아오다가 그녀가 모르는 사이 떨어져나가 자기들의 세상으로 돌아갔다. 사라졌다. 볼 수 없었다. 그래도 이 도시 어디인가에서는 개들이 수시로 짖었다. 그 소리를 들을 때마다 그녀의 표정에는 서서히 균열이 갔지만 그녀는 곧 그것을 수습한 채 전망에 대해 생각했다. 그런 균열과 전망은 떼어서 생각할 수는 없는 것들이었다. 하지만 분명한 건 그녀가 그런 생각을 하게 된 것도 모두 개를 잃어버리고 나서라는 것이었다.

우리가
어느 별에서

그녀는 편지를 뜯어보았다. 고아원에서 온 편지였고 지난주에 도착했지만 오늘에서야 우편함에서 찾았다. 한때 그녀가 이십 년 가까이 살았던 그곳의 주소는 이제 아주 먼 나라의 것처럼 낯설었다. 이번에도 찬모가 편지를 썼다. 너무 어려버졌읍니다, 라고 쓰여 있었다. 정말 문을 다게 생겼읍니다, 라고. 저번 편지에는 수녀님이 앓고 계십니다, 라고 적혀 있었다. 폭우에 담장도 무너졌읍니다, 라고. 편지의 수신자는 그녀만이 아니었다. 독지가 여러분의 도움을 청하며 계좌번호를 적어놓았다. 예금주는 김옥자, 였다. 김옥자는 찬모 이름일까, 수녀님 이름일까. 그녀는 편지를 받을 때마다 이번에는 돈을 보내야 했지만 그러지 못하고 있었다. 은행에 갔다가도 갑자기 마음이 바뀌어 돌아섰다.

그녀처럼 간호학원을 갓 졸업한 아가씨들은 이 병원에서 언제든 눈에 띄어야 했다. 그래서 그녀들만 에메랄드색 유니폼을 입었다. 암환자 정보실이라고 쓰여 있는, 하지만 누구도 들여다보지 않는 작은 방이 그녀들의 대기실이었지만 들어가 있는 경우는 드물었고 대부분 진찰실 입구 혹은 에스컬레이터나 냉온수기 옆에 서 있었다. 진료실은 홀을 중심으로 방사형으로, 혈액종양내과, 내분비내과, 외과, 암센터 등으로 케이크 조각처럼 나눠져 있었다. 각자 위치에 있다가 마치 촛불이 켜지듯 탁, 하고 간호사 선생들이 손을 들면 달려가 무슨 일인지 알아봐야 했다. 대부분은 환자 안내였다. 진료실들이 마치 미로처럼 흩어져 있어서 병원에서는 누구나 쉽게 길을 잃었다. 그녀들마저도.

진료가 끝나는 일곱시, 병원은 한결 조용해진다. 홀을 채우던 간호사들도 퇴근하고 입원병동만 부산하다. 이제 집으로 돌아갈 수 없는 사람들이 본격적으로 앓는 시간이다. 병동에서 비극적이지 않은 밤이란 없었다. 중환자들은 중환자라서, 아닌 사람들은 그런 중환자들이 자기 미래가 될까봐 끙끙 앓는다. 그녀는 항상 궁금했다. 왜 사람들은 밤이 되면 더 아픈 것일까.

고아원에서 자란 그녀는 아픈 사람들을 본 적이 별로 없었다. 그 점이 이상하다고 생각한 건 최근에 와서였다. 왜 고아원 애들은 아프지 않았던 걸까. 소아병동에는 아픈 아이들이 넘쳐났다. 소아응급실은 또 어떻고? 거기는 사색이 된 부모들이 아이를 안고 들어와 몸을 벌벌 떠는데.

홀이 한적해지자 그녀는 서류철 따위를 정리하며 퇴근 준비를 했다. 그러다 다시 떠올렸다. 열여덟 살에 나왔던 화천의 그 고아원에 대해서. 왜 아픈 애들이 없었지, 하고. 그러다 아픈 애들은 없었지만 개들은 늘 아팠다는 게 생각났다. 복슬복슬한 털을 가진 개들이 들어와 살다가 일이 년이 지나면 허망하게 죽어버렸다. 그러면 애들은 바둑이가, 복슬이가, 메리가 죽었어요, 하고 수녀님에게 알렸고 그러면 수녀님은 나와서 자, 다 같이 기도하자, 바둑이가, 복슬이가, 메리가 하느님의 나라로 갈 수 있도록, 잊지 말고 기도해, 그러지 않으면 너희들 꿈속에 나올 수도 있다, 너희들의 종아리를 콱 물어버릴 수도 있어, 그러면 피가 나지, 사탄이 들지, 그러면 엄마를 찾을 수 없지, 영원히 혼자가 되는 거야, 라고 말하곤 했다. 수녀님을 사랑하지 않은 건 아니었다. 수녀님은 냉정하지만 공평한 사람이었다. 어떻게 사십 명이나 되는 아이들을 한결같이 대할 수 있는가를, 십대 시절의 그녀는 감탄하며 지켜보았다. 그때는 그녀가 고아원의 허리쯤 되는 나이였으니까 고아원 일을 돕기도 했는데 그녀로서는 그렇게 공평해지지 않았다. 싫은 아이와 미운 아이와 죽이고 싶은 아이와 사랑하고 싶은 아이와 애틋한 아이가 있었다. 하지만 수녀님은 저녁시간에 수프를 한 국자씩 나눠주듯 아이들을 공평하게 훈육했다.

그런데 고아원이 얼마나 어려워졌으면 편지가 자꾸 올까. 고아원이 문을 닫아서는 안 되지, 그러면 그 아이들은 다 어디로 가라고.

그녀는 아까 낮에 한 환자가 자기 신발을 좀 찾아달라고 했던 게 생각나서 홀을 살폈다. 돈을 보내야 할까, 보낸다면 얼마를 보내야 할까, 통장에 여윳돈이 있나. 그녀는 고아원을 나온 오 년 동안 한 번도 그곳을 찾아가지 않았다. 그래도 고아원이 문을 닫는 건 싫다고, 그녀는 생각했다. 돌아갈 생각은 없었지만 그래도.

"뭘 찾아요?" 무전기를 든 한 남자가 다가왔다. 그녀는 의자 밑을 들여다보다가 머리를 들었고 의자 팔걸이에 쿵 부딪혔다. "누가 신발을 잃어버렸다고 해서요." 그들은 삼 개월간 같은 병원에서 일했지만 대화를 나눠보는 건 처음이었다. 그럴 일이 없었으니까. 그는 낮에는 도어맨을 하다가 밤이면 경비복으로 갈아입고 순찰을 돌았고, 그녀는 낮에는 환자들을 데리고 병원을 돌아다니다가 밤에는 때때로 홀을 지켰다. 멈추고 움직이는 타이밍이 서로 달랐다, 불행하게도.

"분실물 보관소를 확인하지 않고요?" "분실물 센터가 있어요?" "있어요, 주차원 아저씨가 관리해요. 내가 가볼게요. 근데 신발은 어떤 신발?" 그녀는 정작 어떤 신발인지 묻지 않았다는 걸 깨달았다. 그 여자는 일주일이나 아주 추워 보이는 얼굴을 하고 홀로 내려와 아가씨, 오늘도 못 찾았어? 하고 물었는데. 그녀는 그냥 신발이라면 대개가 모양이 비슷하고, 병원에 주인을 잃은 신발이라야 몇 켤레 없을 테니까 눈에 띄는 대로 챙겨두겠다고 말한 것이었다. 여자의 얼굴은 수녀님과 아주 닮아 있었다. 그녀는 하마터면 여기 어떻게 계시는 거예요? 물을 뻔했다. 하지만 그럴 리는 없었다. 수녀님은 그녀가 떠나올 때도 늙어 있었고 지금은 더 늙었을 텐데 여자는 아무리 해도 그 나이로는 안 보였다. 게다가 화천과 서울이라니, 너무 멀지 않은가.

"어떤 신발인지 기억 안 나요?" 그가 좀 기다렸다 물었다. "제대로 묻지 않았네요." "그럼 나이든 사람이에요? 남자예요, 여자예요? 어디가 아픈 환자인데요?" "어디가 아픈지는 왜 묻는 건데요?" 그녀는 그가 너무 말을 많이 시켜서 꺼려졌다. "다리를 다쳤으면 슬리퍼나 그런 걸 신었을 것 같아서." 그의 말투에는, 도어맨을 하는 사람이라면 으레 배어 있을 듯한 친절 이외에, 선을 넘는 호의는 없었다. 아, 문득 여자가 니트 모자를 썼다는 게 생각났다. 그렇게 머리를 감춘 여자들은 대부분 암환자들이었다. "암환자 같던데요." "그건 뭐, 중요한 단서는 아니네. 아무튼 찾아볼게요." 그는 운행을 멈춘 에스컬레이터를 저벅저벅 걸어내려갔다. 그런데 저렇게 가버리면 여기서 기다려보라는 건가, 아니면 내일이나 언제나 알려주겠다는 건가. 그녀는 좀 기다리다가 퇴근하기로 했다. 종일 서 있었더니 다리가 부었고 발바닥이 아팠다. 지금 그 여자 신발이 문제가 아니야, 그녀는 병원에서 지정해준 대로 로퍼를 구입해 신었지만 간호사들이 추천한 브랜드는 아니었고 마트에서 산 것이었다. 오후만 되면 발이 아팠다.

그녀가 그 브랜드의 로퍼를 사지 않은 건 일단 너무 비쌌고 그만큼의 돈을 들일 바에야 다른 갖고 싶은 걸 살 생각이었기 때문이다. 그건 그녀가 성장하는 동안 거의 신을 일이 없었던 구두였다. 수녀님은 옷은 물론이고 신발도 동일한 형태의 것만 사들여서 아이들에게 지급했다. 단색의 운동화와 삼선 슬리퍼, 겨울에는 발목까지 오는 패딩 부츠와 털이 든 단화가 주어졌다. 구두는 없었다. 그런 건 크리스마스를 맞아 지역의 다른 고아원과 연합으로 행사를 열 때, 그녀의 고아원이 연극이나 합창을 할 경우에만 지급되었다. 물론 그녀도 어릴 때는 빨간 샌들 따위를 신기도 했다. 어린 여자애들에게는 분홍색 옷과 머리띠도 지급되었다. 하지만 입양 기회가 오지 않은 채 그녀가 성장하는 동안 그런 것들을 잃어버렸다. 잃어버렸다는 표현이 정확하지 않다는 것은 알지만 아무튼 잃어버렸다고 생각했다.

그녀의 방은 옥수동에 있었다. 방세가 저렴한 곳이라고 친구한테 추천받은 동네였다. 옥수동, 이라고 들었을 때 그녀는 노랗고 너무 노래서, 가끔은 질릴 정도로 노란색이었던, 고아원 간식으로 자주 나오던 옥수수를 떠올렸다. 그리고 고아원 옆으로 펼쳐져 있던 옥수수밭, 그 넓은 잎들이 바람을 만나면 우수수 떨리면서 내는 소리들을. 옥수수밭이 끝나는 도로에는 대도시로 가는 버스가 서서, 외출할 때면 그 밭을 가로지르거나 뼹 둘러 지나야 했다. 옥수숫대는 키가 아주 높아서 그곳으로 들어간 아이들은 밖에서 잘 보이지 않았다. 그래서 옥수수밭은 고아원 애들에게는 묘한 공포와 동경을 동시에 느끼게 하는 곳이었다. 거기서는 담배를 피우거나 술을 먹거나 아니면 서로 더듬거나 하는 일탈들이 행해졌고 그래서 애들은 저희들끼리 뭔가 불량한 일을 하면 그걸 가리켜 옥수수를 꺾는다, 고 했다. 너 어제 주방에서 옥수수 꺾었지, 너 지난번에 옥수수 꺾은 거 수녀님한테 이른다, 옥수수 꺾을 생각 하지 마, 걔가 옥수수 꺾자고 하면 어쩌지. 대화를 나누는 애들 사이에서는 명확히 지칭되지 않아도 누구나 옥수수가 뭔지 알 수 있었다.

수녀님은 고아원을 엄격히 통제했지만 마흔 명의 아이들에게는 마흔 개의 개구멍들이 있어서 요리조리 빠져나갈 순간들이 매일 생겨났다. 대부분 불행하게도 나쁜 결과를 낳을 만한 일이었는데 그런 것들이 옥수수라는 단어 하나로 수렴되는 건 다행스럽기도 했다. 구체적으로 언급될수록 고아원을 더 불행한 곳으로 만들 테니까. 화가 난 수녀님은 모두를 굶기거나 추위에 떨게 하거나 자지 않고 기도하게 할 것이다. 더 화가 나면 창고에 가둘지도 몰랐다. 그러지 않아도 고아원은 곧잘 그렇게 옥수수처럼 불행해졌고 그럴 때면 우수수─ 바람을 타는 옥수수 잎들의 소리는 아주 불길한 미래를 암시하는 듯했다. 바람이 그치지 않듯 긴장과 고통도 계속될 것 같았다.

하지만 모든 것에는 끝이 있었다. 서울로 갈 짐을 들고 열여덟의 그녀가 옥수수밭을 부러 가로질러 시외버스를 타는 순간, 그녀는 자신이 한 세계를 떠나 다른 곳으로 건너간다는 것을 확실히 느낄 수 있었다. 부러진 옥수숫대들이 황폐한 밭에 무더기로 쌓여 있던 어느 겨울의 일이었다.

그녀는 자신의 방으로 올라가면서 그래도 그곳의 옥수수들이 나쁘지만은 않았다고 생각했다. 특히 사카린을 듬뿍 넣어, 시멘트 아궁이로 쪄낸 옥수수는 아주 달아서 아이들 모두 좋아했다. 물론 아무때나 옥수수를 찌지는 않았어. 열쇠로 문을 열기 전, 그녀는 혹시 침입자가 없었는지 확인했다. 동네에는 도둑이 많았고 그녀도 운동화와 이불을 잃어버린 적이 있었다. 그녀는 그런 물건들이 자기가 없을 때 사라졌다는 것에 안도했다. 코트를 벗고 가스레인지에 불을 켰다. 김치찌개 냄비가 달그락거리며 끓었다.

고아원이 어려워졌으면 이제 아무도 옥수수를 안 찔까, 드물게 수녀님이 옥수수를 찔 때도 있었는데. 가끔 부엌에 가보면 수녀님이 아궁이 앞에 쪼그리고 앉아 영어로 된 찬송가를 흥얼거리거나 아니면 반대로 무서운 침묵을 지키면서 일렁이는 불속을 지켜보고 있었어. 솥에는 아주 작은 것들, 겨울에도 불행히 살아남은 개구리나 몇몇 풀벌레들이 내는 연약하고 끈질긴 울음처럼 물이 자글자글 끓고. 그러면 그녀는 무엇 때문인지 알 수 없는 긴장에 붙들려 있다가 그것이 풀리면서 몸이 노곤해지곤 했다. 그래, 고아원이 없어지면 안 되니까 돈을 부쳐주어야 해, 사라지지 않도록. 설거지를 한 그녀가 언 손을 냄비 뚜껑 위에 가만히 올려놓았다. 아주 미미한 온기가 느껴졌다.

그녀의 방에는 화장실이 부엌에 있었다. 어떻게 화장실이 부엌에 있는지 알 수 없지만 일자형 부엌이 있고 모퉁이를 돌자마자 양변기가 있었다. 지금은 합판으로 된 벽이 둘러쳐져 있지만 처음에는 앉았을 때 그녀의 목까지만 오는 가림판이 있었다. 주인집 여자는 전 세입자가 멀쩡한 칸막이를 떼어다가 그렇게 만들었다고 했다. "왜요?" "별을 본다나, 방세도 못 내면서 별은 무슨 별." "뭐하는 사람이었는데요?" "일은 무슨 일, 그냥 구들장만 이고 앉아가지고는."

이사한 첫날밤, 그녀는 그 어색하고 좀 민망한 화장실에 앉아보았다. 놀랍게도 별이 보였지만 그 별은 하늘에 있다기보다는 비탈진 골목을 따라 펼쳐져 있는 사람들의 집에 있었다. 늦게까지 불은 꺼지지 않았고 더러는 꺼졌다가 다시 켜졌다가 다시 꺼지기도 했다. 그때만 해도 서울이 신기해서 서울이 어떤 얼굴을 해도 갈비뼈 근처가 간질간질해지면서 웃음이 터지곤 했다. 그녀도 겨울이 오기 전까지는 화장실 벽을 높이지 않고 그대로 일을 봤다. 가끔 주인집 여자 말대로 구들장을 이고 있던, 그녀의 상상 속에서 마치 물구나무서듯 저 작은 방을 두 팔로 지탱하고 아침과 낮을 보낸 남자가 별이 뜰 때가 되어서야 천천히 이곳으로 나와 별 구경을 하는 모습이 떠오르곤 했다. 그러다 남자는 더는 저 방을 이고 있지 못해, 보증금을 다 까먹은 채로 밖으로 나가 옥수동 계단길을 내려가 저 수상하기 짝이 없는 도시를 향해 걸어갔을 것이었다. 거기는 무언가 아주 옥수수스러운 일들만 득시글해 보이는 어두운 도시이고.

지금 그녀의 화장실은 나무합판으로 둘러쳐졌고 오른쪽 천장에서

188

는 주먹만한 환풍기가 도르르 굴러간다. 그녀는 다행히, 가까스로 월세가 한 번도 밀리지 않아서 주인 여자를 흡족하게 했다. 하지만 그것이 얼마나 어려운 일인가를 겪으면서 그녀는 별을 보고 싶었던 옥수동 남자에 대해서는 더 생각하지 않았다. 가끔 방안에 누워 천장을 보면서 이 작은 방을, 텔레비전조차 벽으로 올려야 하고, 겨울마다 한기가 이불처럼 몸을 덮는 이 보잘것없는 방을 감당하지 못해 부들부들 떨렸을 남자의 앙상한 팔을 생각했다. 그녀는 스물세 살이 되었으니까 그런 것에 대해 생각하는 건 당연했다.

다음날, 그녀는 체스판의 말처럼 병원을 이동하며 하루를 보냈다. 마치 아이들처럼 환자들은 그녀를 따라 혈액채취실이나 주사실로, 방사선과나 화장실, 원무과로 이동했다. 성장하면서 어른이라고는 수녀님과 봉사자, 찬모들밖에 보지 못한 그녀에게 이 많은 사람들이란 서울만큼 새로운 세계였다. 다만 이 새로운 세계가 아프고 곧 죽어갈지도 모르는 사람들로 채워졌다는 사실이 이 세계의 빛을, 어떤 신생의 빛을 꺼뜨리고 있을 뿐이었다. 그러다 그녀가 잠시 틈이 나 냉온수기에서 물을 받고 있을 때 여자가 그녀의 어깨를 두드렸다. "아가씨, 신발을 찾았나 싶어서." 그녀는 놀랐다. "아 네, 아직…… 그런데 어떤 종류의 신발이에요?" "새 구두예요." 여자가 좀 추운지 몸을 떨었고 환자복의 앞섶을 동여맸다. 특실 환자들만 입을 수 있는 황금빛 가운형의 환자복이었다. 재킷이나 카디건 같은 것을 덧입지 않고, 그녀는 그렇게 생각하면서 친절하게 "걸칠 것 좀 드릴까요?" 했다. 하지만 여자는 그녀의 카디건을 사양했다. 그러고 보니 수녀님과 정말 닮았어,

그녀는 생각했다. 코끝과 눈꼬리에 물사마귀 몇 개가 돋아난 것까지.

"분실물 보관소가 있다니까 거기서 찾으시면 돼요." 그녀가 주위의 동료와 비교적 친절한 간호사에게 물어봤지만 보관소를 아는 사람은 없었다. 그녀는 그 남자, 보관소가 있다고 말한 도어맨에게 물어봐야겠다고 말했다. "그래요. 그래. 근데 못 기다릴지도 몰라. 아프거든, 안 아픈 데가 없거든." 여자는 그리고 무너지듯—여느 환자들이 드러내곤 하는 그런 과장된 처량함이었다—대기실 의자에 앉았다. 생쥐처럼 재빨리 움직여야 한다고 생각했다. 수간호사들은 그녀가 필요한 때에 그 자리에 있지 않으면 화를 내곤 했으니까. 아니면 여자 때문에라도, 여자는 너무 아프고 또 저런 생김새의 사람들은 쉽게 화를 내니까.

그는 회전문 앞에 서 있었다. 택시에서 손님이 내리면 문을 열었고 주차장으로 들어가는 차들에 수신호를 보냈다. 그녀는 어제 그가 신발을 찾아주겠다고 자신하고는 올라오지 않았다는 사실에 마음이 상했다. 그래서 "저기요," 좀 차가운 목소리로 불렀다. 그는 그녀를 기억하고 있었다. 하지만 지금은 바쁘니까 직접 갈 수는 없고 보관소는 장례식장 옆에 있다고 알려주었다. 그녀는 그러면 그런 얘기를 왜 진작 해주지 않았냐고 세상에는 꼭 짚고 넘어가야 할 일들이 많고 그래야 손해보지 않는다는 사실을 깨달은 스물세 살답게, 명찰을 보며 김명현씨, 하고 이름까지 불렀다. "두 번이나 올라갔는데 얼굴을 기억 못해서요." 사람들에게 유리문을 열어주며 그가 생긋 웃었다. "화났어요? 이제 이름 기억할게요, 선희씨네요, 문선희."

다시 홀로 올라갔을 때 여자는 몸을 앞으로 숙이고 기도를 하고 있었다. 보관소로 가라고 하자 싫다고 했다. "신발을 찾아야 한다면서요?" "안 갈 거야, 내려가는 것도 싫고, 장례식장으로 가는 것도 싫어. 아가씨가 갖다주면 안 될까, 밤색 구두야." "제가요?" 그녀가 좀 망설였고 수간호사가 손을 들어 그녀를 불렀다. 돌아서려는 그녀의 치맛자락을 여자가 잡아당기면서 "갖다줄 거지? 아가씨?" 애처롭게 물었다. "네, 그러면 여기서 기다리세요."

하지만 그녀는 약속을 지키지 못했다. 그녀에게는 예정된 검사를 받기 위해 이동해야 하는 사람들이 대기하고 있었으니까. 그녀가 여자 생각을 한 건 몇 시간이나 지나서였다. 혹시 여자가 기다리고 있으면 어쩌나 놀라서 홀로 돌아와보니 여자는 없었다. 퇴근시간이 되었고 홀은 서서히 비워지고 있었다. 수간호사는 오늘 그녀가 저지른 실수들, 환자들을 잘못 데려다주거나 주사실 약품을 엉뚱한 병동에 갖다준 실수들에 대해 꾸중했다. 그리고 모든 일을 너무 늦게 처리한다고, 여기는 다른 어떤 곳보다 시간이 중요한 곳이야, 조금 빠르고 늦는 걸로 죽고 사는 사람들 천지라고, 했다. 그녀는 화장실로 들어가 좀 울다가 모두들 퇴근하고 나서야 나왔다.

장례식장 옆에는 정말 늙은 주차원이 관리하는 분실물 보관소가 있었다. 그녀는 밤색인지 검정색인지 헷갈리지만 새것처럼 보이는 세 켤레의 여자 구두를 찾았다. 고아원 기도실처럼 조용하고 축축한 공기가 있는 방이었다. 그렇게 돌아다녀도 아직 모르는 공간들이 있다니, 병원은 얼마나 넓은 걸까.

로비로 올라오는데 그가 그녀를 알은체했다. "선희씨, 분실물 보관소에는 가봤어요?" 도어맨 복장이던 남자는 점퍼로 갈아입고 안내 데스크를 지키고 있었다. 뭐랄까, 마른 몸에 비해 지나치게 부푼 점퍼는 그가 가장해야 하는 어떤 친절들을 상징하는 것 같았다. 그리고 나이 들어 보였다. 턱 주변에 보랏빛으로 돋아난 여드름만이 그가 아직 그렇게 늙지는 않았다는 걸, 아직 무엇도 결정된 사람이 아니라는 걸 말해주었다. "네, 세 켤레나 있어요, 새 구두가." 그녀가 데스크 위에 구두들을 전시하듯 늘어놓았다. "근데 김명현씨는 양복이 더 잘 어울리는 것 같네요." 그녀가 손가락으로 옷을 가리키자 그가 자기 점퍼를 내려다보았다. "그거 칭찬인가? 이래 봬도 매일 팔굽혀펴기를 백 개씩 해요." 그녀가 좀 힘없이 웃고는 홀로 올라갔다.

옥수동의 비탈진 계단길, 이 계단길은 구릉 하나 없이 탁 트인 곳에서 성장한 그녀에게 별스러운 것이었다. 올라가면 올라갈수록 다리가 무거워지면서 한강과 멀어졌고 가난과 추위에 가까워졌다. 그녀는 고아원에 얼마를 보낸다, 생각하며 걸었다. 이십만원, 삼십만원? 돈을 보내지 않으면 고아원 문을 닫게 될까. 그러면 아이들이 슬퍼할까, 찬모가 슬퍼할까, 누가 슬퍼나 할까, 그녀는 생각했다가 제풀에 놀랐다. 국숫집이었던 가게에서 한 청년이 액세서리를 수북이 쌓아놓고 팔고 있었다. 동네 여자들이 모여서 귀걸이며 반지를 골랐다.

"육천원은 왜 애매하게 육천원이야, 오천원으로 하지." 누군가 값을 깎으려고 하자 청년은 여기까지 올라왔는데, 하면서 손을 내저었다. "그런데 알이 빠지면 어떻게 해, 고칠 수도 없고." "에이에스 다 해드릴게요." 청년이 싹싹하게 말했다. "언제 다시 볼 줄 알고 에이에스를 해줘?" "아이고, 세상이 뭐 그리 넓다고 어디서든 만나지 않겠어요. 걱정 마세요." 청년이 농담인지 진담인지 모를 소리를 했고 여자들이 웃었다.

그녀는 푸른 큐빅이 원 모양으로 박혀 있는 화려한 브로치를 샀다. 이런 걸 어디에 달까, 하다가 수녀님에게 보내주지, 하는 생각을 했다. 수녀님이 그런 액세서리들을 좋아한다는 건 그녀와 찬모만 아는 비밀이었다. 그녀는 수녀님 방을 청소했는데, 그 방에 들어갈 수 있는 사람은 찬모와 그녀뿐이었다. 고아원에서 수녀님 방은 가장 꼭대기에 있었고 관절염으로 무릎이 닳을 대로 닳은 찬모는 자기는 더이상 거기까지 방비와 걸레를 들고 올라갈 수 없다고 울었다. 그 찬모가 관절염을 낫게 하겠다며 고양이를 삶아 먹었다는 소문도 있었으니까 엄살은 아니었을 것이었다.

수녀님 방에는 여러 그림들이 걸려 있었다. 성모마리아가 천사들에게 둘러싸이고, 마귀들이 벌을 받고 구름 사이로 메시아가 등장하는 성화聖畵들이었다. 오늘 그녀가 산 것처럼 반짝이는 액세서리들이나 화려한 색깔의 옷감, 단추들을 발견하기도 했다. 얼마나 오래된 물건들인지, 누가 주인인지는 알 수 없지만 수녀님에게 어울릴 것 같지는 않았다. 수녀님의 나이는 아무도 몰랐고 다만 아주 많으리라 모두들 짐작했다. 설교에서 수녀님은 해방도 전쟁도 태풍도 겪었고 끔찍한 가뭄과 홍수도 겪었다고 했다. 박정희를 알고 아주 타락한 여배우들과 살해당한 젊은이들과 간첩과 유괴된 아이들도 안다고 했다.

그런 수녀님이 알지 못하는 게 있었으니 고아원을 나간 아이들의 행방이었다. 고아원에 출원 나이까지 머문 건 그녀가 유일했고 나머지는 모두 입양되거나 달아나버렸다. 수녀님은 그렇게 고아원을 떠난 아이들에 대해서는 무심했다. 아이들이 물어보면 기억나지 않는다고 하거나, 알 필요 없다고 했다. 그것들은 소식도 보내오지 않아, 방종하게 살고 있다는 뜻이지, 아주 부끄럽고 창피해.

우편함에는 편지 한 통이 들어 있었다. 고아원에서 온 것이었다. 그녀는 뜯지 않고 가방에 넣었다. 방에 불을 켜고 이제 별 따위는 볼 수 없는 화장실에 앉아서 생각했다. 딱 한 번, 그런 아이들에 대한 소식이 들려온 적이 있었다고. 걔는 서울까지는 오지도 못하고 원주에서 지내다 오토바이 사고로 죽었다. 경찰이 알려준 비보였다. 그녀는 그 남자애와 친했다는 이유로 창고에 갇혔지. 정말 어두웠지, 그녀는 생각했다. 변기가 아주 차가웠다. 그녀가 말렸으면, 수녀님에게 알렸으면, 남자애는 떠나지 않았을 테고 그랬다면 죽지 않았을 거라고 수녀님이 말했다. 수녀님은 창고 문 앞에서 넌 천국에 가지 못할 거다, 하고 소리질렀다. 하늘로 가는 사다리에서 굴러떨어질 거야, 한 걸음도 오르지 못할 거야. 하지만 장례가 끝나자 수녀님은 그녀를 창고에서 꺼내주었고 평소와 다름없이 공평한 사랑을 보여주었다. 더이상 힐난하지도, 저주하지도 않았다. 수녀님은 아주 슬펐던 거야, 그녀는 지금도 그때도 그렇게 이해했지만 한동안은 어머니에게 버려진 아이처럼—정말 그러기도 했지만—수녀님에게 버림받았다고 생각했다.

브로치 같은 건 사지 말았어야 했던 게 아닐까. 지금 고아원에 필요한 건 돈인데 이런 조악한 물건이나 사다니. 그녀는 집세를 빼면 얼마의 생활비가 남는지 계산했다. 이십만원, 그 이십만원은 구두를 사려고 아껴둔 돈이지만 고아원에 보낼 수 있을 것 같았다. 그 정도면 충분할까. 돈을 보내자면 고아원에 연락해야 하는데, 그래, 편지가 좋겠어. 그녀는 소식이 알려지지 않은 다른 아이들처럼 살고 있지 않다고, 그렇게 적어야겠다고 생각했다. 옥수수밭을 건너 그녀가 도착한 곳은 수녀님이 예견한 것처럼 불행하지만은 않다고. 그녀는 책상에 앉았다. 하지만 머뭇거리다 적은 문장은 올해는 저축을 많이 하지는 못했어요, 였다. 그러자 수녀님은 언제나 근검절약을 그녀에게 강조했으므로 앞의 말을 상쇄시킬 어떤 말이 필요해졌다. 하지만 내년에도 이 병원에서 일할 수 있을 것 같아요, 그러면 월급도 오를 것이에요. 내년에도 병원에서 일할 수 있을까. 어쩌면 섣부른 기대일 수도 있었다. 수간호사들이 그녀에 대해 어떻게 평가하고 있는지도 알 수 없는데, 바로 오늘만 해도 꾸중을 듣지 않았나. 수녀님은 늘 오만을 경계해야 한다고 했다. 그것은 나태와 이어져 있기 때문이었다.

그녀는 두 문장을 지우려다가 그만두고 그것들을 상쇄시킬 또다른 문장들에 대해서 생각했다. 아주 따뜻한 말을, 수녀님에게 할 수 있는 어떤 따뜻한 말을 생각하고 싶었지만 뜻대로 되지는 않았다. 건강하셔야 합니다, 그립습니다, 같은 말을 적었지만 종이를 바꿔 모두 지워버렸다. 대신 그녀는 여기서는 별을 볼 수 있어요, 수녀님, 이라고 적었다. 그러면 하느님의 나라와 가까운 것이 아닌가요? 저도 그 사다리를 올라갈 수 있는 것이겠죠? 하지만 그 물음들에 대해서는 수녀님도 알지 못할 것 같았다. 그래서 지금 그곳이 아주 불행해진 것일 테니까. 고아원은 왜 갑자기 어려워졌어요, 그녀가 다시 또박또박 적었다. 그래서 그곳 아이들은 어떻게 되었어요, 걔들은요.

며칠 뒤 그녀는 급한 일이 있는 동료 대신 나이트 근무를 섰다. 원래는 미용실에 갈 생각이었지만 동료의 아이가 아프다고 해서 거절하지 못했다. 그녀는 낮에는 앉을 일이 없는 간호 데스크 의자에 앉아 책을 폈다. 공부를 해서 대학을 가면 어쩌면 그녀도 이런 잡무가 아니라 주사 놓는 일 정도는 할 수 있을지도 모른다. "아가씨, 아가씨." 누군가가 어깨를 쳐서 그녀가 돌아봤다. "항암주사 맞느라 며칠을 못 내려와봤네, 구두 찾았어?" 그녀는 여자를 단번에 알아봤고 탈의실에서 구두들을 들고 나왔다. 그리고 자랑하듯 늘어놓았다.

여자가 아주 신중하게 구두들을 살폈다. 그리고 그중 하나, 작은 보석이 달린 구두를 골라냈다. "어쩌다 구두를 잃어버렸어요?" 그녀가 웃으며 묻자 여자는 "체중을 재고는 그냥 슬리퍼를 신고 와버렸네" 했다. 그리고 주머니에서 캔커피, 온장고에서 꺼낸 지 얼마 되지 않아 아직도 따뜻한 캔커피를 그녀에게 내밀었다. "수고했어요." 여자가 올라가고 그녀가 가방을 뒤적이다가 그 편지—며칠 전에 도착한—를 발견했다. 고아원과 거기 보내야 하는 돈에 대해 내내 생각했으면서 정작 편지는 잊고 있었다니. 그녀가 봉투를 뜯었다. 원생들과 수녀님, 찬모들과 봉사자들이 고아원 마당에서 찍은 사진이 들어 있었다.

단체 사진을 찍는 건 신년을 앞두고 늘 하는 일이었다. 그렇게 찍은 사진을 독지가들에게, 아이들이 손수 쓴 카드와 함께 보냈다. 카드도 직접 만들어야 해서 겨울이면 아이들 손가락에는 풀과 반짝이가루들, 칼이나 가위가 엇나가 생겨난 깊고 얕은 상처들이 남았다. 그녀는 사진에서 고아원의 가장 높은 방에 쳐져 있는 커튼을 눈여겨보았다. 누군가를 유혹하듯 살짝 열려 있는, 아직도 어떤 용도로 쓰이고 있는 듯한 창고들을 보았다. 아주 늙은 수녀님이, 찬모의 편지가 아니라면 건

강에 이상이 있는지 도무지 알 수 없는 형형하고 여전히 어쩐지 독살스러운 눈빛의 수녀님이 한 손으로는 한 아이의 손을 꼭 잡은 채 서 있는 것을 보았다. 고아원 처마 옆으로는 황량한 들판이 있었다. 이제 수확을 마쳐 더이상 감출 비밀도 숨길 아이들도 없는 옥수수밭이었다. 사람들이 돈을 보내지 않자 사진을 보낸 걸까, 아직 신년은 멀었는데. 그 모든 것들은 왠지 그녀를 부끄럽게 했다. 돈이 들어오지 않으면 찬모는, 이 수치심 모르는 찬모는 맞춤법에도 맞지 않는 편지들과 사진들로 계속 동정을 구하겠지. 그녀는 그건 안 될 일이라고 생각했다. 하지만 그녀가 무엇을 할 수 있을까. 얼마를 보낼 수 있을까, 이십만원, 무리해서 삼십만원, 보증금에서 이달 치 방세를 떼라고 하면 오십만원. 그러면 더이상 편지가 오지 않을까.

히터를 틀지 않아 공기는 찼는데 발치에 놓인 전기난로에서 따뜻한 기운이 올라왔다. 어린 시절, 아궁이 주변에서 애들이랑 감자나 고구마 따위를 구워먹던 때처럼 몸이 풀리면서 졸음이 쏟아졌다. 그때도 애들은 누가 옥수수를 꺾었는지 시시덕거렸고 혹시 수녀님이 나타나지 않나 누군가 망을 봤다. 겨울 아궁이 앞에 모이는 건 연례행사처럼 이어졌지만 참석 인원은 해마다 줄어들었다. 가장 오래 그 앞을 지킨 아이는 그녀였다. 홀로 남은 그녀는 쇠꼬챙이로 아궁이 안을 들쑤시면서 가뭇없이 사라지는 연기들을 지켜보곤 했다. 그녀는 정말 아이들이 다 사라지고 말았다고 생각했다.

그녀는 병원 메모지에 편지를 쓰기 시작했다. 어디까지 했더라, 맞아, 옥수수 이야기를 해야지. 수녀님, 올해도 옥수수 농사는 잘되었나요. 그 옥수수밭에 들어가보셨어요? 거기 들어가면 시야를 완전히 가릴 만큼 옥수수들의 잎이 푸르고 높았는데요. 옥수수밭에서는 여전히 고아원 지붕이 보이지만 그곳은 아주 다른 세계, 다른 별이에요. 그곳에서 애들은 이런 이야기, 도무지 말이 되지 않는 얘기를 해요. 고아원 개들이 왜 자꾸 죽는지 알아, 누가 물으면 수녀님 때문이야, 하고 다른 애가 말해요. 수녀님은 강아지들이 다 크기 전에 강아지들을 죽인단다, 그리고 또다른 강아지들을 사오지. 정말 말도 안 되는 얘기 아닐까요. 저는 이제 그 말을 전혀 믿지 않아요. 그 말들 때문에 악몽을 꾸지도 않아요. 다만 이런 말만 믿지요. 고아원이 너무 어려버렸읍니다, 문을 닫게 생겼읍니다, 수녀님이 앓고 계십니다. 그런데 아이들은 모두 어디로 사라졌어요? 그 작은 공간은 왜 사랑과 평화가 넘치는 동화 속 세상이 되지 못했어요? 수녀님이 몰인정했기 때문이었어요? 우리가 나쁜 아이들이라서 그랬어요?

누군가가 데스크를 두드렸다. 고개를 들어보니 아까 구두를 찾아갔던 여자였다. 그녀는 여자가 그사이 아주 늙은 것 같다고 생각했다. 몇 시간 만에 어떻게 저렇게 늙어버린 것일까. 여자가 구두를 잘못 찾아갔다고 말했다. 하지만 아까 신어보고 가져갔잖아요, 그녀가 말했지만 여자는 단호하게 고개를 저었다. 그녀는 하는 수 없이 탈의실에 가서 다시 구두들을 꺼내왔다. 여자는 의자에 앉아 구두들을 내려다보다가 그중 하나를 들었다. 여자의 손등은 잘못 찌른 주사 자국으로 부풀어 있었고 목 언저리에는 엉성하게 바느질된 헝겊 인형처럼 수술 자국이 남아 있었다. 그녀는 여자가 너무 추워 보여서 덮고 있던 담요로 감싸주었다. 저번과 달리 여자는 순순히 그것을 덮었다. 그리고 그녀가 구두 신는 것을 도와주려고 일어섰을 때 여자의 모자가 마치 흘러내리듯 벗겨졌다. 머리카락이 모두 빠진 머리통은 아이처럼 작았다.

"정말 닮으셨어요.""내가 누구랑 닮았어?""저희 수녀님이랑요, 절 키워주셨거든요." 그녀가 까맣게 변한 여자의 손톱들을 살폈다. 그중 몇 개는 아예 빠져 있었다. "어머니랑 다름없네.""그런데 왜 이렇게 젖으셨어요?""옥상에 올라갔다 왔어요, 답답해서." 여자는 구두를 바꿔가며 신었지만 발이 부숭부숭하게 부어 들어가지 않았다. 그녀는 여자의 발이 몸집에 비해 비대해져 있다고 생각했다. 항암제 때문일까, 그런데 저런 변화가 몇 시간 만에 일어날 수 있는 걸까, 여자는 지금 혹시 위급한 상태가 아닐까, 의사를 불러야 하는 게 아닐까. 그녀는 그런 생각을 하면서도 구두를 신으려는 여자를 돕기만 했다. 무릎을 꿇고 여자의 발을 가져다 구두 속으로 밀어넣었다.

"아가씨, 나는 하느님만 섬기며 아주 착하게 살았어, 그런데 결국 이렇게 되었어. 죽을 때가 되었어.""저희 수녀님도 아프시대요. 고아원은 문을 닫을지도 모르고요, 고아원이 문을 닫으면 안 되는데." "고향을 잃어버리는 것이나 마찬가지지, 그러면.""그러게요." 그녀는 정말 흉측한 발이야, 하고 생각했다. 마치 썩은 나무뿌리처럼 울퉁불퉁하고 거칠잖아, 뽑힌 발톱에서는 아직 진물이 멈추지 않고. "그런데 안된 것도 아니에요. 모든 것에는 끝이 있으니까요.""아가씨는 지금 내가 죽을 거라는 말을 하고 있는 거야?""아니, 아니에요. 그런 말은 마세요.""아아, 아파, 그건 내 구두가 아닌가봐.""그럴 리가 없어요!" 그녀가 좀 화가 난 사람처럼 소리쳤다. "나머지는 다 낡은 구두였어요, 청색 구두였다고요." 그녀가 소리지르자 여자는 좀 나긋나긋해졌고 그녀가 만지는 대로 발을 내버려두었다. 그녀는 여자의 발

을 구두에 넣고 다시 빼고 발가락을 구겨서 다시 넣고 구두의 양옆을
잡아당겼다. 여자는 발이 아픈지, 아니면 무언가 아주 슬픈 일이 생겼
는지 훌쩍거리기 시작했다. "죽지 않을 거야, 돌봐야 할 아이들이 있
는데." 그녀는 이제 대답조차 하지 않고 이게 왜 안 맞지, 왜 안 맞지,
하면서 구두와 여자의 발을 누르고 주무르면서 신발 신기는 일에 몰
두하고 있었다. 그러다 구둣주걱이 필요하다는 생각에 다시 탈의실에
다녀왔을 때 여자는 의자에 없었다. 엘리베이터가 올라가 이십삼층에
멈추는 것이 보였다. 그녀는 구두들을 챙겨 엘리베이터에 따라 탔다.
이십삼층에 내려 여자를 찾았지만 여자는 보이지 않았다. 대신 누군
가가 비상계단으로 올라가는 것 같았고 여자의 뒷모습이 좀 보인 것
같았다. 그녀는 병원 복도를 걷다가 구두들을 들고 가는 게 쉽지 않아
서 그중 한 켤레를 신었다. 구두는 발을 꽉 죄었고 그 긴장으로 몸이
길게 늘어나는 것 같았다. 그녀가 비상계단으로 접어들었을 때 순찰
중이던 그와 부딪혔다. "여자가 올라갔죠?" 그는 구두를 마치 암탉이
낳은 달걀처럼 소중히 안고 있는 그녀를 보았다. 옥상에서부터 천천
히 내려왔던 그는 누구도 만난 적이 없었다, 그녀 말고는.

　"구두를 찾아줘야 하거든요." 그녀는 그가 왜 빨리 대답하지 않는
지 속상해하면서 말했다. "환자분을 만났어요? 이 위층으로 올라갔고
요?" 그녀가 확신에 차서 고개를 끄덕였다. 그가 자기도 순찰중이고
계단으로 올라가야 하니까 함께 가보자고 했다. 그가 앞장섰고 그녀
가 구두를 여전히 소중히 안은 채 따라 올라갔다. 건물의 저 밑에서는
바람이 웅웅─ 누군가가 아주 낮은 톤으로 말하는 것처럼 소리들을
몰고 올라왔다. 내려다보면 나선형으로 휘어져 내려가는 붉은 난간들

만 보였다.

몇 층 지나지 않아 옥상이 나왔고 여자는 없었다. 그가 목에 걸고 있던 순찰시계에 열쇠를 꽂고 돌려 순찰시간을 기록했다. 옥상의 공기는 아주 차서 한기가 마치 연극이 끝난 뒤의 휘장처럼 그녀를 덮었다. 하지만 그녀는 아궁이 앞에서 불을 쬐었던 어느 날처럼 도리어 긴장이 풀렸다. 내 모습을 좀 보라지, 얼마나 바보 같아, 그녀가 생각했다. 그가 합합, 기합소리를 내면서 팔운동을 했다. 그리고 그녀를 잠깐잠깐 곁눈질했다. "꿈을 꿨어요?" 그녀는 그 모든 것이 꿈은 아닐 테지만 그녀가 지금 들고 있는 구두는 한 켤레뿐이라는 사실을 덤덤히 받아들였다. "여기 전경 끝내주지 않아요?" 그녀는 옥상 난간으로 다가가 저 아래에서 아주 능숙하게 상승과 하강을 반복하는 빛, 어둠을 뚫고 어디론가 향하기 위해 안간힘 쓰고 있는 서울의 별들을 내려다보았다.

"도어맨 사무실은 지하 오층에 있거든요, 배관이며 수로며 전기 배선이며 머리 위로 다 드러나 있는 아주 지하에. 거기 있으면 내 인생이 아주 어두컴컴해지는 것 같거든요. 그럴 때 여기로 올라오면 아, 사는 것도 한번 해볼 만하다 생각이 들어요. 내가 원해서 태어난 건 아니지만 어차피 한 번뿐인 인생인데 열심히 살아보자. 그런 생각 안 들어요? 간호사님. 우리라고 계속 이렇게 살라는 법 있어요? 지금 우리가 보고 있는 저 별들도 죽고 태어나고 한다는데 말이에요." "정말이에요?" 그녀가 묻자 그가 도리어 "네?" 하고 되물었다. "별도 태어나고 죽는다면서요." "아 그거, 텔레비전에서 봤어요. 그러니까 저기 저 별들한테도 마지막이란 게 있단 거예요. 내일이면 꼴까닥하는 별일지도 모른다는 거죠, 그러면 우리가 마지막으로 저 별을 본 사람들이고요.

운이 좋네요." "운이 좋다고요?" "좋죠, 좋다고 생각해요, 까짓것."

한강을 지나는 다리 조명이 소등시간에 맞춰 꺼졌고 그녀는 정말 내일이면 사라질지도 모르는 어떤 세계에 대해 생각했다. 그건 그녀의 시야를 가리던 옥수수밭으로부터 멀지 않은 세계, 아주 낯익고 피해 갈 수 없는 어떤 치명적인 상처를 지닌 세계였다. 꺼져가는 세계였고 죽어가는 세계였다. 그가 제자리에서 폴짝폴짝 뛰며 운동을 하다가 물구나무를 서 보이고는 그녀에게 "어때요? 굉장하죠?" 하고 물었다. 그녀는 팔이 떨리기는 하지만 제법 오래 버티고 선 그를 바라보다가 바람처럼 잠깐 웃었다. 그리고 욱신욱신 발을 아프게 했던 구두를 벗어 맨발 옆에 내려놓았다.

그녀가 마지막으로 뜯어본 편지에는 옥수수밭에 불이 났습니다, 하고 적혀 있었다. 하지만 고아원은 안전합니다, 라고. 아무 걱정 마십시오, 찬모가 이어 말했다. 그녀는 사라져버린 옥수수밭을 상상하며 놀랐지만 이내 담담해졌다. 다만 안전하다는 말, 그 말이 낯설어 자꾸 읽어보았다. 고아원에서 오는 편지들은 그뒤로 우편함에 쌓이다가 버려졌다. 고아원은 정말 문을 닫았을지도 모르고 아주 안전할지도 모르지만 어느 편이든 그녀가 무엇을 잃는 건 아니라고 생각했다. 싱싱한 잎들이 엄청난 기세로 자라나 마치 이 별에 그 세계밖에 없는 것처럼 뒤덮던 여름의 옥수수밭도 겨울이 되면 모두 사라지고 만다. 그리고 그 순환은 뜻하지 않은 시점에 정지되기도 하는 것이다. 그녀와는 아무 상관 없이.

홀에는 더이상 자기 구두를 찾는 사람이 없었다. 주인을 잃어버린 구두들은 어두운 보관소에 아직 남아 있고 어쩌면 상당한 기간, 늙은 주차원이 더이상 그런 것들을 보관할 수 없을 때까지 남아 있어야 할지도 몰랐다. 도어맨인 그는 겨울이 깊어지자 금빛 단추가 달린 코트를 지급받아 입었다. 무척 과장되게 빛나는 단추들인데도 그녀는 그가 웃으며 문을 열어줄 때, 혹은 아침 인사를 할 때 살그머니 열린 문의 각도만큼 어떤 다른 세계가 펼쳐진다고 생각했다. 물론 그것을 내색하지는 않았다. 아마도 그녀는 상심한 그가 장난감 병정처럼 사랑을 앓다가 지쳐 고백해오길 기다리는 것일지도 몰랐다. 여기는 거대한 병원이고 아프지 않은 사람은 없었으니까. 모두가 불완전했고 그것만은 공평했으니까.

그녀는 환자들을 데리고 이동하다가도 여전히 길을 잃곤 했다. 장례식장과 산부인과, 치의학과와 방사선과, 재활의학과, 식당 사이 어딘가에 있어야 할 목적지들은 마치 이 빠진 옥수수처럼 비어 있곤 했다. 당황한 그녀가 복도 어디쯤에서 위치를 가늠하고 있으면 환자들은 저마다 자기들의 불행에 빠져 있다가 문득 잠에서 깬 얼굴로 지금 어디 와 있는 거예요? 하고 물었다. 때론 그 답을 알고 때론 그 답을 몰랐지만 아무튼 중요한 건 아직도 에메랄드빛 유니폼을 벗지 못한 그녀가—그러나 그것이 그녀에게서 어떤 빛을 완전히 앗아가지는 않은 채로—그 겨울의 어느 날처럼 어딘가를 향해 여전히 걸음을 옮기고 있다는 사실이다.

* 간호 업무에서 외래 담당과 병동 담당의 업무를 구분하지 않은 것은 소설적 설정으로 실제 종합병원의 상황과는 다르다.

보통의
시절

성탄절에 가족들이 만나는 것은 나쁘다. 사 년 만이라면 더 그렇다. 심장이 얼어붙을 것 같다. 하지만 심장이 그렇게 쉽게 얼어붙지는 않지. 어려서 큰오빠가 무서워 심장이 멎을 것 같다가도 시간이 지나면, 큰오빠의 화가 가라앉으면 우리는 다시 심상하게 모여 아이스크림 같은 것을 먹었으니까. 그것은 심상한 일이었다. 심상한 분노, 심상한 공포, 심상한 회복, 심상한 단맛.

　그 시절 나는 큰오빠를 괴물이나 마귀, 악당이라고 생각했고 좀 커서는 그냥 샐러리맨이라고 생각했다. 마귀에서 샐러리맨까지는 간격이 큰 듯해도 살다보면 거기서 거기라는 걸 알게 된다. 그렇게 못 되면 그것이 더 나쁜 일이다. 내 경우가 그렇다. 여덟 살부터 마흔 다 된 지금까지 학교를 다니니까. 물론 학생이기만 하지는 않고 가르치기도 한다. 대학에서 가르치고 싶지만 지도 교수가 죽지 않고 선배들도 죽지 않아서 내 차례는 안 온다. 그래서 공부방을 한다.

하지만 난 스스로 선생이라 생각하지 않고 어른이라 여기지도 않는다. 나는 배우는 사람이고 배우는 사람은 순진무구한 사람이다. 순진무구한 사람은 나이가 들어도 아기 같은 사람이다. 상준이에게 이렇게 얘기하면 걔는 이게 뭐가 대단한 말인 줄 안다. 적어도 상준이에게는 그런 공손함이 있다. 아, 아줌마 왜 그래요, 아, 구려 냄새나, 하다가도 내가 좀 근엄하게 그게 그런 거야, 사는 이치야, 하면 진지한 얼굴로 고개를 끄덕인다.

상준이는 우리 공부방 첫 졸업생이다. 열심히 챙겼지만 대학을 못 갔고 올해도 다르지 않아서 한동안은 애프터서비스를 해야 할 것 같다. 다른 친구들은 다 대학을 가서 놀 사람이 없는지 하루가 멀다 하고 찾아온다. 우리집에 죽치고 앉아서 공부방 중학생들을 가르치기도 한다. 그렇다 해도 얘를 이 자리까지 달고 올 필요는 없었는데, 이게 무슨 짓인가. 하지만 혼자 있기 싫다는 상준이를 뿌리칠 수는 없었다. 오늘은 성탄절이니까.

"여기 있는 게 편하겠지?"

"편하니까 천천히 와요. 여기 있을게."

"갔다 와서는 영화를 보자."

"추로스도 먹고요."

"그래, 추로스."

그 길고 찐득하고 기름진 과자를 상준이는 왜 좋아하는지 모르겠다. 오래 들고 있으면 있을수록 기름이 배어나오고 식으면 마치 종이를 씹는 듯한데. 아무래도 맹숭맹숭한 것이 맛이 무료한데 공짜로 줘도 먹을까 말까 한 맛인데.

처음 약속을 잡을 때만 해도 언니는 오랜만에 집밥을 먹자고 했다. 어쩌면 나올 수 없어서 그랬는지도 몰랐다. 언니는 언젠가부터 사람 많은 데를 가면 식은땀이 흐르고 심장이 뛰어서 대중교통을 못 탔다. 백화점도 한적한 오전에만 간다. 그런데 언니가 최종적으로 정한 약속 장소는 여기 구리의 고향삼계탕이다. 여기는 언니네 집도 아니고 우리만의 추억이 담긴 장소도 아니고 맛집 같지도 않다. 그냥 여기는 그냥 여기인 것 같다. 사 년 만에 가족들이 아무 기대 없이 만나는 그냥 그런 곳같이 생겼다.

식당 안으로 들어가자 계산대를 보던 아줌마가 이제 다 오셨네, 했다. 큰오빠가 이미 취한 얼굴로 앉아 있고 언니가 주방을 향해 닭 올려요, 하고 일렀다. 그런 언니는 벌써 어떤 것들에 들볶인 얼굴이다.

삼계탕이 나왔지만 젓가락이 안 간다. 언니, 오빠들의 얼굴을 보니 우리는 아주 닮았구나 하는 생각만 든다. 이렇게 단춧구멍처럼 작은 눈들을 하고, 복 없는 좁은 턱과 불거진 광대를 하고 사 년 동안 다들 어떻게 지냈나. 아예 연락을 끊고 산 사람은 큰오빠였다. 퇴직하고 작은 사업을 벌이다 실패하더니 오늘 이렇게 나타날 때까지 소식이 없었다. 술이 더 나오고 잔이 채워졌다. 작은오빠가 소주잔을 한 번에 들이켰다.

"왜 술을 안 해?"

"차 가져왔어, 운전해야 해. 언니는 뭐 타고 왔어?"

"택시 탔어."

"왜 시골짝 식당을 잡았어? 유명한 식당 같지도 않은데."

"우리 동서가 하던 데잖아, 거의 접었어. 어디 조용한 데서 보고 싶

어서, 닭장에 닭도 남았다 하고. 지금 먹는 게 마지막 닭이야. 다 죽었
어, 이젠 없어. 근데 그게 문제가 아니다."

언니가 얼른 냅킨으로 코를 막았다. 닭장을 비워야 했다고 심드렁
하게 말할 때는 언제고 갑자기 눈물바람인가.

"나 다음주에 수술받는다."

큰오빠가 말했다.

"어디가 아파서요?"

"암이야."

"암이요? 무슨 암?"

"위암."

언니가 울지 말았으면 했다. 언니가 시끄럽게 코를 풀며 우니까 집
중이 안 된다. 어쩌면 언니는 큰오빠 말을 귀담아듣지 않으려고 저렇
게 소리를 내서 우는 건가. 언니는 큰오빠와 나 그리고 작은오빠가 사
업도 망하고 취직도 못하고 이혼도 당하는 동안 단 한 번의 부침도 겪
지 않은 사람이었다. 우리가 힘들 때 시원하게 도와준 적 없었고 호들
갑스럽게 반응만 했다. 우리보다 더 느꼈다. 불안과 공포를. 그런 면
에서 언니는 몽상가 기질이 있다. 불안과 공포를 몽상한다.

어흑어흑어흑, 언니가 계속 울었다. 나는 너무 익어서 군내가 다 나
는 열무김치를 들고 아줌마에게 이것 좀 가져가라고 했다. 졸고 있던
아줌마가 와서 멀뚱히 서 있기에 좀 먹을 수 있는 걸 내오세요, 했다.

"다 먹죠. 다른 손님 다 맛있다던데."

"그렇게 맛 간 걸 어떻게 먹어요?"

"아유, 이 정도는 보통 사람들 다 먹어요."

210

"그러면 그 사람들한테나 내놔요. 우리는 못 먹으니깐."

언니가 날 도왔다.

"은숙아."

큰오빠가 언니를 불렀다. 목이 잠겨 있었다.

"네가 그렇게 우니까 오빠 마음이 아프다. 울지 마라. 수술하면 된다니까."

"모르는 소리 말아요, 오빠. 암 그거 열어봐야 아는 거예요. 나 아는 사람도 열어보고 다 번져서 얼마 못 살고……"

작은오빠가 누나, 그만 좀 해, 하고 나직하게 말했다. 넘치지도 덜하지도 않게 아주 적당한 톤이었다. 그러게 위로해도 시원치 않을 마당에 누구를 벌써 황천길로 보내려고. 언니는 주위를 한번 둘러보더니 손수건으로 얼굴을 닦았다. 그런데 다 망했다는 큰오빠가 무슨 돈으로 수술을 할까. 혹시 치료비가 필요해서 모이자고 했나.

"암 선고받고 생각해봤다. 내 인생이 왜 이렇게 됐나 하고. 그리고 니들을 부를 생각을 했지. 김대춘을 만나러 가려고."

"오빠, 뭐요?"

언니가 놀라서 되물었다. 내가 잘못 들었나? 김대춘은 보일러실에 불을 질러 부모님이 운영하던 목욕탕을 전소시킨 사람이었다. 목욕탕 근처의 역에서 생활하던 노숙자였다고 했다. 그렇게 부모님이 세상을 떠나고 큰오빠는 열여섯 살에 가장이 되었다. 1982년 당시에는 꽤 이슈가 된 일이라고 했지만 나는 겨우 걸음을 걸을 때라 잘 알지는 못했다.

그래도 김대춘이라는 이름을 기억하는 건 크리스마스카드 때문이었다. 성탄절마다 큰오빠가 김대춘에게 크리스마스카드를 쓰라고 했으니까. 황당하고 유치하지만 큰오빠는 카드에 '우리가 널 죽이러 가겠다'라고 쓰라고 했다. 좀 이상하고 무서운 말이기는 하지만 오빠가 그러라니까 우리는 잠자코 그렇게 썼다. 우리가 널 죽이러 가겠다. 카드 앞면에는 뚱뚱한 눈사람이 고깔모자를 쓰고 루돌프는 빨간 코를 반짝이는데 널 죽이러 가겠다. 색동 한복을 입은 아이들이 연을 날리고 썰매를 타는 어린애들이 해 가는 줄을 모르는데 널 죽이러 가겠다. 새해 복을 많이 받고 만수무강해야 하는데 널 죽이러 가겠다. 아마 그 카드들은 검열을 통과 못하고 다 버려졌겠지, 답장도 반송도 없었으니까.

"형, 김대춘을 어떻게 만난다는 거야?"

"나왔단다, 내가 알아봤어."

언니가 약을 꺼내 삼켰다. 언니는 왜 몹쓸 병에 걸렸을까. 몽상가이기 때문이다. 가진 게 많은 사람은 여유가 있고 여유가 있으면 몽상이 생긴다. 가진 게 많으니까 지킬 게 많고 지킬 게 많은 사람은 불안하니까 몽상은 불안을 먹고 자란다. 우리 부모가 그렇게 떠나버린 일도 언니의 몽상을 키웠을 것이다. 언니는 큰 탕이 네 개나 있었는데도 불이 번졌다고 한탄했다. 그렇게 물이 남아도는 목욕탕에서도 불이 나 죽을 수 있다는, 사는 게 그렇게 우습다는 언니 말은 매번 아주 지독한 농담처럼 들렸다.

"난 안 가요, 안 가."

언니가 몸을 밖으로 틀었다. 나도 가고 싶지 않았다. 난 부모님 얼굴이 기억나지 않고 부모를 사랑한다거나 귀여움을 받는다든가 하는 감정들에도 실감이 없으며 특별한 원한 같은 게 남아 있지 않았다. 김대춘은 내게 원수라기보다는 그냥 살인자였다. 성탄 카드를 쓸 때 언니, 오빠들과 공유했던 증오나 원망, 복수심도 흉내낸 것에 불과했다. 큰오빠가 안다면 뒤로 나자빠질 일이지만 당시 유행하던 홍콩 영화 특유의 과장된 연기 같은 것이었다. 복수는 장국영이나 주윤발 같은 애들이나 하러 가는 거지, 우리가 왜 가? 이제 와 어쩌려고. 김대춘이 보고 싶으면 혼자서 가면 되지, 왜 우리더러 가자고 해?

"갑시다, 형. 소원이면 가야죠."

작은오빠가 결론을 내렸다. 언니는 설득이 되지 않았고 내 차를 써야 하니까 나는 반드시 가야 한다고 했다. 싫다고 했지만 결국 가는 도중에 언니를 내려주고 나는 일산까지만 같이 가기로 했다. 언니는 김대춘이 일산에 산다니까 제깐놈이 무슨 돈이 있어서 일산엘 사느냐고 화를 냈다. 주소가 아파트예요, 어디예요, 묻더니 큰오빠가 아파트라고 하자 언니는 다시 손수건으로 얼굴을 닦으며 울었다. 엄마, 아빠를 찾으며 울었다. 우리는 침통해졌다.

아홉시가 다 되어서 우리는 출발했다. 상준이는 큰오빠와 작은오빠 사이에 불편하게 끼어 앉았다. 일산으로 간다고만 하고 누구를 만나는지는 상준이에게 말하지 않았다. 가는 동안은 큰오빠만 떠들었다. 전신 CT를 찍으려고 촬영실에 누워 있는데 다른 생각은 안 나고 자기가 추운 날 무슨 일인가로 우리를 골목으로 내쫓았던 기억만 떠올랐다고 한다. 벌을 세우고 불러들이자 우리 손이 다 곱아서 펴지지가 않았는데 그 와중에도 내가 깔깔대며 웃었다고 했다. 촬영실이 추

워서 그랬나보다고. 손이 곱을 정도로 추워서 몸이 떨리는데 귓가에
는 어린애의 웃음소리가, 영하의 날씨에 내복만 입고 내쫓긴 어린 동
생의 웃음소리가 떠나지를 않았다는 것이다. 그렇게 내쫓긴 것쯤은
아무것도 아니지, 나는 속으로 생각했다. 우리가 큰오빠한테 얼마나
맞았는데.

"아, 겨울인데 너무하셨네요."

그나마 상준이가 대꾸를 했다.

"왜 그러셨어요?"

"잘되라고 그랬지. 부모 없다고 돼먹지 않게 자라면 안 되니까. 그
래서 그랬어, 내가 그랬어."

말투가 평소와 다르게 힘없고 좀 착잡한 것 같아서 큰오빠가 아프
다는 게 실감났다. 그러게 그렇게 아픈 몸으로 김대춘을 만나서 어쩌
자고 가자는 건가, 죽일 것도 아니면서. 정말 죽이기라도 하는 날에는
큰일이긴 하지만. 큰오빠는 자기가 감상적이다 싶었는지 정치니 경제
니 하며 화제를 바꿨다. 상준이는 그런 건 잘 모르니까 듣고만 있었다.

"근데 그쪽은 학생인가?"

"재수생이요. 아니, 이제 삼수생이요."

"과는 뭘 가려고?"

"건축학과요."

큰오빠는 건축학과? 하더니 반가운 듯이 내가 건축학과 85학번이
잖아, 했다. 그리고 누구인지 알 수 없는 건축가들을 지루하게 설명했
다. 재미가 없었다. 하기는 살인자를 만나러 가는데 무슨 이야기인들
재미가 있을까 싶었다.

"웃긴 얘기 하나 할까? 내가 다닌 대학 건축학과 건물이 날림으로 지어졌거든. 철근 제대로 안 쓰고 콘크리트 강도도 무시하고 지었어. 칠팔십 년대 건물 중에 그런 거 많았어. 그러니 백화점도 무너지고 다리도 무너지지. 아직도 무너질 건물 많다. 도시 전체가 허깨비야. 나는 알지, 건설회사에서 이십 년 일했으니까. 아무튼 그때 우리 과 교수들은 지진계를 자기 방에 갖다놨어. 건물이 흔들려서 언제 무너질지 모르니까 여차하면 뛰쳐나가려고. 안 믿기지? 그때는 그런 일이 흔했어. 근데 어느 해엔가 신입생 입학시험을 우리 건물에서 본 거야. 애들이 한꺼번에 계단을 올라가는데 건물이 흔들리는 거야. 우리는 느끼는 거야. 무너지면 몇 명이 죽는 거야? 고등학생 수백 명이 죽는 거야.

학과장이 진땀을 뺐어. 시험 보다가 무너질까봐. 시험 다 끝나고 학과장한테 가서 교수님, 신경쓰지 마세요, 시험 끝나고 애들도 다 돌아갔어요, 했거든. 그러니까 학과장이 사색이 되어 있다가 그래, 남조교, 애들은 애들이고 남조교, 이 건물이 무너지면 가장 걱정되는 게 뭔 줄 아나? 사람 죽는 게 가장 걱정되죠, 그러니까, 학과장이 아니 그것도 그런데 생각해보게 남조교, 건축학과 건물이 무너졌다고 생각해보게. 교수들은 뭐가 되고 여기서 배우고 나간 졸업생들은 뭐가 되나? 선생질하겠나? 취직이나 되겠어? 산 사람은 살아야 하는데 어디가서 명함이나 내밀겠냐고?"

모두 웃었다. 이런 긴장 속에서 어떻게 웃을 수 있는지 몰라도 교수는 뭐가 되고 졸업생들은 뭐가 되나에서 웃음이 터졌다. 언니를 내려주려면 서초에서 빠져야 했지만 웃느라 지나치고 말았다. 하기는 그러고 싶은 마음도 별로 없었다. 왜 늘 언니만 쏙 빠지는가. 김대춘을 보러는 안 가도 나와 함께 차에 남아 오빠들을 기다리기는 해야 할 것 아닌가. 전혀 상관없는 상준이도 일산을 가는데 언니가 뭐라고 빠져? 한소리 들을 줄 알았는데 막상 이렇게 되니까 언니는 일산까지 가보겠다고 했다. 아마 웃음 때문일 것이다. 같이 웃거나 같이 울고 나면 긴 공백을 뚫고 친밀감이 되살아나니까.

일산으로 접어들면서 우리는 긴장으로 다시 말을 잃었다. 인조 풀장이 있는 놀이공원을 지나 우리는 거기서 거기인 듯 보이는 아파트 단지들을 돌았다. 안온하고 가정적인 분위기의 베드타운이었다. 여기에는 베드만 있고 살인자는 없을 것 같았다. 김대춘이 산다는 아파트로 들어서자 언니가 소형 평수네, 하며 차창을 내렸다.

"십오 평도 안 돼 보여."

김대춘 집이라는 207호에는 불이 훤하게 켜져 있었다. 큰오빠가 내릴 준비를 하면서 선선히 문 열어주지는 않을 테니 야식 배달 왔다는 말로 속여야겠다고 했다. 하지만 큰오빠는 모직코트에 양복 차림이었고 작은오빠는 때늦은 바바리 차림이었다. 속을 리가 없었다. 작은오빠가 차라리 이층이니까 베란다 쪽으로 기어올라가보자고 했다. 그것도 말이 안 된다. 힘들고 날이 추워서 아예 매달리지를 못할 테니까. 우리는 상준이가 있다는 것도 잊고 대체 그놈의 원수가 어떻게 하면 현관문을 열지 의논했다. 내가 자꾸 안 된다고 하니까 큰오빠가 그러면 어쩌자는 거야? 하면서 화를 냈다.

"제가 할까요?"

상준이가 우리 이야기를 이렇게 저렇게 생각하며 듣는 것 같더니 이윽고 물었다.

"점퍼랑 모자랑 딱 알바생 느낌인데."

그렇기는 했지만 상준이를 보낼 수는 없었다. 늙고 병들어 풀려났다고 해도 살인자는 살인자니까.

"그럼 그렇게 하지 뭐."

큰오빠가 반색했다. 내가 안 된다고, 상준이는 끌어들이지 말라고 말렸지만 소용없었다.

"일단 현관문이 열리면 학생은 차로 돌아와서 기다리면 돼. 어린 친구가 험한 꼴 볼 필요 없이."

"험한 일이 있어요?"

"……말이 그렇다는 얘기야."

상준이와 오빠들이 아파트 안으로 들어가자 언니는 전화를 걸어 조카들의 귀가를 챙겼다. 평소와 다르다고 느꼈는지 막내 조카가 엄마 어디 아파? 하고 묻는 소리가 전화기 너머로 들렸다.

"기뻐서 그래. 이모랑 외삼촌이랑 만나서 좋아서. 응, 그래, 내일 또 가봐야지. 공항철도 타러 가야지."

언니는 아무렇지 않은 듯 대화하다가 끊을 때쯤에는 울먹울먹했다.

"공항철도는 왜?"

"요즘 애플이랑 전철 타기 연습을 해, 의사도 그러라 하고. 공항철도는 좀 한산하니까."

"너무 신경쓰고 살지 마. 그만하면 괜찮잖아. 언니보다 못하게도 다 사는데."

"그 사람들처럼 못살게 될까봐 그러니, 내가?"

"그럼?"

언니는 한참 말이 없다가 춥다고 한마디 했다.

"사람 사는 거 다 거기서 거기지. 뭐 다르다고?"

"그건 네가 세상을 한 면만 봐서 그렇고. 다 안 그래. 안 그렇게 살 수 있어. 네가 몰라서 그렇지. 모르는 사람들이나 자기 위안으로 그렇게 생각하지. 안 그래."

언니는 마치 내가 맛보지 못한 어떤 좋은 음식을 가리키듯 말을 아껴가며 했다. 그때 상준이가 경중경중 뛰며 아파트에서 나왔다. 오빠들은 집안으로 들어갔나 했는데 곧 뒤따랐다. 인터폰에 불이 잠깐 들어오긴 했지만 기척이 없다고 했다.

"갑시다, 가요."

언니가 추운지 목소리를 떨었다. 오빠들은 말이 없었고 상준이는 룸미러를 보면서 한동안 모자를 고쳐 썼다.

"학생은 집이 어디야?"

언니가 물었다.

"방배동이요."

"그러면 초등학교 어디 나왔어?"

"남선초등학교요."

"우리 아들이랑 동문이네."

"아드님도 남선 출신이에요?"

"응, 거기 공원 뒤쪽에 초등학교 있잖아."

"개구리색 체육복,"

"그래, 개구리색 체육복, 거기 나왔지. 지금은 대학 갔고."

"좋겠어요. 대학도 가고 엄마도 있고."

"학생은 엄마가 없어?"

"없어요, 죽었어요."

"저런."

"추우세요?"

상준이가 머플러를 풀어서 언니에게 건넸다.

"고마워."

큰오빠가 확실히 집에 있긴 있으니까 가서 정공법으로 문 열어라, 전과자 새끼야, 살인자야, 하겠다고 했다. 아파트 사람들 다 알게 되는 게 싫으면 틀림없이 연다는 말이었다. 정말 그게 통할까 싶었지만 이번에는 안 말렸다. 큰오빠는 뭔가를 하는 사람이지, 뭔가를 안 하는 사람은 아니니까.

"상준이는 여기 놔둬요."

나는 상준이에게도 가지 말라고 일렀다.

"학생은 학생이 알아서 해."

큰오빠가 그렇게 말하고 차에서 내리자 상준이와 작은오빠가 재빨리 뒤따랐다.

"왜 가니, 거기를 왜 가?"

내가 놀라서 불렀더니 상준이가 그러게요, 하고 답하면서 손을 흔들었다.

"아까는 맘이 약해져서 울긴 했지만 인간 말종이야. 난 오빠 무서워서 생리도 열여덟에 했다. 밥 못 먹고 잠도 제대로 못 자서 발육이 늦어서 내가 그 나이에 생리를 했어."

언니가 불안하다, 불안해, 하면서 진땀을 닦다가 대책 없는 인간이야, 제멋대로 하는 인간이야, 하면서 큰오빠를 욕했다. 언니가 화를 내자 차라리 마음이 편해졌다. 왠지 공포를 느끼는 사람을 보면 지은 죄도 없는데 죄책감이 든다. 그러니까 두려워하는 사람보다는 화난 사람 곁이 차라리 속 편하다.

"자기가 언제부터 부모 생각을 그렇게 했다고, 이 추위에 여기까지 와?"

"하기는 언니 말이 맞네. 제사도 안 지내면서."

큰오빠는 평생 화가 나 있는 사람이었고 부모에게도 마찬가지였다. 동생을 셋이나 낳아서 화나고 비명횡사해서 화나고 목욕탕을 해서 화났다. 양장점이나 금은방 같은 가게를 했으면 그렇게 죽지 않았을 거라고 했다. 어중이떠중이 다 몰려와서 때 벗기고 머리 감는, 문턱이 낮다못해 없다시피 한 일을 해서 이렇게 되었다는 것이다. 하지만 말은 바로 하라고 목욕탕은 문제가 아니지. 우리는 그 목욕탕으로 돈을 벌어서 집을 두 채나 샀다고 하니까.

"그리고 연주 이모, 너 연주 이모 기억하지?"

"그럼 기억하지."

"그렇게 부려먹은 이모를 그 인간이 어떻게 했는지도 기억하지?"

"어떻게 했는데, 자기가 도망간 거 아니었어?"

"그 착한 사람이 도망을 어떻게 가니? 너도 크고 식모는 이제 필요 없으니까 할머니가 알아봤다는 시골 재취 자리로 보내버렸다. 쉰이 다 된 사람이라는데 거기로 쫓아내다시피 했다가 한 계절 뒤인가 이모가 우리집에 거지꼴로 찾아왔는데 저 인간이 어떻게 한 줄 아니? 뺨을 몇 번이나 후려쳐서 내쫓았단다. 아이처럼 쬐그만 연주 이모 얼굴이 한쪽으로 완전히 돌아갔지. 큰오빠 저렇게 아프게 된 거 다 죄받은 거야."

그랬구나 하는 생각이 들자 이상하게 긴장도 사라졌다. 그렇게 된 거였구나, 그랬구나, 하니 긴장의 자리를 따끈한 분노 같은 것이 채웠다. 연주 이모는 부모님이 살아 있을 때 식모로 왔다가 우리가 서울로 온 뒤로도 십 년 넘게 같이 살았던 사람이었다. 착했지만 어딘가 좀 모자랐고 의지가지 할 식구가 없었다. 그래도 내게는 엄마 역할을 해준 사람이었는데 어느 날 말도 없이 사라져버렸다. 그때가 하필이면 중학생 시절이라 나는 아주 너덜너덜한 마음으로 사춘기를 보내야 했다. 그런데 이제 보니 날 그렇게 너덜너덜하게 만든 게 큰오빠였구나, 언니가 생리를 늦게 한 것도 큰오빠 탓이고, 작은오빠가 홀아비로 늙고 있는 것도 큰오빠가 하도 쪼다, 멍청이라 욕을 해서다. 그러면 우리의 원수는 큰오빠인가 싶은데 큰오빠는 김대춘이 원수라고 하고 사실 공식적으로도 그러니까 다시 원수는 김대춘이 된다.

"그건 그렇고 가봐야 하는 거 아니니? 전화는 왜 안 받아, 무슨 일 난 거 아니니?"

그렇게 욕할 때는 언제고 언니는 다시 불안에 떨었다. 몽상은 노래처럼 리듬이 있는 것 같았다. 멈추고 연속되고 하면서 주기를 만든다. 큰오빠는 우리 원수이지만 우리 가장이고 우리 가장은 인간 말종이지만 지금은 죽음과 신 앞에 선 가엾은 단독자이며 원수를 갚으려는 전직 샐러리맨이다. 그렇게 몽상하다 멈추고 몽상하고 몽상하다보면 그런 일들이 다 맨숭맨숭해지면서 그냥 그런 보통의 일이 된다. 샐러리맨도 보통이고 마귀도 보통이다. 인간 말종도 원수도 가엾은 단독자도 다 보통의 것, 그냥 심상한 것, 아무렇지 않은 것, 잊으면 그만인 것, 거기서 거기인 것들이다.

큰오빠에게 진작 이렇게 말했으면 일산까지 오지 않아도 되었을 텐데. 나는 어떤 중요한 사실을 깨달은 듯한 기분이 들었다. 누구를 용서하고 말고 할 것 없이 불행을 일반화, 불행을 평준화, 불행을 보통화해서 마음의 평화를 얻을 수 있다. 그런 건 큰오빠 말마따나 우리처럼 미천한 목욕탕집 네 남매나 할 수 있지, 마구간에서 태어난 예수처럼. 그렇게 누추한 곳에서 태어나도 예수는 세상이 끈질기게, 아주 끈질기고 한결같이 불행한 덕분에 신도 됐으니까. 그러고 보면 오늘이 어쩌면 신이 될지도 모르는, 인생을 새롭게 살 수 있을지도 모르는 절호의 기회인데 큰오빠는 바보처럼 일산까지 와서 김대춘이 사는 아파트 안에 들어가겠다고 저렇게 부산을 떨고, 한심하다, 한심해.

나는 큰오빠가 김대춘에게 폭력을 휘두르거나 해서 일을 크게 만들지 않았을까 걱정이 들었다. 그러면 오빠들도 오빠들이지만 상준이가 뭐가 되나. 걔는 아무것도 모르는데. 언니가 오빠들에게 다시 전화를 했지만 받지 않았고 우리는 더 기다릴 수가 없어 차에서 내렸다.

문은 상준이가 열어주었다. 집안으로 들어가니 한 늙은 남자가 오체투지를 하는 것처럼 바닥에 납작 엎드려 있었다. 얼마나 말랐는지 살구색 내복이 허물처럼 헐렁했다. 김대춘이냐고 묻자 상준이가 고개를 끄덕였다.

"근데 왜 저러고 있니?"

"넘어졌어요, 실랑이하다가."

혹시 머리를 부딪혀서 졸도하지 않았나 싶었는데 그런 것 같지는 않았다. 허물을 벗으려는 애벌레처럼 김대춘은 몸을 이리저리 틀었고 어구구구 하고 웅얼거렸으니까. 우리를 상대로 진을 빼느니 저렇게 이상한 자세로 버티는 편을 선택한 모양이었다.

내가 식탁에 앉자 큰오빠가 주전자에서 물을 따랐다. 김대춘은 저녁상을 못 치운 채 오빠들을 맞은 것 같았다. 포일로 감싼 생선이 접시에 놓여 있었다. 꽁치였다. 뚝배기에 들어 있는 건 갓김치였다. 갓김치는 연주 이모가 잘 담갔는데 그건 맛있어서, 너무 맛있어서 우리는 다 익기도 전에 먹어치우곤 했다. 신김치가 좋았던 연주 이모는 따로 제 몫을 남겨두었다가 자기만 익혀서 먹고. 그러다 더 익으면, 완전히 익으면 멸치 국물을 내서 지져 먹었지. 나는 신김치는 안 먹어도 그 찌개는 좋아했다. 그 시큼시큼하고 칼칼한 찌개맛은 연주 이모와 나만 알았다.

"이거 보리차야, 뜨끈뜨끈해."

우리는 이 집 주인인 양 식탁에서 보리차를 나눠 마셨다. 언니는 마시지 않겠다고 했다. 그게 뭔 줄 알고 먹어, 하면서 손을 내저었다. 집에는 김대춘 말고도 누군가가 있었다. 작은방을 열었더니 뇌성마비인지 몸이 뒤틀리고 얼굴도 한편으로 돌아간 여자가 거실로 나오려고 안간힘을 쓰고 있었다. 양말이 다 벗겨진 여자의 발이 눈에 들어왔다. 그렇게 된 발이 몸을 앞으로 밀기 위해 버둥대는 것이.

"안 되는데, 안 돼요."

상준이가 두꺼운 담요로 여자를 싸안았다. 그리고 아기를 들듯 조심스럽게 방으로 옮겼다. 이불을 더 꺼내 여자가 문 쪽으로 못 나오게 방 중간에 쌓았다. 나는 여기서 얼른 나가고 싶었지만 큰오빠는 우리가 들어오자 오히려 목소리가 높아졌다. 구구절절 신세한탄이었다.

"은숙아, 막내야. 이제 너희가 한마디 해라."

그만하면 됐는지 큰오빠가 말을 마쳤다. 언니는 답이 없었다. 아까부터 한 손으로 이마를 짚은 채 식탁에 기대 김대춘만 뚫어져라 보고 있었다. 그런 언니 얼굴이 뭐랄까, 너무 조용하고 미동이 없었다. 청색시대의 어떤 그림들처럼 창백하고 표정이 없고 우울이, 온도를 헤아릴 수 없을 만큼 차가운 우울이 있었다.

"은지 네가 해라. 참으면 나처럼 병 되니까, 일산까지 왔으니까 어서."

바통을 이어받은 나는 그러나 뭐라고 해야 할지 생각이 안 났다. 뜸 들이는 사이 작은오빠가 복도에 나갔다 왔고 고소한 담배 냄새가 났다. 나도 담배 한 대가 간절해졌다. 얼굴도 못 보게 저렇게 엎드려 있으니 말은 더 안 나왔다. 존대를 써서 물어야 하는지, 오빠들처럼 하대를 해야 하는지부터가 감을 잡을 수 없었다. 저 늙은이를 희롱하고 모욕하는 데 내게 얼마만큼의 지분이 있는지 가늠이 안 됐다. 김대춘은 자기가 당연히 그런 취급을 받아야 한다는 듯 엎드려서, 세상에서 가장 비천하고 두려움 있는 인간의 자세를 하고 있지만 그런 자세는 어딘가 과장되고 공격적이어서 도리어 모욕감을 느끼게 했다. 하지만 지금 이 상황에서 내가 왜 이런 걸 따지고 있나. 뭐 필요한 일이라고, 어서 말을 해야지, 하고 얼른 여기를 벗어나야지.

"그게 그때 그 크리스마스카드들은 받았을까……"

말을 내뱉자마자 후회했다. 받았을까라니 대체 누구에게 하는 말인가? 어구구구어구구구…… 김대춘이 웅얼거렸다. 어구구구가 뭐야, 그렇다는 거야, 아니라는 거야, 뭔지 알아야 반응을 하지, 말을 이어보지. 김대춘이 그렇게 한결같으니 분위기는 다시 가라앉았다. 크리스마스카드에 쓴 것처럼 성탄절이 되어 왔는데 우리 중 누구도 김대춘을 어떻게 할 생각은 없는 듯했다. 이럴 거면 뭣하러 왔을까 하는 생각도 들지만 마음의 평화를 얻기 위해서는 언제나 구도의 길이 필요하니까. 그 구도의 길이 멀리 중국이나 인도도 아니고 일산 정도니까 정말 다행이지. 작은오빠가 시계를 보며 이제 그만 가자고 했다. 그래, 그러자, 하고 다 같이 일어서려는데 언니가 가긴 어딜 가니? 하고 입을 열었다.

"저놈 얼굴도 안 보고 어떻게 간단 말이야? 얼굴을 알아야 내일이라도 딱 마주치면 알 것 아니니. 뒤통수 안 맞을 것 아니냐고."

하긴 그랬다. 하지만 그렇게 마주칠 가능성이 얼마나 된다고 얼굴을 꼭 봐야 한다는 걸까. 언니가 김대춘에게 일어나, 일어나, 하고 소리질렀다. 그렇게 두려움이 많아 광장에도 나가지 못한다면서 정작 살인자의 집에서는 그러지 않았다. 형제들이 있어서인가, 김대춘이 날 잡아 잡수라는 듯 저러고 있어서인가. 그러면 언니의 불안은 위계의 문제인가. 일어나, 일어나, 하면서 언니가 식탁 뒤에 서서 김대춘에게 삿대질을 했다.

"우리 부모를 그렇게 죽이고 그래, 이렇게 버젓한 아파트에 떵떵거리며 살고 있단 말이야? 빼앗아버려야 해. 법이 있어, 범죄자 재산 몰수, 그런 법이 다 있단 말이야."

"아녀, 딸 아파트, 난 아무 상관 없는 아파트."

김대춘이 다급하게 입을 열었다. 다 갈라지고 쉬어터진 목소리였다.

"상관이 왜 없어? 부모 자식 간에. 그래, 우리 부모를 죽여놓고 너는 다 늙어 딸이랑 이렇게 야무지게 잘살고 있었단 말이야?"

"내가, 내가 죽게 하질 않았는데."

김대춘이 다시 말했다. 아주 자신 없고 모기만한 소리였다. 하지만 그 작은 소리에 우리는 린치를 당한 사람들처럼 아연해졌다. 잘못 들었겠지, 아니 잘못 듣지 않았다면 거짓말을 하는 것이겠지. 김대춘이 이번에는 똑똑히 들리게 죽인 게 아녜요라고 했다.

"보일러실에 불을 질렀잖아."

작은오빠가 아주 답답하다는 듯 나서며 말했다.

"아니야, 난 거기서 잠만 잤어요."

"불이 났는데 무슨 소리야?"

"더럽다고 목욕을 안 받아서……"

"그래서 불을 질렀잖아."

"아니 아니, 불을 끄려고. 괘씸해서 보일러를 꺼서 장사나 못하게 하려고."

"그런데 불이 왜 났어?"

"몰라요."

"모른다고?"

"잠이 들어서 몰라."

"형까지 살아놓고는 왜 몰라?"

"살았지. 살라니까 살았지, 잘은 몰라."

작은방의 여자가 그러지 마요, 그러지 마요, 하면서 우는 소리가 들렸다. 그러지 말라니? 우리가 한 일이라고는 여기 들어와서 보리차로 목이나 축이면서 신세한탄 한 것밖에 없는데. 지금 누가 누구에게 하라, 하지 마라야, 우리 부모가 누구 손에 죽었는데. 우리는 어떻게든 불미스러운 일은 만들지 않으려고, 성탄절이니까 예수처럼 원수를 사랑하지는 못하더라도 어떻게든 마음의 평화를 찾아보려고 일산까지 왔는데. 이제 와서 자기가 안 죽였다니, 김대춘은 원수인데 확실히 그런데, 이제 와서 원수가 아니라고 하니 정말 원수처럼 미웠다.

"가시오, 가."

김대춘이 더는 못 견디겠는지 상체를 완전히 일으켰다. 드디어 드러난 김대춘의 얼굴은 그냥 늙은 얼굴이었다. 한없이 쪼그라들고 골이 팬, 늙음이라는 단어를 떠올리면 누구나 생각할 만한, 너무 흔해서 아기들도 단번에 그려낼 듯한 그런 얼굴이었다.

"이제 내 딸도 풀어주고. 그만했으면 가요."

방금 전까지 벌벌 떨 때는 언제고 김대춘은 이제 다 귀찮다는 투였다. 상준이가 작은방으로 가서 이불을 치웠다. 김대춘은 자기 뒷머리를 천천히 쓰다듬으면서 우리를 외면한 채 창밖의 눈을 보았다.

큰오빠는 고속도로를 타기 전에 카페 앞에 차를 세웠다. 잠깐 요기를 하고 가자고 했다. 그사이 눈이 내려서 도시가 묻히고 있었다. 이십사 시간 영업이라는 네온사인만 선명하게 불을 밝혔다. 성탄절이 지난 지 몇 시간 되지 않았는데 트리의 전구가 꺼져 있었다. 나는 가서 트리를 켜보려고 하다가 코드가 말려 있는 것을 보고 그냥 돌아왔다. 차와 추로스를 주문하고 우리는 자리에 앉아 각자 휴대전화를 확인했다. 언니는 대학생 조카가 이렇게 눈이 오는데 차를 가지고 나갔다며 걱정이었다. 불안한 것 같았다. 하기는 눈 오는 도시야말로 정말 위험하다. 그것은 나아가지 못하게 하니까. 미끄러지고 후진해서 우리를 아연하게 뒤로 처지게 하니까.

큰오빠는 안색이 나빴고 몸을 움츠리고 있었다. 큰오빠의 긴장되고 추운 듯한 얼굴은 내가 가지고 있는 몇 안 되는 가족사진을 생각나게 했다. 어느 유원지에서 찍은 사진들인데 까까머리 고등학생인 오빠는 화사한 꽃과 솜사탕과는 아주 상관없는 무뚝뚝하고 날카로운 얼굴을 하고 있었다. 카메라를 정면으로 바라보고 있는 눈에서는 무엇에도 속지 않겠다는, 인생의 허방을 딛지 않겠다는 어떤 결의 같은 것도 엿보였다. 그리고 우리 네 남매 옆에는 머리를 아이처럼 양 갈래로 땋은 연주 이모가 한 손으로 치마를 살짝 쥐며 서 있고.

"오빠, 손을 왜 이렇게 떨어요?"

나는 나도 모르게 큰오빠 손을 잡으며 물었다.

"추워서 그렇지."

"김대춘을 보니 그래, 마음이 풀렸어요? 김대춘 얘기는 다 뭐예요?"

언니가 여전히 울상을 하면서 물었다. 큰오빠도 작은오빠도 대답은 없었다. 언니도 정작 물어놓고는 다시 조카에게 전화를 걸었다.

"은숙아, 은지야, 명철아, 죽은 사람은 죽은 사람이고 산 사람은 살아야 하지 않겠어? 넌 직장 잘 다니고 넌 애가 고3이니 그 걱정만 하고 너도 대학에서 공부하느라 힘든데 신경쓰지 마라. 잊어버려."

큰오빠가 담담하게 말했다. 마음이 놓였다. 어차피 부모의 불행을 들려준 것도 원수의 이름을 알려준 것도 그의 얼굴을 보여준 것도 큰오빠 아닌가. 큰오빠가 신경쓰지 말라고 하면 말면 된다. 나는 공부하는 사람이고 공부하는 사람은 순진무구한 아기 같은 사람이니까, 그런 문제에 대해서는 생각해봐야 알 수 없고 답도 못 찾는다.

"그렇게 생각하는 사람이 우리를 일산까지 막무가내로 데려와요? 오빠도 참 별종이야."

별종이야, 하면서 언니가 큰오빠 팔을 살짝 꼬집었고 우리는 같이 웃었다. 그렇게 꼬집어봐야 오빠는 지금 너무 아픈 사람이라 간에 기별도 안 간다고 아무리 우리가 세게 꼬집어도 그냥 누가 간질이는 건가 할 거라며 웃었다.

"상준이 너도 오늘 본 일은 다 잊어, 알았지?"

상준이는 휴대전화로 누구와 메시지를 주고받으면서 다리를 달달 떨었다. 괜찮겠지, 상준이는 좀 단순한 아이니까. 함께 공부하고 농담하고 영화도 보면 다 잊을 것이다. 무슨 일이 생기지는 않았으니까. 우린 그냥 얘기나 좀 하다가 그 집에서 나왔으니까.

"잊기는 어떻게 잊어요? 이미 봤는데 어떻게 잊어요? 이미 들었는데 어떻게 잊어요?"

상준이가 그렇게 말하자 우리 넷은 천천히 웃음을 거뒀다.

"잊지는 못하고요, 선생님. 그렇다고 이 일이 왜 이렇게 됐나, 누가 어떻게 하다가 사람들이 죽었나, 누가 제일 나쁜 놈인가 그런 생각은 안 할게요. 그냥 이건 보통 일이 아닌 것 같고 난 머리가 나쁘니까 보통도 안 되는 놈이니까 지금은 생각해서 뭘 해요."

"그래그래, 학생은 생각하지 마. 상관없는 일이니까 그냥 생각을 하지 마."

큰오빠가 말했다.

"그럴게요."

"미안해요, 학생한테. 우리 아들이나 마찬가지인데."

언니가 말했다.

"왜 미안해요?"

"그냥 미안해."

상준이는 에이, 왜 이렇게 진지한 분위기예요, 하고는 음료를 가지러 갔다. 온풍기 바람이 테이블 위의 촛불을 이리저리 흔들었다. 그리고 그렇게 생겨나는 음영들은 어떤 몽상들을 불러냈다. 어두운 보일러실 계단을 내려가는 촛불의 움직임이었다. 따뜻하다. 이제껏 느껴본 적 없는 따뜻함이 거기에 있다. 따뜻함은 너무 따뜻해서 잊게 하지. 강철의 추위나 모욕감 같은 것을. 그리고 잠들게 하는 것이다. 상상했던 모든 것을 잊어버리도록, 발을 쭉 뻗고 팔베개를 하게 만드는 것이다. 꿈도 꾼다. 집으로 가는 꿈을. 거기에는 어린 딸이 기다리고 푹신한 담요가 있다. 그러다 운이 나쁘면 어쩌다 좀 방심하다보면, 이유를 알 수 없는 거대한 불행이 일어나기도 하고 거기에 휘말리기도 하는 것이다.

하지만 그런 일들은 얼마나 하잘것없는, 특별할 것 없는 몽상들일까. 나는 마음 한편에 이는 불안을 꺼뜨리며 그렇게 생각했다. 그리고 상준이가 가져온 진한 커피와 추로스를 먹으면서 생각했다. 단맛이 있구나 하고, 어찌되었든 오늘도 단맛이 있는 날이긴 하네, 하고.

고양이는
어떻게 단련되는가

우는 여자들은 질색이었다. 여자들이 전화를 걸어 "고양이를 잃어버렸어요!" 하고 흐느끼면 끊어버리거나, 시끄러워, 집어치워, 소리를 지르곤 했다. 그런 전화를 받지 않을 때 그는 사십 년 전통 부엌가구 회사의 과장이었다. 여자들의 동선을 계산하며 싱크대 높낮이, 걸레받이 종류, 타일 색, 문짝 위치, 서랍 깊이, 인조대리석의 무늬, 수납장 칸수 같은 것을 세심하고 정확하게 설계했다.

그는 드물게 공사 현장에 나가 직접 가구를 설치하는 직원이기도 했다. 그는 처음 이 회사에 공원으로 입사했기 때문에 그런 기술들이 있었다. 지금 회사는 여러 군데의 하청업체와 계약되어 있어서 더이상 본사 직원이 현장에 나갈 필요는 없었지만 그는 나가고 싶어했다. 다들 하청업체를 '족치러' 나간다고 생각했고 실제로 그렇게 행동하기도 했지만 그것이 다는 아니었다. 그는 그냥 망치질을 하고 싶어 나가는 것이었다. 그렇게 틈틈이 망치를 두드리지 않으면, 머릿속이 텅 텅 울리도록 충격을 가하지 않으면 온종일 무언가가 횟물처럼 끓어올랐다. 삶의 활력 같기도 하고 분노 같기도 하고 무기력해서 너무 무기력해서 도리어 어떤 형태의 에너지로 변해버린 것 같기도 했다. 하지만 회사에서는 그가 현장에 나가는 것을 달가워하지 않았다. 꼭 누구와 싸우거나 해서 난장판을 만들었기 때문이었다.

그는 현장 일꾼들을 1980년대 자신의 상사들처럼 욕하고 윽박지르고 무시했는데 이 젊은 노동자들에게 그건 그냥 넘어갈 수 없는 일이었다. 그들은 새벽 인력시장에서 건너온 결속력 약한 일용직들이 아니라 정식 사업장을 갖춘 사장 겸 십장을 중심으로 움직이는 전문적이고 조직적인 노동자들이었기 때문이다. 사십 년 전통이라는 말은 한물갔다는 말과도 크게 다르지 않아서 그들은 모욕을 당하면서까지 이 회사와 일하려 들지는 않았다. 어쩌면 그때 이미 사세는 기울 대로 기울었는지도 모른다.

사달이 반복되자 회사에서는 그의 현장 출입을 막았다. 하지만 그는 어떻게든, 어떤 구실로든 현장에 나갔고 망치질했고 싸웠고 누군가에게 떠밀려 나왔다. 모과장, 모과장, 그만해, 아, 그만하라니까, 그만해— 하아— 그렇게 그가 무언가를 소진한 사람의 달짝지근한 피로에 취해 귀가하면 고양이들이 그를 맞았다. 이불에 대자로 뻗은 몸 위로 올라와 네발로 누르거나 냄새 맡았다. 그는 고양이들에게 자기가 옳았다고 속삭여주었다. 걔네들은 다 틀렸어, 내가 옳았지, 내가 아니었다면 엉망이 되었을 거야, 야옹!

요즘 회사는 다시 그를, 그를 비롯한 마흔세 명의 직원을 직능계발부로 발령 내 생산직 교육을 시키고 있었다. 회사는 대기업과의 합병을 앞뒀고 기획, 설계, 영업 같은 부서들을 제외한 생산부서만 남기려 하고 있었다. 그는 이 문제와 관련해 간부들에게 따지기 위해 회의장을 홀로 급습하기도 했지만 떠밀려 나왔다. 모과장, 모과장, 이건 징계가 아니야, 직능계발이라니까, 계발, 하아— 징계가 아니라는 말은 안 믿었지만 직능과 계발이라는 말은 믿지 않을 수 없었다. 그는 그런 말들을 신뢰하며 살아온 사람이었다.

회의장에서 했던 일이 알려지자 그와 함께 직능계발부로—책상마저 없는 강당으로—차출되었던 사람들이 그의 곁으로 몰려들었다. 얘기를 하고 싶어했다. 하지만 그는 그들이 원하는 대로 퇴근 후 포장마차나 전통주점, 노무사나 노조 사무실에 가서 함께 의논하지는 않았다. 그가 이 회사를 다니는 동안 시시때때로 있었던 정리해고에서 살아남았던 것은 다른 게 아니라 그저 혼자 있었기 때문이었다. 그는 그렇게 단체로 뭘 하지 않고 개인적으로 해결하고 싶었다. 혼자서. 이를테면 언제고 사장과 독대를 해야겠다고 생각했다. 가장 오래 근속한 그였으니까 자격은 충분했다.

첫 주에 회사에서는 직능계발의 교보재로 사포와 합판을 가져왔다. 단가 때문인지 교육 효과를 위해서인지 단 네 짝만 밀차에 실려와서 사람들은 모여 앉을 수밖에 없었다. 그리고 그것과 비교했을 때 터무니없이 작은 사포를 나누어주었다. 그 사포를 가만히 내려다보던 영업직원 하나가 강당 밖으로 나가서 돌아오지 않았다. 사표였다. 그는 우선 공업용 초크로 사람 수만큼 합판을—그가 가장 연장자니까—나누고 오른편을 맡아 열심히 문질렀다. 문지르면서 옛날의 기억, 활황기에 모두가 집을 짓고 부뚜막 따위를 걷어내던, 그가 겨우 스물한두 살이던 시기를 떠올렸다. 그때는 공장이 정말 폭풍이 휘몰아치듯 돌아갔는데 공원들의 기세도 등등해서 노사분규가 끊이지 않았다. 페퍼포그도 터지고 주먹다짐도 했다. 그땐 눈이 매웠다. 그도 시시때때로 눈물을 흘렸다.

저녁에 계속들 모여요. 그냥 있으면 절대 안 된다고.

사람들이 모이자 다시 그런 얘기가 나왔다. 모를까? 그는 생각했다. 모여서 찌개나 소주나 마른멸치 따위를 먹으며 떠들어봤자 소용없다는 것을. 그렇게 떠들던 사람들 모두 회사에서 내쫓겨 이 도시 어딘가로 사라지고 말았다는 것을. 회사나 노조위원장이나 동료를 믿는 것이 아니라 고양이로 치자면 네발을 모두 몸체 밑에 말아넣고 그냥 있음으로써 견뎌야 살아남을 수 있다는 것을.

모과장님 오실 거죠?

안 가.

오세요.

안 간다고.

그는 더이상 대꾸하지 않고 사포를 갈았다. 사포삿포삿포포삿포 하면서 그의 손이 합판 위에서 마찰을 일으키면 문득문득 뜨끈한 열기가 느껴졌지만 그때마다 그는 멈추거나 다른 사포로 바꾸어서 사포삿포포삿포포 다시 합판을 갈았다.

그다음에는 드릴을 가져왔다. 그런 소형 전동드릴은 비교적 안락한 가정에서는 누구나 하나쯤 가지고 있고 홈쇼핑에서도 주말, 뉴스가 끝난 시간에 죄 없는 판자를 뚫어가며 열심히 파는 것이었다. 하룻밤에 한 오천 개쯤 팔아치울 것이다. 여직원들 중에는 드릴 소리만 듣고도 울먹이는 경우가 있었지만 그에게는 식은 죽 먹기였다. 그 망할 모토로라 폰으로 사람들이 전화만 걸어오지 않으면 문제가 없었다. 드륵드륵 고양이를 드륵드륵왱왱왜앵 잃어버렸어요 ― 하아 ― 잃어버렸어, 그랬다면 찾아야겠지. 그는 그렇게 자기 사는 게 어수선해진 가운데에서도 그 일, 인터넷 카페에 '고양이 탐정'이라는 낭만적인 이름으로 알려진 일을 계속했다. 밀려드는 전화를 다 물리칠 수는 없었다.

처음에 동네 유기묘들의 주인을 찾아주면서 시작한 이 일은 이젠 밤마다 해야 하는 부업이 되었다. 절대 그가 원한 것은 아니었다. 그가 원하는 것은 하루 여덟 시간 근무와 주당 열 시간 내외의 야근, 퇴근, 그리고 고양이들과의 밤뿐이었다. 그 외에는 가족도 외출도 여행도 없는 인생이었다. 하지만 이런 귀찮은 일을 맡으면서 그는 어쩔 수 없이 알지도 못하는 사람들의 연락을 받고 눈물을 접하고 구구절절한 사연을 들어야 했다. 그뿐인가? 찾아가봐야 했다. 그들 각자의 집으로. 하아 ― 집 멀미라는 것이 있다. 집집을 돌아다니다보면 머리가 지끈지끈해지면서 속이 울렁거리는데 집에서 나는 특유의 냄새 때문이었다. 사람들은 완고하게 자기 스타일대로 평생을 살고 그러다보면 냄새가 만들어졌다. 그건 특정 영역의 냄새였으며 타인을 밀치는 냄새였다. 자기 고양이를 찾아주러 온 그를 사람들은 깍듯하고 친절하게 대했지만 아무튼 그 냄새는 진저리나게 개별적이고 고유한 것이라서 그는 언제나 부루퉁하고 신경질적이었다.

물론 공짜는 아니었다. 처음에는 공짜였지만 나중에는 돈을 받았다. 하루 십이만원, 포획 여부에 상관없이. 그렇게 수입은 늘었지만 그는 자신이 불행해졌다고 생각했다. 의뢰인들―멍청한 고양이 주인들—에게 전화가 올 때마다 불행해서 너무 불행해서 몸이 배배 꼬였다. 그래도 그가 그 전화들을 무시하지 못하는 건 십이만원의 일당이나 의뢰인들의 하소연이 아니라 순전히 집 나간 고양이들이 겪을 고통 때문이었다.

고양이를 찾으러 가기 전, 그는 언제나 동방식당에서 저녁을 먹었다. 회사만큼이나 오래된 식당이었다. 한 십 년 전까지만 해도 회사 직원식당 노릇을 하다가 지금은 기사식당으로 겨우 명맥을 유지하고 있었다. 그러면서 테이블의 위치도 달라졌다. 혼자 식당을 찾는 기사들을 위해 모든 테이블이 텔레비전을 향해 일렬로 배치되었다. 그는 그런 배치가 좋아 매일 저녁을 여기서 해결했다. 등 건너에 등이, 그 등 뒤에 또 등이 있어, 시선을 받을 확률이 적은 게 마음에 들었다.
백반집 반찬 중 그는 꽁치조림을 가장 반겼다. 사실 대부분의 생선을 좋아했지만 오천원짜리 백반에선 꽁치만 반찬으로 나왔다. 그는 조기며 고등어며 삼치가 오르던 활황기의 식당을 떠올리며 생선이 왜 이렇게 비싸졌어, 흥, 하고 입을 비쭉거리곤 했다. 생선이, 생선이 그렇게 비싸졌다니, 말세다, 말세야. 물론 오랜 단골에게 주인 여자는 꽁치를 아끼지 않았다. 얼마든지 더 먹으라고 말하고 청하지 않아도 접시를 채워주었다. 하지만 그렇게 친절을 베풀어도 그는 마치 자기가 원하는 것이 아니라는 듯 딴청을 피우다가 주인이 텔레비전이나 다른 손님에게 시선을 둘 때 그 검푸른 몸체를 재빨리 파먹곤 했다.
식사를 마치고 마지막으로 전기밥솥에서 숭늉을 떠오면 그 일의 시작이었다.

여보세요.

이틀이 지났으면 찾을 확률은 반도 안 돼.

여보세요.

산책? 산책냥으로 키웠다고? 정신 나갔군, 정신이 나갔어.

여보세요.

방묘창도 안 한 주제에 무슨 낯짝으로 전화를 해?

여보세요.

미쳤군, 미쳤어.

여보세요.

그놈의 짬뽕 배달이 뭐라고 문을 열어줘?

여보세요.

난 가지 않을 거야.

여보세요.

왜 소릴 질러? 그럼, 떠났지, 멀리 갔지, 돌아오지 못하지.

여보세요.

난 개에 대해선 아는 게 없어.

여보세요.

여보세요.

통화는 대개 이렇게 끝났지만 그래도 참을성 있게 전화해서 제발
와달라고 사정하면 드디어 그가 움직였다. 다시 회사로 돌아가 자재
창고에 보관된 작업용 배낭을 메고 나섰다. 거기에는 끌개와 밀개, 못
과 망치, 테니스용 그물망과 목장갑 같은 도구들이 들어 있었다.

그가 시킨 대로 의뢰인은 아파트 입구에 서 있었다. 사실 모든 의뢰인들이 그래야 했다. 조금만 수틀려도 하던 일을 관두고 돌아가버리곤 했으니까. 교복 차림의 그 학생이 돈봉투를 내밀었고 그는 목장갑을 끼면서 봉투를 받아 배낭에 넣었다. 그리고 아파트 배치도를 보며 단지의 형태를 확인했다. 서른 개 동이 있는 마름모꼴이었고 오른편이 공원, 그 뒤로 얕은 산이 있었다. 산! 그는 끄으응, 앓는 소리를 냈다. 산으로 갔다면 찾는 건 거의 불가능했다.

이름이 뭐야?

순태입니다.

고양이 사진을 보여달라고 하자 학생이 고개를 저었다. 고양이가 좋아하지 않아서 안 찍었다는 거였다. 그는 이해가 안 가 학생을 멀뚱히 바라보았다. 물론 사진 찍기 싫어하는 고양이들도 분명 있었다. 하지만 그렇다고 사진을 찍어놓지 않다니? 찍으면 얼마나 예쁜데? 그래도 벵골 고양이라니 흔한 생김새는 아니라서 다행이었다. 그는 학생이 사는 113동으로 가서 꼭대기 층부터 걸어내려갔다. 일단 고양이들은 집을 나가면 반경 오십 미터 안에 숨어 있으니까 아래위층에 있을 가능성이 높았다.

그러면서 그는 학생에게 고양이에 대해 물었다. 어떤 사료를 먹었고 물을 좋아하는지 좋아하지 않는지, 상자를 좋아하는지, 움직임은 어떤지, 빠른지 느린지, 대소변은 어떻게 처리하는지, 모래를 잘 이용하는지, 한 마리로 자랐는지, 다른 고양이와 동거했는지, 어떤 소리를 좋아했는지, 이를테면 비닐 소리나 망치질 소리 같은 특정 소리에 민감했는지, 평소에는 어떻게 이름을 불렀는지, 높은 소리로 낮은 소리

240

로, 학생과의 애착은 강했는지, 독립적이었는지. 그런 질의응답 시간은 의뢰인들이 가장 열의를 보이는 순간이었고 아예 문서로 작성해 줘여주는 사람들도 있었는데 학생은 그러지 않았다. 그냥 조용히 듣다가 그런 것 같아요, 그랬나, 그랬던 것 같기도 해요, 했다. 십팔층쯤 내려왔을 때 그가 왜 협조를 안 하느냐고 화를 냈다.

협조중인데요.

아는 게 왜 없어? 고양이에 대해.

학생이 뭐라고 변명하려다가 입을 꾹 다물고 죄송합니다, 하고 사과했다. 그가 똑바로 하지 않으면 고양이는 여기 어디에 숨어 있다가 공포에 질려 죽는 거라고 으르렁대자 학생이 무서워요, 하고 울먹였다. 안경을 벗고 눈물을 닦았다. 그는 눈물은 질색이었고 그건 그렇게 의뢰인들이 슬픔과 격정에 휩싸여서 고양이를 찾아다니면 그 소리를 들은 고양이가 겁을 먹기 때문이었지만 학생에게는 더이상 욕하지 않았다. 학생은 운 것이 아니라 그냥 눈물을 '닦은' 것처럼만 보였으니까. 한순간 눈물을 제거하고는 주차장에 고양이들이 있어요, 하고 가리켰으니까. 그는 그렇게 자신의 작업에 참견하는 건 질색이라서 침을 퉤 뱉었다.

그러면 주차장은 안 봐도 돼.

왜 그렇죠?

집 나간 고양이들한테 뭐가 제일 위험한지 아냐? 고양이다. 영역을 지켜야 하니까.

사람이 아니고요?

사람들은 무심하지.

사층쯤 왔을 때 학생이 발을 헛디뎌 넘어졌다. 들고 있던 가방에서 피규어들이 쏟아져나왔다. 아이언맨 같은 영화 캐릭터들과 정체를 알 수 없는 요괴와 동물들이었다. 그는 아파트 어딘가에서 고양이가 울지 않나 집중하고 있었는데 방해를 받자 인상을 구겼다.

그런 걸 왜 들고 오냔 말이야. 고양이를 찾는데, 고양이를 찾아야 하는데.

엄마가 자꾸 버려서요.

돈이 썩어났구나.

우리집이 상당히 부자입니다, 집이 세 채거든요.

멍충이, 그런 얘기는 아무한테나 하는 게 아니야.

질문 하나 해도 돼요?

고양이에 대해서만 해.

탐정은 어떻게 돼요? 탐정은 좋을 것 같은데 그러니까 여자애들, 여자애들하고도 만나고요.

난 탐정이 아니야. 인터넷 카페 사람들이나 그렇게 부르는 거지. 난 설계하는 사람이야.

설계요?

그런 건 묻지 마. 고양이에 대해서만 이야기해.

아무튼 유명하잖아요. 고양이를 잃어버리면 다 아저씨부터 찾잖아요.

그렇긴 하지.

그는 자신도 모르게 입꼬리를 올렸다가 내렸다. 복도에는 없었다. 그는 다시 계단을 오르면서 고양이를 자극할 만한 소음을 내는 집들이 있는지 들었다. 칠층의 한 집에서 개가, 꽤 대형견인 듯싶은 개가 짖었다. 아파트 주변에는 길고양이들이 많았고 몇 녀석은 지하실까지 드나들었다. CCTV를 확인하려고 경비실로 가자 이 아파트 경비도 전혀 비협조적이었다. 언제나 있는 일이었다. 고양이를, 고양이 따위를 찾는다고 하면 늙은 경비들은 안색이 변하면서 말도 제대로 듣지 않았다. 경비와 그가 CCTV를 두고 실랑이하는데 학생이 갑자기 보여주세요! 하고 외쳤다.

엄마한테 전화합니다. 내가 전화합니다.

경비가 끄응, 의자를 돌려 앉더니 인터폰을 눌렀다.

입주자 대표님 사무실에 계신가요? 아, 여기 113동입니다, 그 1305호, 고양이라는데, 잃어버렸다고 고양이를.

통화를 마치고, 경비는 모니터를 켜주었다. 그가 쪼그려앉아, 입구와 계단을 비추는 CCTV 영상을 확인했다. 낮부터 저녁까지 계단을 이용한 사람들은 노인과 청년, 여자들과 아이들 그리고 흑백 화면에서 유달리 질량감 있게 느껴지는 그들의 그림자뿐이었다. 화면 속에서 사람들은 좀 비현실적으로 계단을 오르내렸고 사라졌다. 아, 그런데 잠깐, 그가 영상을 멈췄다가 되돌렸다. 번개처럼 빠르게 마치 먼지나 쓰레기처럼 무언가가 지나갔다. 무늬는 확인할 수 없었지만 분명 얼룩덜룩한 고양이였다. 삼층이었고 복도 창문으로 뛰어내렸다.

정말 고양이네.

옆에 있던 학생이 얼빠진 것처럼 말하자 경비가 있어? 고양이가? 물었다.

있잖아요, 고양이가.

학생이 자랑하듯 경비에게 말하고는 먼저 밖으로 나갔다. 그는 경비에게 뱅골 무늬 고양이가 지나가면 전화하라며 휴대전화 번호를 적어주었다. 뱅골 무늬라는 말을 이해하지 못해 종이에 얼룩무늬를 그려주어야 했다. 그는 세심하고 또 고양이 찾는 일에는 성의가 있으니까 꽤 오랜 시간에 걸쳐 그림을 완성했다.

솜씨가 좋구먼, 꼭 표범 새끼 같은데 고양이라고?

이윽고 그가 다시 배낭을 메고 나가려는데 경비가 그림을 들여다보면서 아, 이번에는 정말 고양이가 있네, 했다. 문을 열고 나오는데 이번에는, 하아ー 이번에는, 이라는 말이 가시처럼 걸렸다. 이번에가 그렇다면 저번에는 어땠다는 걸까. 그는 예민하고 매사에 조심성 있는 사람이니까 이번에는, 이라는 말이 정말이지 그냥 넘어가지지 않았다. 아, 그렇다면 얘는 상습범인 것이다. 그가 고양이를 그렇게 잡아다주어도 이 도시에서는 고양이를 잃어버리는 일이 지긋지긋하게도 반복되는데 그런 구제불능의 어린 인간을 만난 것이다. 그는 은행나무 둥치에 가방을 툭툭 부딪치며 딴생각에 빠져 있는 학생을 흘겨보았다. 뚱뚱이! 살인자! 그가 몸을 휙 돌려 아파트를 빠져나갔다. 그가 가장 참을 수 없는 것이, 그의 고양이와 함께해야 할 저녁이 이렇듯 무의미하게 허비되는 것이었다.

강당의 직원들은 그전까지는 부서는 달라도 서로 목례라도 하던 사이였지만 같은 공간에 있으니 그런 간단한 친교도 표현하기가 어려웠다. 그들은 그렇게 서로를 인식하고 변별하는 대신 최대한 서로에게 무심하려고 노력했다. 하지만 그는 그러지 못했다. 파티션 하나 없이 이렇게 많은 사람들이 서로에게 노출되어 있는 것이 끔찍하게 싫었다. 세상에 어느 사무실이 파티션조차 없단 말인가. 그는 당장 총무부로 달려가 파티션을 요구했지만 받아들여지지 않았고 결국 자기 책상—이전의 부서로 가서 각자가 옮겨왔다—을 뒤로 슬금슬금 빼다가 접어놓은 탁구대 뒤로 숨어버렸다.

'점거'도 있었다. 강당에서 근무하던 두 명의 영업부 직원이 사장실로 뛰어들어갔다. 그들이 그곳을 한나절 점하고 거하는 동안에도 사장을 만나지는 못했고 직원들은 이따금 들여다볼 뿐 적극적으로 제재하지 않았다. 회사의 분위기가 뭔가 그랬다. 늘어지고 조용하고. 그나마 뭔가 비극적인 활기에 사로잡혀 있는 건 강당과 옥상, 굴뚝뿐이었다. 해고자들이 옥상과 굴뚝에 올라가 현수막들을 걸다가 끌려내려왔고 강당에서는 가구제작기능사 시험 준비가 한창이었다. 직능계발부 운영이 주먹구구식이라며 직원들이 항의하자 회사가 시작한 교육이었다. 회사에서 제공한 팔백 페이지의 책자에는 한글과 함께 '크래프트맨craftsman'이라는 영어가 붉게 강조되어 있었다. 시험은 필기와 실기가 있었는데 필기시험은 단 이 주 남아 있었다.

그는 그 책자를 도록 넘겨보았다. 크래프트맨이 되기 위한 절단, 연마, 도장, 조립의 단련과정이 상세히 나와 있었다. 다른 사람들은 그렇게 직능과 계발을 테스트하는 데 영 적응 못했지만 그는 순식간에 몰입했다. 비록 몸은 책상에 있었지만 머릿속으로는 못과 망치를 움켜쥐었다. 모눈종이에 인쇄된 시방서를 따라 못을 박았다. 콩콩콩콩 못을 다 박으면 거기에 경첩을 달았다. 닫았다가 열었다가 다시 닫았다. 생산직으로 되돌아가도 나쁘지 않을 것 같았다. 그렇게 흐르면 또 그렇게 흘러가는 것이다. 점프를 하다가 곤두박질치고 만 고양이처럼. 그러나 캣타워의 꼭대기에 앉지 못했다고 실패한 고양이가 되는 것은 아니다.

그렇게 하는 동안에도 그는 밤이면 도시를 돌아다니며 집 잃은 고양이를 구하고 고양이를 잃은 주인들에게 비난을 퍼부었다. 그가 그렇게 고양이 주인들에게 험하게 구는 건 그가 이 모든 상황을 고양이들의 입장에서 생각하기 때문이라고 그는 생각했다. 도시로 나온 고양이가 또다른 고양이들에게 쫓기다가, 멀리멀리 달아나다가 로드킬당하거나 굶어 죽을 것을 생각하면 사실 그 정도로는 부족했다. 그런일을 벌여놓고 마치 자신의 의사와 무관하게 벌어진 실수나 비극인체 연기하는 인간들에게 넌덜머리가 났다. 하지만 그의 그런 행동에문제가 없는 것은 아니어서 그는 의뢰인들에게 항의를 받거나 도리어내쫓기기도 했다. 와달라고 할 때는 언제고 그렇게 내쫓김을 당하는상황은 참으로 이해할 수 없지만 어쨌든 자신은 할말과 할 일을 다 했으므로 마음을 수습하고 집으로, 고양이들에게로 돌아왔다. 그는 고양이에게 좋은 사람일지는 몰라도 확실히 사람들에게 좋은 사람은 아니었다. 필기시험에서 그와 영업부에서 온 여직원 하나만 붙었을 때사람들이 실기시험을 보지 말라고 부탁하자 일언지하에 거절했다.

예외가 있으면 어쩌자고요? 우리는 곧 단체행동을 할 텐데.

난 조용히 있고 싶어.

세상이 이런데 어떻게 조용히 삽니까?

망치질만 하면 돼. 다른 건 난 몰라.

망치질이요?

사람들은 여직원에게도 가서 만류했다.

모과장님도 보신다면서요, 저도 볼래요.

미스 한은 공장에서 계속 일할 것도 아니잖아.

그건 아닌데, 이왕 보기로 했으니까 볼게요. 보고 나서 말할게요.

이럴 때 다 같이 있어야지, 그런다고 혼자 잘되는 게 아니야.

알아요. 잘될 리가 없어요. 원래 제 인생이 그렇게 생겨먹었거든요. 그러니까 같이 뭘 하면 뭐 어쩌겠어요. 회사에서 하라는 대로 할래요.

그렇게 해서 그와 그녀는 공장에서 절단된 합판들을 옮겨와 시험 대비를 했다. 다섯 시간 안에 탁자, 의자, 협탁, 사다리 등의 가구를 만들어내야 하는 시험이었다. 그러니까 자연스레 그들은 시끄러웠다. 망치질과 톱질 소리가 끊이질 않았다. 그러면 단체행동에 참여하지도 사표를 내지도 못해 그저 크래프트맨에 관한 인쇄물들을 다시 읽으며 이 시간을 견디고 있는 나머지 사람들이 항의했다. 그만하자, 그만, 회계부에 있었던 사내는 오후가 되면 진저리를 치며 탁구대까지 와서 울상을 짓곤 했다. 평소라면 그렇게 방해하는 누군가를 가만두지 않았겠지만 그는 어물쩍 작업을 멈췄다. 그는 전염되었다……고 생각했다. 캣닢처럼 은은한 우울과 무기력에, 공포와 불안에. 하지만 그러다가도 그는 다시 힘을 냈고 목표물을 조준하는 고양이처럼 새롭게 각성해 작업을 이어갔다.

퇴근 후에는 상황이 나았다. 그녀와 그밖에 없었으니까. 그녀도 그 못지않게 사교성이 떨어져서 좀처럼 대화는 없었지만 콩콩콩콩 쿵쿵 쿵쿵 강당에서 그녀와 그렇게 멀찍이 떨어져 망치를 두드릴 때면 평소와는 다르게 어떤 시큰한 공기 같은 것을 느끼기도 했다. 후추! 그래, 후추를 뿌린 것처럼 코끝이 맵고 코끝이 매우니까 어딘가 신경이 예민해지고 그녀가 끌을 잘못 쥐고 있다든가, 지지대를 안 맞게 끼고 있다든가 하는 게 신경쓰였다. 종종 망치에 다쳤는지 나뭇결에 베였는지 아 썅, 하는 욕설이 들려왔다. 비명도 질렀다, 강당이 울리도록. 그때마다 그는 혹시 울고 있지 않은가, 아마도 울겠지, 하며 귀기울였지만 그녀는 울지 않았다. 대신 만들고 있는 탁자나 함 위에 걸터앉아 초코바 같은 것을 먹으며 다리를 떨었다. 모든 여자가 그의 앞에서 우는 것은 아니었다.

경비에게서 벵골 고양이를 봤다는 전화가 걸려왔다. 그가 귀찮음이 역력한 목소리로 1305호에 직접 알려주라고 하자 경비는 내가 직접은 못하고, 하면서 말끝을 흐렸다.

그쪽 엄마가 싫어해요. 개랑 얘기하면, 자기도 몇 번 그런 일이 있었으니까 그러는지 아주 쎙, 한다고.

몇 번 뭐요? 고양이?

고양이는 아니고, 그건 이번에 그런 거고. 아무튼 학생이 아주 분실이 많아. 아주 분실 건으로 난리가 나요. 그러니까 고양이는 있으니까 찾아주시라고, 그쪽이.

그동안 학생은 꾸준히 전화를 걸어왔는데 그는 받았다가 끊어버리곤 했다. 하지만 고양이, 배관실을 돌아다니는 고양이가 있다는 말에는 움직이지 않을 수 없었다. 보람 같은 걸 느끼자는 건 아니었다. 보람 같은 건ー 하아ー 없었다. 고양이 포획에 실패할 때는 물론이고 성공할 때도 그는 심한 허탈감을 느꼈기 때문이었다. 그건 그렇게 일별한 고양이의 세계에서 이제 자신은 사라져야 한다는 사실에서 연유했다.

아무튼 다시 찾아간 아파트 입구에는 학생이 서 있었다. 연락도 하지 않았는데 어떻게 알았을까 싶었는데 학생이 매일매일 기다렸다고 말했다. 그는 멍청해서 정말 손쓸 수 없이 멍청한 애라고 생각했다. 저렇게 멍청하려면 부모는 또 얼마나 멍청해야 하는가, 그러면 그 위의 부모는 또 얼마나 멍청하고, 그렇게 멍청하고 멍청하다보면 우리는 결국 어느 한 문제적인 멍청함—인류 최초의 인간들—과 만나게 되는데, 그러니 이 아이의 멍청함은 오래전부터 예약되어 있었는지도 몰랐다. 그런데 매일매일 기다렸다니 학교는 어쩌고 그렇게 싸돌아다닌단 말인가. 그는 그런 걸 묻는 사람은 아니었지만, 그런 오지랖은 어쩐지 그와 어울리지 않았지만 그래도 물었다.

학교는 안 갑니다.

왜 안 가?

부적응입니다.

그는 부적응이라는 말이 마음에 들었다. 학생은 그와 함께 걸으면서 전과 달리 고양이에 대해 상세하게 설명했다. 그런 고양이에 관한 이야기는 언제나 그를 즐겁게 하는 것이라서 그는 벵골 고양이가 왔다갔다하는 시계추에 집착해 매일 벽으로 헤딩을 했다는 대목에서는 그답지 않게 크게 웃었다. 벵골 고양이가 냄새보다는 보는 것을 더 신뢰해서 학생이 머리 모양을 바꾸거나 수염을 붙이고 나타나면 소파 아래에 숨어 나오지 않았다고 했을 때는 이런, 하고 애틋한 눈빛으로 감탄했다. 정말 똑똑한 고양이구나, 하면서.

그런데 매일 고양이를 찾는다고 너 같은 애한테 고양이가 잡히는 게 아니야.

그가 기분이 좀 풀려서 말했다.

예에, 저는 아직 초보이니까요. 숙달되지 않았으니까요. 하지만 시간이 흐르면 직업이 돼서요, 아저씨처럼.

이건 내 직업이 아니야.

네네, 설계를 하시잖아요.

이제는 아니야.

이제는 고양이만 찾아요?

아니다.

그가 다시 무뚝뚝하게 학생은 이제 집으로 돌아가, 했다. 같이 다니게 해달라고 학생이 부탁했지만 그는 고개를 저었다. 배관실이나 급수실 같은 좁은 공간을 다 뒤져야 할 텐데 저런 어린애는 필요가 없었다. 울지도 모른다. 바퀴벌레, 바퀴벌레들이 있었고 귀뚜라미 천국이었으며 꼽등이들이 있었다. 고양이들은 꼭 그런 곳에 숨었다. 그는 지하로 걸어내려가 배낭에서 소형 그물을 꺼내 손에 쥐면서 아저씨처럼, 아저씨처럼, 이라는 말에 대해 생각했다. 나처럼 부모를 잃고 야간학교를 다니다 말고 검정고시를 봐서―그는 대학에 가지 않고 민간의 교육장에서 캐드 등을 배워 화이트칼라가 되었지만 집이 세 채인 그 학생은 그와는 달리 대학에 갈 것이었다. 아무리 멍청하고 부적응한 학생이라도 안 되는 게 어디 있어, 무조건 가는 거지. 하지만 저런 애들은 대학에 가더라도 화이트칼라는 안 될 것 같았다. 블루칼라도 안 돼, 불황이니까. 그러면 어떻게 할까 싶은데 그러면 그냥 칼라가 없는 티셔츠 같은 인생을 살면 된다. 칼라가 있는 옷을 입을 필요

없이 캐주얼하고 간편하고 자유롭게 장난감이나 모으면서.

배관실로 내려간 그는 순태야— 하고 고양이를 불렀다. 아주 작은 노오란 눈빛이 배관 뒤로 숨는 것을 포착했다. 고양이였다. 그가 문가에 배낭을 놓고 배관들 사이로 기어들어갔다. 놀란 바퀴벌레와 귀뚜라미들이 팝콘처럼 튀었다. 그는 귀를 기울였다. 오배수관에서 물이 흐르고 환기장치가 돌아가는 사이 고양이가 가냘프게 야옹— 하지 않는지를. 일단 고양이가 대답한다면 거의 성공이었지만 그런 기적은 드물었다.

그가 기계 소리를 이길 생각으로 어느 중산 가정의 어머니가 풀밭을 향해 아이를 부르듯 좀더 크고 은은하게 순태야— 부르자 울림이 있게 네에— 하는 소리가 들렸다. 네에— 저 여기 있어요— 배관실 문 사이로 학생이 얼굴을 들이밀었다. 그는 재빨리 고양이가 있던 쪽으로 손을 내밀었지만 거기에는 처음부터 그랬는지, 도망을 갔는지 아무것도 없었다. 그는 학생을 정신없이 닦달했다. 아주 정신을 차릴 수 없게 욕을 하고 잘못을 지적하고 비난을 퍼부었다. 학생은 울지 않았다. 다만 딱 한 번 순태는 고양이 이름이 아니라고 순태는 자기 이름이고 자기는 자기를 부르는 그의 목소리에 답했을 뿐이라고 해명했다.

이제 찾기는 다 틀렸다. 산으로 가버릴 거야. 이제 넌 못 봐, 영 앞으로 그냥 쭉 못 본다고. 니 멍청한 실수 때문에.

그가 자기 화를 못 이겨 턱을 덜덜 떨면서 빈주먹을 누구한테인지 마구 휘두르면서 발광하는 동안 학생은, 아니, 순태는 그에게서 떨어지는 먼지며 벌레들이며 하는 것을 피해 그런 것들이 자기에게 튀지 않도록 조심하며, 그래도 그런 꺼림의 동작이 예의에 어긋나는 것일

수도 있으니까 두 손을 모아서 배 위에 올려놓고 그의 말을 묵묵히 들었다.

산에도 고양이들이 많이 살더라고요.

이윽고 순태가 한마디 했다.

그러니까 말이지, 네 고양이는 아주 물려 죽을 거다.

아닐 수도 있댔어요. 다른 고양이 탐정들도 만나봤습니다만, 요즘은 썩 그렇지도 않대요. 오히려 도시 고양이들은 자기들끼리 군집해서 산다던데요. 다 죽는 건 아니라고 집을 나가서 그냥 그렇게 새 삶을 시작하는 거라고.

고양이와 관련해 그와 다른 인간들을 비교하는 건 그가 여태껏 당해본 적 없는 수모였다. 그는 주차장의 주황색 안전봉을 발로 차기 시작했다. 그의 발길질을 견디다 견디다 그게 툭 터지자 그렇게 부서진 플라스틱 조각들을 발로 짓이겼다. 뭐라고! 제깟 것들이 뭘 안다고! 그러다 마침내 지친 그가 안녕히 가세요, 하는 순태의 인사도 받지 않고 아파트를 빠져나갔다. 발이 아팠고 곧이어 절뚝거렸다. 괘씸한 멍충이 같으니라고, 다시는 안 와, 멍충이들. 한참을 걷고 나서 그는 배낭이 평소와 달리 가볍다는 생각을 했다. 배낭을 벗어 풀자 그 안에는 그가 정성 들여 제작해놓은 끌개와 밀개, 못과 망치 같은 연장들이 사라지고 없었다. 대신 그에게는 아무짝에도 쓸모없는 피규어들이 우스꽝스러울 정도로 부푼 근육을 자랑하며 들어 있었다.

겨울이 오자 강당의 인원은 상당히 줄었다. 누군가 사라지고 돌아오지 않는, 그렇게 부재를 확인하는 아침에 모두들 단련되고 있었다.

그는 여전히 못질과 망치질에 열심이었지만 순태, 그 뚱뚱이가 시시때때로 떠올라 매진을 방해했다. 아저씨처럼, 하던 녀석의 커다란 입 같은 것이 떠올랐다. 티셔츠의 둥근 칼라처럼 입이 커다랗게 벌어지면서—마치 피에로의 볼썽사나운 입처럼—구우우운지이입, 하던 것이. 걔는 그 말을 뭔가 맛있는 간식을 가리키듯 생각 없이 내뱉었겠지만 그의 귓가에 달라붙은 그 단어는 영 떨어지지 않았다.

그렇게 몸과 마음이 지쳐 하루를 보내고 대문을 열면 고양이들이 창가로 마중나와 있었다. 그는 부엌가구 설계자로서 언제나 표준의 삶에 대해 생각하고 그에 따른 동선과 공간들에 대해 계산했지만 정작 그의 생활은 그런 것과 거리가 멀었다. 이 집의 모든 가구들을 고양이들에게 양보하고 매트리스와 작은 협탁 하나만 사용했다. 그는 이 집에서 그저 고양이 옆에 있는 '무언가'였고 그 삶에 만족했다.

그가 그렇게 하는 것, 그렇게까지 자기 삶을 고양이를 위해 밀어붙이는 것은 그래야 그가 살 수 있기 때문이었다. 평생을 혼자 산 그는 시시때때로 우울감과 알코올에 젖어 자살을 시도하곤 했는데 그때마다 우연찮은 어떤 것들, 이 도시가 운영되면서 필연적으로 일어나는 작은 기적들, 예를 들어 취객이 그의 집 대문을 두드린다든가, 신문배달원이 신문값을 받으러 온다든가, 교회를 다니라며 늙은 여자들이 초인종을 누른다든가 하는 일들 때문에 죽지 못하곤 했다. 십오 년 전 어느 날에 그것은 길고양이였다. 그가 죽기로 결심한 날에 길고양이가 무슨 영문인지 마당의 쓰지 않는 고무 다라이에 새끼를 낳았던 것이다. 다라이는 다라이라서 그건 쓸데없이 크고 버짐처럼 허옇게 자줏빛 고무 몸체가 닳아 있고 더럽게 방치되어 있었는데 어느 틈엔가 새끼 고양이들이 담겨 있었고 그 고양이들의 처리 문제로 그는 며칠을 죽지 않고 더 살아야 했다.

그뒤로 또 자살하려고 할 때마다 예를 들어 벽의 못에 노끈을 걸고 목을 매려 할 때마다 그것, '다라이'에 있는 그것들이 그의 죽음을 간섭했다. 어떻게 한단 말이냐, 저것들을. 그 간섭에 대해 생각하느라 그는 며칠을 더 살았고 나중에는 그냥 자기 자신을 고양이에 기탁했다. 어떻게 보면 살아난 것은 아니었다. 죽을 수 있는 주체에서 간섭받는 객체로 물러선 것에 가까웠다. 하지만 고양이는 이 괴괴한 단독주택에서 움직이고 먹고 눕고 싸고 울고 할퀴는 유일한 생명체였으므로 고양이에 집중하는 것은 삶에 집중하는 것이었다. 바로 그 사실이 그를 죽음에서 건져냈다.

그는 고양이들이 앉아 있는 소파를 물끄러미 올려다보다가 그 옆에 엉덩이를—거의 십 년 만에—스윽 들이밀었다. 아무 일도 일어나지는 않았다. 고양이들이 몸을 옮겨 그의 자리를 마련해준 것 이외에는.

그는 우편으로 도착한 자격증을 회사 총무부에 제출했다. 총무부 직원은 이제 뭐 어떻게 된다는 설명도 없이 받다가 서랍에 넣었다. 그가 흩날리는 눈을 맞으며 강당에 돌아왔을 때 미스 한이 다가와 학원 다니셨어요? 물었다. 그가 고개를 저었다.

그런데 어떻게 한 번에 붙었어요? 그러면 안 되는 거잖아요?

그는 시험 노하우나 물어보려고 왔나 싶다가 갑작스러운 항의에 당황했다.

들어보니까 여기 공장에서 일했던 분이라면서요, 옛날에. 그러면

과장님도 이미 기술이 있는 분인데, 그러면 반칙이잖아요. 그런 사람이 붙었다고 나 같은 생초보들도 붙을 수 있지는 않으니까, 다 떨어졌으면 상관없는데 비정상적인 분이 붙어버렸으니까 이제 어쩔 거예요?

미스 한도 봤잖아, 시험 봤잖아.

봤죠, 근데 전 떨어졌잖아요. 전 떨어졌으니까 사람들한테 피해 준 거 없는데 모과장님은 붙어버렸으니 이제 정말 어떻게 하실 건데요? 사람들이 이제 이 시험으로 회사에서 징계하고 해고 때릴 거라고 그런다고요.

그녀는 돌아서서 문을 꽝 닫고 가버렸다. 그는 강당에서 혼자가 되었다. 어떻게 하다니? 그 어렵다는 기능사 자격증까지 땄는데 뭘 어떻게 해? 나는 한 게 아무것도 없고 그냥 기술을 익힌 것뿐인데 해고와 자기가 무슨 상관인가. 그는 기분이 상해서 최대한 그 말을 무시하려고 했지만 잘 되지 않아 식당에 앉아서도 저녁을 뜨는 둥 마는 둥 할 수밖에 없었다. 비정상적인 분이, 라는 말이 사무쳤다. 고양이를 찾으러 다니면서 그는 이 도시 대다수의 사람들에게 다양한 종류의 모욕을 당해왔지만 비정상인 ─ 하아 ─ 그런 말을 들은 적은 없었다.

저녁을 먹고 그는 걸었다. 걸었다 다시 돌아와서 회사 건물 앞에 와 보았다. 달라진 것은 없었다, 그러니까 그곳은 그가 삼십 년 동안 있어온 바로 그 공간이었다. 그는 또 걸어가다가 다시 뛰듯이 해서 건물을 보았다, 역시 있었다. 붉은 벽돌로 지어 올린 사무동 앞에 사기社旗까지 건 채. 그는 연장을 찾아야겠다는 생각을 했다. 그 연장들은 이유도 없이 순태에게 가 있는데 그런 게 없으니까 이렇게 일상이 불안해지는 것이다. 그는 그것들을 찾아서, 어차피 순태는 고양이를 그만큼 간절히, 애가 타게 찾지도 않으니까 군집을 믿으니까, 그는 그 연장을 찾아 낮에는 망치질을 하고 동방식당에서 저녁을 먹고 고양이들을 찾아주다 자기집으로 가서 깊은 잠을 자고 싶었다.

그는 아파트로 와서 곧장 1305호로 갔다. 현관문을 열어주기까지는 아주 오래 걸렸다. 순태는 없었고 순태의 엄마인 듯한, 긴 카디건을 입은 여자는 그가 순태에게 받을 것이 있다는 말을 믿지 않았다. 그는 집안까지 들어가기는커녕 안전고리가 걸린 채로 열린 현관문 틈으로 그의 물건들을 받았다. 자기 가방 속에 있을 때는 그렇지 않았는데 여자의 손에 쥐어져 있는 그것들은 낡아서 이제 버려야 할 고물들처럼 보였다. 그래도 그는 그걸 소중히 받아들고 돌아서다가 어쩐지 신경을 거스르는 집안의 괴괴한 침묵이 걸려서 말했다.

키우지 마, 고양이를 키우지 말라고. 신경을 안 써줄 거면 말이야. 그냥 그렇게 내버려둘 거라면 말이야.

여자가 고양이는, 무슨 고양이가 있다고 그래요, 하고 좀 지겹다는 투로 말했다. 그리고 무슨 냄새를 쫓으려는 듯이 손사래를 치면서 그만 가라고 했다. 거실화를 신은 발이 비죽이 나와 고정장치를 톡 풀더니 현관문을 닫았다. 어둡고 조용한 복도에 그가 덩그러니 남겨졌다.

경비실을 지나는데 경비가 그가 예전에 고양이를 그려준 종이를 흔들면서 어이, 그 고양이 여직 돌아다녀, 안 잡아? 하고 불렀다.

없다는데, 애 엄마가.

그가 어딘가 좀 아득한 얼굴로 답했다.

없대? 그러면 없는 거야. 이번에도 고양이가 그게 그게 아니구나. 아주 개가 모르겠어. 난 요즘 중학생들은 잘 알지는 못하는데 그 집이 늘 일이 많아. 아주 가가근심이라고 집집마다 골칫거리가 꼭 있어.

그가 경비 말이 끝나기도 전에 거기를 지나쳐 걷는데 경비가 그림, 그림 안 가져가요? 하고 소리쳤다.

아주 진짜 같네, 없는데 이걸 어떻게 이렇게 진짜처럼 그렸어?

그가 집으로, 고양이들의 곁으로 돌아가지 못하고 다시 공장으로 왔을 때 자전거 한 대가 공장의 황량한 공터를 돌고 있었다. 마치 트랙을 도는 계주선수처럼. 정문에 사장 차가 시동이 걸린 채 서 있고 운전수가 두 손을 모으고 기다리고 있어서 그게 그가 그토록 만나고 싶어했던 사장이라는 걸 알 수 있었다. 운동복 차림의 사장은 몸을 자전거에 바짝 붙이고 페달을 부지런히 밟으면서 그의 앞을 쌩— 하고 지나갔다. 또 쌩— 하고. 그리고 그 혼자만의 오랜 레이스가 멈추자 비로소 그는 사장에게 가까이 다가갔다. 그가 입사했을 때는 아버지의 죽음으로 갑자기 회사를 이어받은 스물몇 살에 지나지 않았던 사장이 이제 흰머리가 희끗희끗한 중년이 되어 자전거에서 내렸다.

뭐하세요? 사장님.

그래, 모과장, 모과장, 내가 며칠 운동을 못했더니 말이야.

운동을 여기서요?

아 어떤가. 여기만큼 좋은 데가 또 있어? 안전하지 밝지.

안전이요?

강변 나가봐, 아주 별의별 인간들이 다 나와서.

그는 사이클이 힘들었는지 하아— 하고 큰 숨을 몰아쉬었다. 그리고 그가 하는 말들을 들었다. 그는 자신의 자격증이 앞으로 어떠한 방식으로 회사에서 쓰일지를 묻다가 나중에는 더 멀리, 멀리 가서 그가 화이트칼라가 되었던 해와 처음으로 승진이라는 것을 했던 해 그리고 그가 입사했던 1980년대의 어느 날까지 거슬러올라갔다. 사장은 자전거에 타서 한 발로 페달을, 언제든 달려갈 수 있게, 떼지는 않고 탁탁 치면서도 말을 끊지는 않았다. 맞장구치기도 하고 으음, 하면서 심각하게 듣기도 했다. 가장 반기는 건 회사가 잘나가던 시절의 이야기였다. 그도 예전에 그가 경험했던 공장의 활기, 회사의 부흥 같은 것을 떠올리며 기분이 나아졌지만 사장이 그가 공장에서 일하는 것을 반대하자 놀랐다. 무언가, 이 공기는, 사장에게서 나는 땀내와 애프터셰이브 같은 것의 냄새는. 신호인가, 강당의 다른 사람들처럼 그렇게 진을 빼다가 나가게 되는 건가.

직능을 계발한 직원을 왜 해고해?

사장은 자전거의 헤드라이트를 껐다 켰다 하면서—그가 본 것이 맞는다면—좀 웃었다. 그랬다, 그렇다. 그는 이 회사의 가장 오래된 직원일 뿐 아니라 직능의 최종 계발자이니까. 사장은 사무실에서 일하다가 그 나이에 다시 생산직으로 근무하면 힘들 거라고 했다. 그리고 그렇게 하는 것은 직원들 사기 진작에도 좋지 않다고. 사장은 그에게 아예 직능계발부를 맡으라고 했다. 앞으로 직원들의 직무능력 계발을 위해 상시적으로 운영할 생각인데 그가 맡아서 그가 경험한 '직능'과 '계발'을 전해주라는 것이었다.

직능과 계발을요?

사장이 고개를 힘있게 끄덕였다.

저는 그저 망치질이 좋습니다만.

에헤 - 모과장, 망치질 좋아하는 사람이 어디 있나.

그는 평소라면, 이해가 가능할 때까지, 상대가 누구든 집요하게 붙들고 늘어졌겠지만 입을 다물었다. 그 정도로도 충분히 불행과 비극 같은 것을 예감할 수 있었다. 사장이 가고 나서 그는 그의 직능이 무엇일지 생각했다. 그의 계발이라는 것이 무엇일지 생각했다. 그가 이뤄내야 할 직능과 계발로 결국 몇 명을 여기서 내보내게 될 것인가를 생각했다. 그렇게 여기서 나간 사람들은 어떻게 되는 것인가. 가족이 데려가는가. 그에게는 없는 가족이 그 사람을 데려가 나쁘지 않게 살 수 있게 되는 것인가. 그 사람들에게는 아마 고양이는 없을 테지만 고양이는 사실 누구에게나 있어야 하는 것은 아니지만 혹시 쫓기지는 않는가, 그가 상관할 바는 아니지만, 그래도 살 수 없게 되는 것은 아닌가. 모토로라 폰이 울렸다.

여보세요? 탐정님.

그는 언제고 이 녀석을 만나면 그 도둑질에 대해 퍼부으리라 생각했지만 지금은 말이 나오지 않았다.

아 그게 오해하실 것 같은데 놀리고 그런 거 아니고요. 엄마가 무슨 말 했어도 그건 없는 얘기고요, 거짓말이고요, 내가 연장은 좀 있어야겠어서 찾으러 가고 싶어서 그러는데요, 공짜로 달라는 건 아니고요.

그는 전화를 듣다가 굴뚝에서 무언가 줄 같은 것이, 맥없이, 그를 좀 놀리듯 왔다갔다하는 것을 발견했다. 해고자가 설치하려다 포기하고 두고 온 현수막인 것 같았다.

여보세요?

그는 대체 거기에 뭐라고 쓰여 있나 읽어보려고 애썼다. 현수막이 이리저리 펄럭일 때마다 그의 머리도 함께 따라가며 붉고 누군가가 아주 힘있게 쓴 그 글씨를 읽기 위해 애썼다. 능……이라는 한 글자만 겨우 보였다. 능력, 능욕, 능멸, 능률, 그가 아는 글자를 다 맞춰봐도 맞아떨어지는 것이 없었다.

여보세요?

그는 그것을 읽고 싶어서, 그 글자가 뭐 그리 중요할 것 같지는 않지만 지금 이 순간에는 다른 건 중요하지 않고 그냥 그것을 꼭 읽어야 할 것 같아 전화를 끊었다. 굴뚝으로 가는 철제 사다리에 올랐다. 두 손과 두 발로 엉거주춤하게 매달렸다. 눈이 내려 표면은 얼어 있었다. 차갑고 미끄러웠다. 그는 오르는 것도 오르는 것이지만 내려가지도 못하게 되면, 그래서 여기 올라와 있는 걸 아무도 몰라 구해주지 않으면 큰일이 아닌가, 생각했다. 고양이들은 그를 찾으러 올 수가 없고 그의 안부가 궁금할 사람이란 그 뚱뚱이, 순태가 유일할 텐데 그 녀석이 정말 찾아올까? 아무튼 지금은 저게 꼭 약 올리듯 보여줄락 말락 하고 있으니까 오르는 수밖에 없었다. 무언가, 어떤 것을 향한 애타는 마음이 쇳물처럼 끓어올랐으니까. 그가 긴장해서 가만가만 오르는 동안에도 그의 배낭에서는 고양이를 잃어버린 누군가가 자꾸 전화를 걸어왔다. 하지만 굴뚝으로 오르고 있는 그는 도저히 그것을 받을 수 없어 하아- 한숨을 쉴 뿐이었다. 오르고 있지만 굴뚝으로 오르고는 있지만 그는 정말이지 우는 여자들은 질색이었다. 그런 것에는 아무리 해도 단련되지가 않았다.

해설 | **강지희**(문학평론가)

잔존의 파토스

1. 한낮의 신비와 불안

"그렇죠, 오늘도."

양희는 어제처럼 무심하게 대답했는데 그 말을 듣자 필용은 실제로 탁자가 흔들릴 만큼 몸을 떨었다.

"오늘도 어떻다고?"

"사랑하죠, 오늘도."

필용은 태연을 연기하면서도 어떤 기쁨, 대체 어디서 오는지 알 수 없는 기쁨을 느꼈다. 불가해한 기쁨이었다.(「너무 한낮의 연애」, 24~25쪽)

1999년 종로 거리에서 왜 이 남자는 저 무심한 대답에 전율하고 있나. 분명 어제까지만 해도 두 사람 사이를 "허무하고 특별할 것 없던 관계"라고 규정해온 남자였는데, 우연히 떠오른 듯 '양희'가 "나 선배 사랑하는데"(20쪽)라는 말을 던진 이후로 두 사람의 감정은 이상한 전도顚倒를 겪게 된다. 그는 이제 이 여자에게 매일매일 매달리듯 그 사랑이라는 감정의 실체를 확인해야만 안심할 수 있는 사람이 되어버리고 만 것이다. 감정의 열도라고는 일절 느낄 수 없는 그녀의 '사랑'이라는 말에는 주변의 공기를 휘감으며 집중시키는 묘한 매력이 있다. 도대체 이 모든 불가해는 어디에서 오는 것이란 말인가.

화가 키리코는 "이 세상 어떤 종교보다 화창한 날 길을 걷는 사람의 그림자 속에 더 많은 미스터리가 있다"라고 말했다. 단조롭게 이어지는 대화 속에서 기묘한 정념과 파문을 끌어내는 김금희의 소설을 보다보면 가장 사실적인 묘사 기법을 사용해서 부조화를 창조하는 키리코의 〈거리의 신비와 우울〉이 떠오른다. 김금희가 그리는 한낮은 너무나 밝고 찬란한 때가 아니라, 오묘한 적막감 속에 신비와 불안이 함께 웅크리고 있는 시간이다. 그 한낮이야말로 우리가 완벽하게 하나되었던 시간이 아니라, 드리우고 있는 그림자의 농도마저 다르다는 잔혹한 사실을 숨길 수 없었던 시간이다. 김금희의 많은 소설에서 시선의 방향은 분명 과거로 향해 있지만, 거기에는 어떤 노스탤지어도 담겨 있지 않다. 다만 얼마만큼의 시간이 지나 이제 그 모든 일들에 담담하게 '너무'라는 부사를 달아줄 수 있게 된 균형잡힌 시선이 소설의 중추에 있다. 그 한낮에는 우리를 넘어서버리던 '불가해한' 무엇이 있었음을 과장 없이 드러낼 줄 아는 이 작가는, 그때보다 그림자가 더 길어진 황혼의 시간을, 더욱 어둠이 깊어져 그림자가 세계와 섞여 하나가 되어버리는 이 시간을 기꺼이 팔 벌려 맞이한다.

어떤 정념에도 붙들려 있지 않으면서, 그렇다고 무기력이나 냉소에

함몰되지도 않는, 이 초연하고 성숙한 힘은 대체 어디에서 오는 것일까. 우리는 김금희의 등단작 「너의 도큐먼트」에서 그 단초를 발견할 수 있을지도 모르겠다. 이 소설은 가출해 '뤼팽'처럼 도망쳐 다니는 아버지를 쫓는 딸의 시선으로 이루어져 있는데, 그에게 그림자를 드리우는 건 가출한 아버지만이 아니라 '여미'라는 친구의 이른 죽음을 충분히 애도하지 못했다는 데서 비롯하는 죄책감이다. 80년대 운동권 여학생 같아서 '80년대'라는 별명으로 불렸던 여미의 이른 죽음은 또다른 친구가 보내오는 알아볼 수 없는 사진들과 결합되며 불가해한 무게로 증폭된다. 그러나 소설의 마지막 순간, 화자는 아버지와 여미의 흔적이 새겨진 지도를 버스 창밖으로 버리며 어떤 목소리를 듣는다. "이제 남은 이 텅 빈 도큐먼트야말로 네 것이라고."(『센티멘털도 하루 이틀』, 창비, 2014, 57쪽) 저 '여미'라는 이름을 자꾸만 '남겨진 아름다움餘美'으로 읽고 싶어지는 것은, 그것이 아마도 이제 우리에게는 다소 추상적으로 감각되는 80년대의 진정성과 이념을 상징하기 때문이리라 짐작해보는 것은 오독의 욕망일까. 김금희의 소설세계는 그렇게 여미를 떠나보낸 상실의 자리에서 고요하게 시작되었다. 그러니 첫 소설집에서 어딘가 퇴락하고 남루한 공간으로 인천이 자주 등장할 때, 그 모습은 현실의 일부이기도 하겠지만 무언가 중요한 것을 잃어버린 자의 눈에만 출렁이며 들어왔을 무너진 풍경처럼 느껴지기도 했던 것은 필연적이었을지도 모르겠다.

일상을 섬세하게 감각하며 작은 이야기들의 분화를 보여주던 첫 소설집을 지나, 이번 두번째 소설집 『너무 한낮의 연애』에서 비로소 작가는 그 '텅 빈 도큐먼트'를 자기만의 방식으로 채워넣는 길을 찾아낸 것 같다. 그 도큐먼트를 채우고 있는 인물들은 어딘가 오래된 유물처럼 보이며, 독특한 존재감을 발휘한다. 그들은 살아남았다는 죄책감에 한 발을 담그고 있으면서도, 한편으로는 자신의 존재 가치가 부정당하면서 솟구치는 모욕감에 다른 한 발을 구른다. 죄책감과 모욕감을 오가는 이 격렬한 진폭은 그들이 거쳐온 긴 시간의 탐사를 이끌어내고, 그 긴 시간이 남겨놓은 흔적과 당면할 때 그곳에는 "너무 완전해서 마치 하나의 구球 같은"(「너무 한낮의 연애」, 14쪽) 서정이 감돈다. 오래된 손수건에 잔잔히 스며들어 있는 체취 같은, 웃기에는 서늘하고 울기에는 좀 따뜻한, 이런 감정을 대체 무엇이라고 불러야 하나. 그렇게 지금 김금희의 눈동자는 한낮의 그림자가 지닌 불가해를 따라가는 중이다.

2. 부채감과 모욕감 사이

이번 소설집에서 아마 독자들에게 다소 낯설게 다가올 소설들은 「고기」나 「개를 기다리는 일」 「우리가 어느 별에서」 등일 것이다. 이 작품들은 김금희 소설 중에서는 이례적으로 불길한 분위기 속에 작동하는 미스터리를 보여주며 강한 긴장감을 창출하고 있다. 이 소설들은 단순히 서스펜스를 생생하게 보여주는 것을 넘어서, 우리 시대에 불안의 정동이 기인하는 자리들을 찾아 소설집 전체의 배음으로 깔고 있다.

이 소설들 속 인물이 사로잡혀 있는 것은 어떤 부채감과 상실감이다. 「우리가 어느 별에서」는 마치 그 부채감과 상실감을 오가며 분투하는 이야기처럼 보인다. 주인공은 화천의 고아원에서 자라나 서울로 상경한 뒤 간호학원을 갓 졸업한 여자다. 그녀에게 '미래를 차단시키던 폭력'을 '공평한 사랑'으로 애써 이해해야 했던 고아원에서의 과거는 아련하면서도 집요하게 이어진다. 어려워진 고아원에 경제적 원조를 요청하는 편지가 계속해서 날아오고, 병원에서는 고아원의 수녀님과 너무나 닮은 여자 환자가 잃어버린 신발을 찾아달라고 계속해서 부탁해온다. 신발에 대한 강박으로 인해 어딘가 정신이 나간 것처럼 보이는 이 환자는 어느 순간 주인공이 만들어낸 환영처럼 보이기도 한다. 하지만 실재 여부를 밝히는 일보다 중요한 것은 주인공이 남루하고 고통스러웠던 과거에 몸서리치며 단절되길 갈망하면서도, 마음한편에서는 고아원이 문을 닫지 않게 도와야 한다는 부채감을 떨치지 못한다는 데 있다. 그녀가 지금 떠올려보는 "내일이면 사라질지도 모르는 어떤 세계"(202쪽)는 단지 죽어가는 세계인 것만이 아니라, 치명적인 상처를 지니고 있어 끝내 외면할 수 없는 세계이기도 하다. 상처에는 척력만이 아니라 인력도 함께 있어, 우리는 상처 입은 대상에게서 멀어지려는 본능을 느끼면서도 어쩔 수 없이 나의 일부를 형성하게 만든 그것에 지독하게 매이기도 한다. 공포를 야기하는 소설적 장치들이 전체적인 정조를 전혀 다르게 만들어내지만, 어쩌면 이 작품은 「너의 도큐먼트」로부터 그리 멀리 있는 소설은 아닐지도 모르겠다. 소설의 주인공이 '고아'여야만 했던 것, 그가 대상에 지닌 '부채감'과 그로 인해 자아가 떠맡게 된 '상실감'의 무게를 끝없이 저울질하는 모습은 작가가 오랫동안 그려온 자기 세대의 내면 풍경은 아닐까.

특유의 상실감과 지금의 시대가 만나 만들어낸 소설 중 하나는 「고기」다. 주인공은 마트에서 산 고기의 포장 랩에 유통기한이 다른 라벨 두 개가 겹쳐져 붙어 있는 걸 본 후, 분개한 소비자로서 마트 본사 홈페이지에 항의 글을 올린다. 그전까지는 귀찮은 내색을 보이며 노골적으로 무시하던 마트 직원은, 해고될 위기에 처하자 매일같이 찾아와 선처를 부탁한다. 이 소설에서 눈을 뗄 수 없게 만드는 것은 '사모님'이라는 공손한 호칭과 함께 간절히 애원하는 태도를 취하다가도, 어느 순간 날이 선 말투로 반말을 뱉는 마트 직원이 만들어내는 긴장감이다. 문득 고개를 쳐들듯 돌출되는 그 언어들은, 단순히 고객으로서 필요한 권리를 찾으려는 것을 넘어선 여자의 보상심리를 독자로 하여금 객관적으로 주시하게 만든다. 실제로 여자는 이 문제를 해결하기보다 "맹렬한 적개심"(135쪽)을 지닌 채 계속해서 사과받는 상황 자체를 유지하고 싶어하고, 이 심리 저변에는 몰락하는 중산층의 불안이 있다. 대체 무슨 일을 하는지 모르지만, 멧돼지를 잡는다는 말로 둘러대는 남편에게 여자는 묻는다. "우리 아주 가난해지고 있는 거지?" "얼마나 가난해질까?"(143쪽) 남편이 일하는 오퍼상은 무너지고, 부모는 부도를 맞았으며, 그럼에도 아이의 토슈즈는 사야 한다. 그녀가 어딘가 거칠고 위태로워 보이는 어머니를 바라보다 어머니가 잃은 것이 어쩌면 아버지의 생산적인 폭력이 아니었을까 생각할 때, 그녀가 품고 있는 맹렬한 적개심은 잠시나마 이해될 수 있는 것으로 보이기도 한다. 그녀는 이제 회전축을 잃고 공회전중인 삶을 생산적인 폭력을 휘둘러서라도 나아가게 하고 싶어하고, 마지막에 남편이 천만원과 함께 들고 온 핏물이 배어나온 자루는 마치 그 소망이 충족

된 자리에 남겨진 흔적처럼 섬뜩하다. 이상하리만치 고요해진 남편의
눈, 끝내 항의 철회를 받지 못한 마트 직원의 갑자기 홀가분해진 표정
에 대해 작가는 설명을 멈추고 갈고리 같은 물음표만을 남겨둔다. 다
만 곤경에 빠진 사람들이 만들어내는 이 괴이한 육식성의 세계는 책
장을 넘어와 우리에게까지 그 불안을 전염시킨다.

　「고기」의 주인공처럼 인생의 낙하곡선 위에서 그 불안의 책임을 전
가할 대상을 애써 움켜쥐어볼 수도 있겠지만, 대개의 경우 인생에서
불안을 구성하는 마지막 퍼즐은 끝내 찾아지지 않는 법이다. 「보통
의 시절」은 인생을 점령하고 있던 모욕감이 돌연 아연함이 되어 되돌
아오는 순간을 김금희 특유의 유머 감각으로 포착해낸 소설이다. 어
느 성탄절, 사 년 만에 한 가족이 '심상하게' 모인다. 화자는 어렸을
때 큰오빠를 괴물이나 마귀, 악당이라고 생각했고, 커서는 그냥 샐러
리맨이라고 생각했지만 결국 "살다보면 거기서 거기"(207쪽)라는 걸
알게 되었다고 말한다. 그리고 자신에 대해서는 "배우는 사람이고 배
우는 사람은 순진무구한 사람"이며, "순진무구한 사람은 나이가 들어
도 아기 같은 사람"이라고 표현한다.(208쪽) 모든 것을 애써 대수롭
지 않은 것으로 치부해버리려는 화자의 어조를 슬그머니 따라가다보
면 자연히 알게 된다. 어딘가 심드렁하게 깎아 말하는 이 말투는 어린
시절 무서움 때문에 심장이 멎을 것 같은 공포를 자주 넘겨야만 했고,
갈망하던 것들이 성취되는 일보다 무너지는 일을 더 많이 겪어본 자
의 자기방어에 다름 아니라는 것을.

　구리의 고향삼계탕에서 '아무 기대 없이' 만난 이 가족은 큰오빠가
다음주에 위암 수술을 받는다는 소식을 듣게 되고, 호들갑스럽게 눈

물바람인 언니를 진정시킨 뒤 다 같이 '김대춘'을 만나러 가기로 한다. 김대춘이 누군가. 보일러실에 불을 질러 부모님이 운영하던 목욕탕을 전소시킨, 이 가족의 모든 불행의 원인이 된 바로 그 남자다. 사년 만에 그것도 성탄절에 만났으니 이 가족이 '아무 기대 없'었을 리없고, 병에 걸린 채 가족의 원수를 찾아가자는데 '심상하게' 들을 수있을 리 없다. 그런데 이 소설의 묘미는 이 비장미 넘치는 상황을 일절 비통함 없이 그려내는 데 있다. 예컨대 김대춘의 집주소가 번듯한 '일산'의 '아파트'라는 것을 알게 될 때 언니의 울음은 급작스레 곡진해지며 속물성을 드러내고, 큰오빠가 던진 건축학과에 대한 농담에그 와중에도 웃음이 터진다. 그렇게 어영부영 같이 웃고 우는 동안 어쩐지 언니의 속물성도 큰오빠가 조성해왔던 끔찍한 공포의 시간들도조금은 귀여워지고, 리듬 따라 흘러가는 한바탕의 소동극이 되어버린다. 말랑말랑한 몽상이 되기 어려울 이런 일들을 "다 맨숭맨숭해지면서 그냥 그런 보통의 일"(222쪽)로 만드는 것은 이 모든 일들이 자신과 무관한 양, 한 걸음 떨어져 랩을 하듯 중얼거리는 화자의 화법 때문이다. 그러나 흐트러지며 부드러워진 분위기는 김대춘의 집에서 반전된다. 김대춘의 비천하게 엎드린 자세는 어딘가 과장되어 도리어 '모욕감'을 느끼게 하고, 급기야 그의 입에서는 자신이 죽게 하지 않았다는 고백이 튀어나온다. 그렇게 남은 사람들의 생을 지탱시켜왔던분노의 원동력은 순식간에 사라져버리고 만다. "인생의 허방을 딛지않겠다는 어떤 결의 같은 것"(228쪽)은 아무 소용도 없이, 성탄절이막 지난 시각 그들이 놓인 자리는 이미 허방 위다. 화자가 이 모든 상황을 빠르게 자신과 무관한 것으로 수습하기 위해 "나는 공부하는 사람이고 공부하는 사람은 순진무구한 아기 같은 사람이니까"라는 알리바이를 다시 반복하기 시작할 때, '상준이'는 단호하게 말한다. "잊기는 어떻게 잊어요? 이미 봤는데 어떻게 잊어요? 이미 들었는데 어떻게 잊어요?"(229쪽)

저 말을 두고 '지나간 것은 지나간 대로 의미가 있'기에 잊을 수 없는 것이라는 식으로 의미 부여하는 것은 김금희 소설에 대한 완벽한 오해일 것이다. 이 소설집에 실린 작품 중 가장 유머러스한 이 소설은 마지막에 이르러 상준이의 저 말로 인해 어쩐지 슬픈 맨얼굴을 드러내고 마는 것 같다. 그 슬픔은 원수를 갚겠다는 말을 동력 삼아 긴 시간을 에돌아 왔으나 그간 버텨온 시간들에 대해서 온당하게 제 의미를 부여받을 수 없다는 진실을 마주한 허탈함이 아닐까. 이는 어떤 이들에게는 삶을 버티게 하는 원동력이 모욕감이나 부채감이 될 수밖에 없음을, 실상을 덮고 있는 그 아슬아슬한 베일을 걷어버리지 않기 위해 어떻게든 눙치고 넘어가야만 하는 매 순간의 곤경을 아프게 드러낸다. 소설은 이 서늘한 풍경을 "어두운 보일러실 계단을 내려가는 촛불의 움직임"(230쪽)으로 따뜻하게 덮는다. 그들이 진실과 직면해 문득 아연해진 오늘 역시 운이 좀 나빴고 방심했을 뿐이지, 특별할 것 없는 '보통의 시절'을 지나고 있을 뿐이라고.

3. 잔존하는 인물, 지나가지 않는 세계

앞에 자리한 소설들은 부채감과 모욕감 사이 어디엔가 자리한다.

부채감에 직면할 때면 작아지고 모욕감 앞에서는 솟구쳐오르지만, 이 감정들은 부당한 현재를 호흡하는 시간 안에서 뒤섞인다. 언제 중산층에서 몰락하게 될지 모른다는 공포와 불확실한 불안들이 도사리고 있는 하루하루 속에서 자괴감과 수치심을 재생산하는 일상은 한국 사회의 익숙한 단편이다. 그러나 김금희 소설의 인장印章이 조금 더 명확하게 드러날 때는 이 분위기가 하나의 인물로 응축되는 순간들이다. 거대한 집단적 흐름과 욕망의 한가운데서 홀로 부동자세를 취하며 역행하기를 택한 이 인물들에게는 태풍의 눈과 같은 고요한 역동성이 있다. 이들의 대화나 행동은 어딘가 수동적이며 세상과 어긋나 있다. 그런데 거기에서 발생하는 엇박자의 리듬이 눈을 뗄 수 없게 세계의 기류를 빨아들인다.

「세실리아」는 술에 질펀하게 절어 있는 허랑방탕한 연말 분위기 속에서 진행된다. 90년대 후반에 대학생활을 했던, 이제 내일모레면 마흔인 화자와 대학 동기들의 술자리는 허무함을 넘어 깊은 환멸로 가득차 있다. 사회과학 서적들이나 르포 영화들과 가까웠지만, 막상 그걸 보며 울 때에는 "갑자기 그렇게 진지한 내게 알 수 없는 혐오를 느끼면서"(83쪽) 중단할 수밖에 없었던 그 시절의 곤경은 이제 술자리에서 결혼과 이혼과 유부남과의 연애 등 보다 세속적인 언어들로 희석되는 중이다. 십 년 전쯤 광화문에 집회하러 나갔다 우연히 '찬호'를 만나 함께 먹은 냉면의 "밑이 없는 것 같은 맛. 둥둥 뜨는 맛"(79쪽)은, 이제 와서 '추억의 영화'(문화)에 젖어들기도, '정치'를 진지하게 논하기도 어정쩡해진 90년대 학번으로서의 그들의 위치를 고스란히 반영한다. 이들의 술자리에 불현듯 안줏거리로 등장한 것이 '세실리아'라는 이름이다. 그녀는 누구일까.

세실리아는 여러 사람들의 가벼운 회상 속에서 분열되며 나타난다. 화자는 세실리아가 애정결핍에 시달리는 막냇동생처럼 엉기길 잘해서 별명이 '엉경퀸'이었다고 기억하지만, '형규'는 세실리아의 엉덩이가 아주 건강하고 풍만해서 그런 별명이 붙었다고 회고한다. 전남편은 그녀의 인상을 '모나리자'에 비유한다. 그리고 세실리아를 만났을 때, 화자는 소문과 달리 취한 세실리아를 '치운이'가 데려다주면서 일방적인 폭행을 저질렀음을 알게 된다.

그런데 소설은 집단의 오해 가운데 있던 개인의 내밀한 진실이 드러나는 순간에 방점을 두기보다는, 세실리아와 화자의 대화 속에서 발생하던 불균형과 균열들을 드러내는 데 몰두하는 것처럼 보인다. 만남은 엇박자로 흘러간다. 세실리아는 화자가 도서관에서 우는 걸 보았으며, 그래서 한 번쯤은 자신을 찾을 줄 알았다는 이야기를 두 번이나 반복한다. 세실리아에게 그녀는 눈물로 기억된다. 하지만 세실리아 앞에서 화자는 줄곧 시답지 않은 농담으로 일관하고, 자학과 자기모멸이 없는 세실리아의 유머를 불편하게 여기며, 세실리아가 진지하게 자신의 작품을 설명하는 동안 다른 생각으로 실없이 웃다 분위기를 망쳐버린다. 세실리아가 그녀에게서 보았던 눈물은 이미 증발하고 없다. 그러나 전남편과의 관계에서도, 동기들과의 송년회 자리에서도 내내 위악적으로 굴며 조소하는 힘으로 견뎌내는 것처럼 보였던 화자는 세실리아와의 만남 직후에 처음으로 "별안간 모든 게 수치스러워"(97쪽)지는 걸 느낀다. 그는 왜 수치스러운가.

그 순간에 우리는 이 소설이 세실리아를 이해하기 위해 쓰인 것이 아니라, 세실리아라는 거울을 통해 자신을 비춰보기 위해 쓰인 것임을 깨닫는다. 세실리아를 만나는 동안 화자가 흘리는 웃음은 스스로에게 침을 뱉는 웃음이다. 내가 흘렸던 눈물이 내가 살아온 세월에 의해 배반되었음을 아는 자의 웃음이다. 빙산이 녹아 얼음 바다로 무너져내리듯, 아무런 지지대도 지향점도 없이 시간에 실려가듯 가볍게 살아온 화자와 동기들의 공허함은 집요하게 충실한 세실리아의 구덩이 앞에서 무력해진다. 세실리아의 간소한 방과, 하나의 작품을 완성하기 위해 십 년 가까이 부속을 모으는 진지함과, 검은 터틀넥만을 고집하는 고지식함과, 타인의 눈물을 기억하는 섬세함 등은 어딘가 시대착오적이다. 그러나 유일하게 과거를 망각하는 대신 젊어지길 택한 세실리아가 얼음송곳으로 구덩이를 파고 다시 덮는 동안, 그녀만은 '동결'되지 않고 동기들과 다른 방식으로 살아남는다.

그러니 과거를 향해 있는 김금희 소설의 방향성에 대해 다시 말해야 하겠다. 김금희가 과거로부터 지속되어온 존재들을 바라볼 때 거기에 있는 것은 '생존'이 아니다. 육체를 건사하며 그저 살아남는 것은 동물의 일이며, 때로 너무 가볍고 쉬운 일이다. 그러나 얼음이 녹듯 흘려버리는 것이 아니라, 떨어지는 눈물의 중력을 몸에 새기듯 수직으로 단단한 구덩이를 파고 덮는 행위를 반복중인 세실리아의 삶의 방식을 두고 우리는 '생존' 대신 '잔존'이라 말할 수 있지 않을까. 잔존은 역사적인 단절과 연속성 너머에 있다. 여기에는 죽음과 부활의 극적인 숭고함이 없다. 오히려 잔존은 잉여적인 삶이고, 어떤 의미에서는 유령적 삶에 가깝다. 하지만 그것은 연약하지만 끝내 죽지 않고, 나타남과 사라짐의 영원한 반복 속에 존재한다. 그리고 그 반복 속에서 어떤 희미한 빛에 도달한다. 무리와 떨어져 있는 인물들은 고립되는 대신 홀로 버티며 그렇게 자신을 지켜낸다.

엇박자의 리듬으로 잔존을 행하는 인물형은 「고양이는 어떻게 단련되는가」에서도 찾아볼 수 있다. 대기업과의 합병을 앞두고 회사는 정리해고를 위해 직원들을 직능계발부로 발령 낸다. 주인공 역시 좌천되지만, 고양이처럼 혼자 견뎌야 살아남을 수 있다고 믿는 이 남자는 다 같이 투쟁하는 데 동참하지 않는다. 그가 몰두하는 일은 퇴근 후에 동네 유기묘들의 주인을 찾아주는 '고양이 탐정'으로서의 활동이다. 외견상 회사에서 생존하는 데 가장 유리한 기술을 지녔고 고독에조차 능수능란해 보이는 그가 투쟁을 결심한 듯 굴뚝 위로 오르는 마지막 장면은 윤리적이고 온당하게 느껴진다. 그러나 정작 이 소설이 마음을 뒤흔들어버리는 순간은 남자가 십여 년 만에 소파에서 자신의 자리를 찾는 장면이다. 숨을 쉬며 살아가고 있다고 해서 다 같은 밀도의 삶을 사는 것은 아니다. 수시로 자살 시도를 할 정도로 만신창이이기에 스스로를 '고양이에게 간섭받는 객체'로 여긴 채 간신히 생존해오던 남자는 문득 자신을 소파에 앉아도 되는 존재로 받아들인다. 자기 몫의 자리를 갖겠다는 작은 의지. 그것은 집을 나간 고양이들이 모두 죽는 것이 아니라, 군집해 새로운 삶을 시작한다는 이야기를 전해 들은 이후에 싹튼다. 고양이는 어떻게 단련되는가. 누군가가 찾아내 원래의 자리로 되돌려주는 것이 아니라, 외부에서 자신의 자리를 새로 찾는 고양이들만 비로소 단련되기 시작할 것이다. 주인공은 그렇게 무성의한 '직능'과 '계발'의 세계를 떠나 무력하지만 존엄이 있는 연대의 세계로 향한다.

「조중균의 세계」의 배경이 되는 회사에서도 생존은 녹록지 않은 문제다. 입사했다고 생각했으나 알고 보니 화자는 '해란씨'와 석연찮은 경쟁을 벌여야 하는 상황에 놓여 있다. 게다가 이 회사에는 마흔이 훌쩍 넘는 문제의 인물이 하나 있다. '무리 중衆'에 '고를 균均'이라는 독특한 이름을 가진 '조중균'은 이름뿐만 아니라 여러모로 특이한 존재다. 점심을 먹지 않을 권리를 주장하고 월급에 포함되어 있는 식대를 돌려받기 위해 매일매일 자신이 밥을 먹지 않았음을 수첩에 확인받던 에피소드는 그의 고집스러움을 잘 보여준다. 그에게서 '바틀비'가 연상된다면 그 특유의 고집스러운 수동성이 세계를 근본적으로 비틀어버리는 힘을 내재하고 있다는 직감에 따른 것이 아닐까. 그의 요령 없는 행동은 교정 작업 기간을 하염없이 늘려버리는 특유의 성실함으로, 쉰내 나는 떡을 싸온 해란씨가 민망하지 않게 조용히 끝까지 먹는 사려 깊음으로 연결되며, 데모한 후 끌려갔던 경찰서에서 나올 때 형사가 셔츠 주머니에 꽂아준 오천원의 모욕을 잊지 않는 결연함과 맞닿아 있다.

조중균이라는 인물의 흥미로운 관찰기 이후에 밝혀지는 그 독특한 이름의 역사는 이렇다. 그는 수업이 아니라 데모가 일상이었던 80년대, 응시만 하면 점수를 준다는 역사 과목 시험장에서 이름을 쓰기를 거부한다. 오직 이름만 적으라는 시험지 앞에서 "우리가 원하는 건 아무것도 하지 않음으로써 얻어지는 형태의 것이 아니었으"(65쪽)므로 그는 홀로 부끄러움에 젖어들었고, 이름 대신 시를 썼다. 그 시가 바로 「지나간 세계」다. 그런데 그 시의 존재 양태야말로 실로 기이한 것이다. 조중균씨는 그 시는 자기가 썼지만 자기 시는 아니라고 말한다. 원하는 사람이면 누구든 자기 이름을 붙여 자기가 쓴 것처럼 연단에서, 광장에서, 거리에서 낭송할 수 있었으니까. 그렇다면 그 시는 누구의 것일까.

롤랑 바르트는 '작가'와 '글쟁이'를 구별했다. '작가'란 제도적 정당성을 부여받은 채 언어에 대한 독점적 권리를 소유해온 자다. 작가가 세상에 책임을 지는 것이 아니라 문학에 책임을 지고자 한다면, '글쟁이'의 글쓰기는 목적 지향적 행위이다. 그들에게 쓰는 일이란 곧 상황에 개입하는 행위이며, 아름다움을 지향하는 것이 아니라 현장성을 보존하고 진실성을 지켜내는 일이 된다. 조중균씨는 「지나간 세계」를 쓰는 순간, 자발적으로 주체성을 결락시키며 글쟁이의 길을 간다. 글을 쓰는 자신의 존재의 현재성을 지워버리는 대신, 그는 그 시가 낭독되는 모든 순간에 현존하는 길을 택한다. 그래서 그의 작가로서의 이름은 지워지지만, 지워진 이름의 '부재하는 존재'는 지울 수 없는 것으로 남는다. 그렇게 '조중균의 세계'가, '하나인均 동시에 모두인衆' 존재가 태어난다. 그는 오직 망각되는 형식으로만 기억되고, 사라짐으로써만 전위되어 잔존한다. 여기에 새로운 미학과 정치성의 전조가 어른거리지 않는가. 인간들의 관계는 더이상 직접적으로 경험되지 않고 스펙터클한 재현 안에서 소원해지는 중이다. '새로운 것'은 더이상 하나의 미학적 판단 기준이 되지 못한다. 정치적으로도 유토피아를 추구하던 모더니티의 목적론적 합리주의는 무너져내렸다. 그럼에도 우리가 순간적인 공동체성이 만들어지는 특권적인 장소를 상상해볼 수 있다면, 그것은 루이 알튀세르가 최후의 텍스트에서 말한 '만남의 유물론'과 같은 것이 아닐까. 기원도 없고, 선재하는 의미도 없으며, 하나의 목적을 부여하는 이성도 존재하지 않는 세계의 우연성에서 '마주침'은 생성된다. 김금희의 소설은 소진된 인간들이 우연히 겹쳐지고 맞물리는 망각의 움직임 속에서 이상한 이해에, 소멸하지 않는 기억에 도달한다는 사실을 믿고자 한다.

이 소설이 품은 수수께끼 중 하나는 좀더 현실적인 감각으로 거리를 두는 '나'라는 관찰자가 있음에도 해란씨의 눈에 비친 조중균씨에 대해서도 동시에 보여주고 있다는 점이다. 부드럽고 단순하고 활기차서 사랑스럽지만 소설 구조적 측면에서는 잉여적인 인물로도 보였던 해란씨는 소설의 마지막 장면에서 문득 '마주침'을 만들어내는 것 같다. 집 앞에 내린 해란씨는 목발을 짚고 올라가다가 멈춰 서서 휴대전화를 꺼내 사진을 한 장 찍는다. 화자는 그 모습을 물끄러미 바라보다 꽃 한 송이, 고양이 한 마리 없는데 뭘 찍나, 생각하며 돌아선다. 그런데 화자에 의해 구태여 의미 부여되지 않고 넘어가는 이 장면에는 어둠 속에 잠겨 있는 것들을 보려는 따뜻한 응시가 있고, 그 응시를 다시 유심히 바라보는 동안에 아련하고 혼곤하게 스며드는 이해가 있다. 그간 한 번도 조중균씨를 제대로 바라보거나 이해하는 것 같지 않았던 화자는 이 순간에 잠시 해란씨와 나란한 시선으로 조중균씨를 바라보는 것 같다. 수다한 말을 통해 이어가는 소통이 아니라, 순간 속에 시간의 깊이를 담아내는 마주침이 여기에 있다. 뒤에 남아 말없이 지켜보는 그 다정한 무심함이 김금희 소설의 요체라고 말해도 될까. 그 시선 속에서 '지나간 세계'는 오래 지속된다.

4. 무심하게 도달하는 충만함

먼길을 돌아 다시 「너무 한낮의 연애」로 왔다. 대낮의 백일몽처럼 아득하고 아름다운 소설에 대해 정확하게 설명해보려는 시도가 과녁을 벗어날 수밖에 없다는 것을 나는 감수해야만 한다. 이 소설에 대해 말한다는 것은 애초에 결론이 명확하지 않은 것을 이야기하는 것과 다르지 않기 때문이다. 우리를 깊은 절망에 잠기게 하는 헛된 질문들 속에서 공회전하는 인생처럼, 이 소설에는 후회할 것을 알면서도 놓아버린 시간들의 어리석음과 안타까움, 그럼에도 다시 맞물리고 겹쳐지는 어떤 움직임들을 가만히 응시하는 지극한 슬픔, 연민 그리고 이해가 담겨 있다.

영업팀장에서 시설관리직으로 인사이동을 통보받았을 때, 그렇게 더이상 자신이 사회에서 유용한 존재가 아님을 냉정하게 확인했을 때, 필용에게는 십육 년 전 종로의 맥도날드가 떠오른다. 다시 찾은 그곳에서 "나무는 'ㅋㅋㅋ' 하고 웃지 않는다"(14쪽)라는 연극 현수막을 보는 순간, 필용은 그것이 십육 년 전 양희가 쓰던 대본의 제목이라는 것을 알아차리고 양희와의 재회가 필연적임을 납득한다. 아니, 실은 간절히 믿고 싶어한다고 해야 맞겠다. 세속적인 욕망으로 불안하게 부유하던 시간 속에서 오래전에 길을 잃은 그는 자신이 놓인 자리의 답을 얻기 위해 뒤늦게나마 그 욕망의 행로를 따라간다.

그렇게 우리는 이 소설에 잊을 수 없는 고유한 인장을 새겨놓은 양희라는 인물과 마주하게 된다. 양희의 말들은 소설을 다 읽고 난 후에도 계속 잔영처럼 떠다닐 정도로 강력함에도 사실 소설에서 양희가 말하는 장면은 드물다. 그녀가 처음 자신을 드러내는 순간은 사랑 고백을 할 때다. 평소처럼 맥도날드에서 필용이 스스로에게 도취된 채 떠드는 이야기를 듣고 있던 그녀는 불쑥 "선배, 나 선배 사랑하는데"(20쪽)라는 말을 던진다. 하지만 천진난만하게 던져진 고백에는 더이상 어떤 수식도 덧붙지 않고, 무엇보다 상대의 어떤 이해나 변화도 바라지 않는 그녀의 태도로 인해 필용은 아리송해지기 시작한다.

"아니…… 네가 날 사랑한댔잖아. 킬킬킬킬…… 그 고백을 들은 거잖아, 지금. 그러면 이제 어떻게 하면 좋으냐고. 앞으로 우리 어떻게 되는 거냐고."

"모르죠, 그건. 알 수도 없고. 알 필요도 없고."

"알 필요가 없다고?"

"지금 사랑하는 것 같아서 그렇게 말했는데, 내일은 또 어떨지 모르니까요."

필용은 황당했다. 애가 지금 누굴 놀리나 하는 생각이 들었다.

"사랑한다며?"

"네, 사랑하죠."

"그런데 내일은 어떨지 몰라?"

"네."

"사랑하는 건 맞잖아. 그렇잖아."

"네, 그래요."

"내일은?"

"모르겠어요."(「너무 한낮의 연애」, 21~22쪽)

왜 양희의 무심함은 이렇게나 맑은 느낌이 드는 걸까. 양희의 이 대답들은 자신의 감정을 확신할 수 없다는 데서 오는 불안도 아니고, 그 감정을 방기해버리는 심드렁함도 아니다. 이 소박한 직설성은 그저 자신 안에 있는 감정 앞에서 최대한 투명해지려는 하나의 태도에 가깝다. 여기에는 견고한 입장이 없다. 창밖의 날씨를 전해주듯 그녀는 자신 안에 있으나 자기가 주재할 수 없는 감정들을 거리를 두고 바라보며, 성실하게 보고하듯 전달할 뿐이다. 노래와 풍경 사이의 간극이 멀듯, 그녀와 감정 사이의 간극도 멀다. 그녀는 이 모든 감정들에 자신을 완전히 열어두면서도, 빠져들지 않는다. 그래서 이 투명한 무심함은 특정한 구조에 자리잡지 않고, 두 사람 사이에 어떤 '틈'을 마련한다. 사랑하는 자와 사랑받는 자, 호혜를 베푸는 자와 받는 자 같은 위계의 자리들이 이 틈에서는 어지러이 길을 잃는다. 여기에 우리가 매혹된다면, 이 무연한 표정의 대답들이 일상의 질서와는 다른 자유로운 리듬을 창출하고 있기 때문은 아닐까. 그러나 궤도의 이탈에서만 생겨나는 우연성에 기반하고 있는 이 사랑은 어느 날 싹을 틔우는 가지처럼 순연하게 시작되지만, 이유 없이 떨어지는 꽃잎처럼 또 그렇게 문득 사라져버리고 만다. 그저 자연의 이치처럼, 누구에게도 죄물을 수 없이.

이를 이해할 수 없던 필용은 어느 날 이제 사랑이 없어졌다는 양희의 말에 분개하고, 이 상황을 어떻게든 돌이키기 위해 양희의 고향인 문산으로 따라 내려간다. 그러나 동네에서 가장 누추하고 낡은 집, 은근슬쩍 돈을 부탁해오는 부모, 그런 부모에게 아무렇지 않게 모아둔 돈을 기꺼이 넘기는 양희를 보는 동안 필용의 마음은 돌아선다. 필용은 내심 이 모든 상황에 분개하면서도 개입하는 대신 시선을 비끼고, 왜 문산까지 왔느냐는 양희의 물음에도 대답을 얼버무린다. 그리고 이미 비겁한 선택을 내린 자신을 숨기기 위해 사과하기 시작한다. 이 무력한 속물성을 대체 어찌하면 좋단 말인가.

　"선배, 사과 같은 거 하지 말고 그냥 이런 나무 같은 거나 봐요."
　양희가 돌아서서 동네 어귀의 나무를 가리켰다. 거대한 느티나무였다. 수피가 벗겨지고 벗겨져 저렇게 한없이 벗겨져도 더 벗겨질 수피가 있다는 게 새삼스러운 느티나무였다.
　"언제 봐도 나무 앞에서는 부끄럽질 않으니까, 비웃질 않으니까 나무나 보라고요."
　필용은 양희 뒤에 서서 양희에게로 손을 뻗어보았다. 닿지는 않았다.(「너무 한낮의 연애」, 37쪽)

　'나무나 보라'는 이 단호하고 명징한 목소리에는 그사이 한풀 꺾인 필용의 마음을 감지하고 그 여운을 잘라내는 차가움이 있다. 그러나 이 차가움은 필용의 나약함을 질책하지 않고, 답답하고 외로운 현실 앞에서 누구도 원망하지 않으려는 의연함을 품고 있다. 이 응시는 위에서 내려다보는 관조의 시선이 아니라, 내재적인 방식으로 자신을 추동해온 삶으로부터 생겨난 시선이다. 외부에 무심하지 않으면서 자동반사적인 웃음으로 쉽게 넘겨버리지도 않고, 어떤 흐름도 애써 거스르지 않으면서 세심하게 순간을 새겨두는 듯한 시선이 거기에 있다. 그런데 소설은 이 시선을 한번 더 반복한다. 십육 년 만에 무대 위에서 재회한 그에게, 양희는 어깨너비가 넘게 팔을 벌리고 "어느 밤의 느티나무처럼"(41쪽) 바람을 타듯 팔을 조금씩 흔든다. 그렇게 다시 찾아온 한낮에 양희는 나무가 되어 그 밤의 응시를 되돌려준다.

그들이 재회한 이 마지막 장면에는 불가해한 충만함이, 묘한 서정이 있다. 그런데 이 서정성은 통상적으로 우리가 자연에 마음을 투사하면서 받게 되는 위로와는 조금 다른 질감을 갖고 있는 듯하다. 사물과 세계에 대한 서정적 자아의 우위를 통해 혼탁한 세계를 지우는 서정성이 결국에는 상처로부터 자신을 보호하는 방식이라면, 나무가 된 채 필용을 바라보는 양희에게서는 어떤 두려움도 없이 세계를 향해 자신을 완전히 열어둔다는 느낌이 있다. 필용은 두 번 울었지만, 두번째 눈물에 닿아서야 "시간이 지나도 어떤 것은 아주 없음이 되는 게 아니라 있지 않음의 상태로 잠겨 있을 뿐"(42쪽)이라는 것을 깨닫는다. 그렇게 선형적인 시간의 틀은 무너진다. 세상에는 욕망에 들려 뚜렷한 목적과 가치를 추구하며 시간을 축적해가는 것이 아니라, 그저 매 순간 속에서 있는 그대로 존재하려는 의지로 시간을 흐트러뜨리는 삶의 방식도 있다는 것을 그는 깨닫는다. 양희가 그의 시선을 나무로 향하게 돌려놓을 때 그것은 시선을 외면하려던 것이 아니라, 오래전에 이미 이해에 닿아 있던 나무처럼 다정한 무심함으로 자신을 바라보려는 안간힘이었음을 깨닫는다. 세상 어떤 것도 그냥 사라지는 법은 없다. 사라져버렸다고 믿었던 세계는 이렇게 돌아와 무심하게 충만함에 도달한다.

그렇게 김금희는 현재에 도착한 세계를 믿는다. 그리고 사랑은 사라지지 않는다고, 세계를 바꾸려는 싸움도 끝나지 않는다고 말한다. 보이지 않는 어둠의 자리들, 아직 발현되지 않은 잠재성의 자리들을 응시하는 김금희의 소설에는 잔존의 파토스가 있다. 대개 투명한 무심함의 옷을 입은 인물로 압축되어 나타나는 이 잔존의 파토스는 세계에 만연한 무기력과 허무를 몰락으로 진단하는 목소리로부터 우리를 구한다. 마치 필용이 문산에 내려가던 날 "눈에는 보이지 않지만 분명 거기에 있는 무성한"(14쪽) 존재들의 생장력을 감지하던 순간처럼, 쉽게 감지되지 않는 존재들은 작가의 깊은 응시 속에서 자신의 모습을 드러내기 시작한다. 그때 세계는 우리를 넘어서버리는 '너무 한낮'의 뜨거운 빛이 아니라, 희미한 반딧불이의 빛, 어둠 속을 지나가는 미광으로 채워진다. 이 빛은 우리에게 어떤 구원도 부활도 약속하지 않지만, 적어도 현재를 살아내기보다 미래의 종말을 앞당겨 파열시켜버리고 싶은 욕망들로부터 멀리 떨어져 있다. 그렇게 아주 오래된 미래, 지나갔으나 사라지지 않은 세계는 소진되지 않은 의미들을 품고 우리에게 도착했다. 불가해한 빛과 함께.

작가의 말

언제부터 견딘다는 말을 습관적으로 쓰기 시작했는지 모르겠다. 어쩌면 첫 책을 내고 나서가 아닐까. 이 단어를 어떤 동작을 지시하지 않고 그저 '상태'의 상태로 말해왔다는 생각이, 여름을 기다리는 지금 든다. 그래서 이런 것들에 대해 부정확하게 전달하고 만 것이 아닐까. 장례를 치르고 나서도 아이를 잃었다는 것을 받아들이지 못해 다시 항구로 내려가 아이를 찾으며 헤매었다는 어느 엄마의 이야기. 그 엄마가 항구를 돌아다니며 썼을 발, 손, 눈 그리고 마음의 힘씀에 대해 상상하는 건 너무 아득한 일이었다. 결국 나는 어떤 견딤의 상태를 견디기 위해 써야 했고 그러다보니 이런 이야기들이 모였다.

견딤의 대상은 한 계절, 한 달, 한 주도 되지 못하고 그저 하루에 지나지 않았다. 내일은 아직 오지 않은 시간이고 어쩌면 더 나쁠지도 모르니까. 그 나쁨의 상태에서 최선을 다해 오늘을 지키는 것, 그것은 나약함일까. 그렇다면 그런 하루의 무게는 정당한가.

나는 일상을 가만히 견디다가도 어느 순간 도저히 참을 수 없는 상태가 되면서 주변의 누군가에게—낯선 당신에게라도—가서 막무가내로 묻고 싶을 때가 잦은데, 그건 그러니까 왜 이렇게 됐습니까, 하는 질문이다. 괜찮습니까, 하는 질문. 왜 이렇게 됐습니까, 괜찮습니까.

그렇게 물을 때 나는 사람들 곁에,

차가운 창의 흐릿한 입김처럼 서 있겠다. 누군가의 구만육천원처럼 서 있겠다, 문산의 느티나무처럼 서 있고, 잃어버린 다정한 개처럼 서 있겠다.

함께 쓰고 함께 견디고 있는 동료 작가들에게 고마움을 전한다. 누군가 쓰고 있으니 내가 쓰지 않아도 되고 누군가 쓰고 있으니 나도 계속 쓸 수 있으리라는 생각이 교차하는 시간들이었다. 해설을 써준 강지희 평론가와 문학동네 편집부에 감사드린다. 부모님과 언니, 남편 그리고 제주도의 시부모님에게는 미안함이 담긴 사랑을 보낸다. 그리고 무엇보다 하루를 견디고 책을 집어들었을 당신에게, 당신은 물을 자격이 있다고 말해주고 싶다. 그리고 당신이 그렇게 묻기 위해 누군가의 곁에 서는 순간 전혀 다른 이야기가 시작될 수 있다고. 견디는 것보다 더 나아갈 수 있는 어떤 상태의 이야기가. 그 가능함을 위해 나 역시 힘을 내보겠다.

여름이 느리게 지나가길 빌며
김금희

| 수록 작품 발표 지면 |

너무 한낮의 연애 ······ 『21세기문학』 2015년 가을

조중균의 세계 ······ 웹진 한판 2014년 11월

세실리아 ······ 『한국문학』 2015년 봄

반월 ······ 『황해문화』 2014년 겨울

고기 ······ 『현대문학』 2014년 4월

개를 기다리는 일 ······ 『작가들』 2014년 봄

우리가 어느 별에서 ······ 『좋은소설』 2014년 봄

보통의 시절 ······ 『작가세계』 2015년 여름

고양이는 어떻게 단련되는가 ······ 『문학동네』 2015년 겨울

문학동네 소설집
너무 한낮의 연애
ⓒ 김금희 2016

1판 1쇄 2016년 5월 31일
1판 27쇄 2024년 7월 31일

지은이 김금희
책임편집 정은진 | 편집 김내리 이성근 황예인
디자인 김이정 유현아 | 저작권 박지영 형소진 최은진 오서영
마케팅 정민호 서지화 한민아 이민경 안남영 왕지경 정경주 김수인 김혜원 김하연 김예진
브랜딩 함유지 함근아 박민재 김희숙 이송이 박다솔 조다현 정승민 배진성
제작 강신은 김동욱 이순호 | 제작처 영신사

펴낸곳 (주)문학동네 | 펴낸이 김소영
출판등록 1993년 10월 22일 제2003-000045호
주소 10881 경기도 파주시 회동길 210
전자우편 editor@munhak.com | 대표전화 031) 955-8888 | 팩스 031) 955-8855
문의전화 031) 955-2696(마케팅) 031) 955-2675(편집)
문학동네카페 http://cafe.naver.com/mhdn
인스타그램 @munhakdongne | 트위터 @munhakdongne
북클럽문학동네 http://bookclubmunhak.com

ISBN 978-89-546-4075-6 03810
* 이 책의 판권은 지은이와 문학동네에 있습니다.
  이 책 내용의 전부 또는 일부를 재사용하려면 반드시 양측의 서면 동의를 받아야 합니다.
* 이 책은 서울문화재단 '2015 문학창작집 발간지원사업'의 지원을 받아 발간되었습니다.

잘못된 책은 구입하신 서점에서 교환해드립니다.
기타 교환 문의 031) 955-2661, 3580

www.munhak.com